河出文庫

失われた地平線

J・ヒルトン
池央耿 訳

河出書房新社

◉目次

LOST HORIZON

失われた地平線

プロローグ

　吸いさしの葉巻も短(みじか)びて、私たちはパブリックスクールの同窓が年を経て会った時にありがちな、思いのほかに通じ合うところはわずかと知って物足りない幻滅をそろそろ包みかねていた。ラザフォードは作家、ワイランドは大使館勤めの書記官である。テンペルホーフの空港に臨(のぞ)むその店に席を設けてくれたのはワイランドで、心づくしの歓待とも思えなかったが、そこは外交官のたしなみか、落ち着きはらっていかにも如才ないもてなしぶりだった。独り身のイギリス人が三人、ベルリンで再会したのはひょんな風の吹き回しと言えばそれまでだが、ワイランド・ターシャスのどこやら気取りが鼻につく性格は昔のまま少しも変わっていなかった。ロイヤル・ヴィクトリア章、勲五等のラザフォードは先輩ながら恰好のいじめ相手で、一方ではちょくちょく庇ったこともある痩せぎすで早熟な貴公子だったのが、すっかり貫禄がついて見違えるほどになっていた。おそらくは収入も豊かで、変化に富んだ実のある人生を送っているであろうことを思うと、ワイランドと私はそこだけ一致して、いささかの羨望が疼(うず)いた。

とはいえ、退屈なことは少しもなかった。中部ヨーロッパ各地から飛んでくるルフトハンザの大型機が次々に着陸する飛行場は暮れてアーク灯が眩く輝き、あたり一面、絢爛たる光の饗宴だった。中の一機はイギリスからで、飛行服に身を固めた操縦士が通りすがりにワイランドに挨拶した。ワイランドは一瞬はてなと首を傾げたが、すぐに相手がわかって私たちに紹介し、同席を誘った。操縦士はサンダーズといって、明るく気のいい青年だった。ワイランドが、飛行服にヘルメットの身なりでは誰もみな同じで見分けがつかない、と弁解すると、サンダーズは愉快げに笑って答えた。「ああ、そうだろうな。それを言う気持はよくわかるよ。なにしろ、バスクルのことがあるからね」ワイランドも笑ったが、心なしか取ってつけたようだった。それきり話はほかへ移った。

サンダーズが加わって座は弾み、ビールが大いにはかどった。十時頃、ワイランドは近くのテーブルにいる知人に用があって席をはずした。不意に跡切れた話の隙間を埋めて、ラザフォードが言った。「ああ、ところで、さっきバスクルのことが出たね。あそこは、多少、私も知っているのだが、バスクルで何がどうしたたね？」

サンダーズは照れたように笑った。「いやあ、軍隊にいた頃、ちょっとごたごたがあったというだけですよ」こともなげな口ぶりを装ったものの、若いサンダーズは秘密を胸に畳んではおけない性分だった。「実は、アフガン人だか、アフリディ人だか、何者かに飛行機を乗っ取られましてね。と、こう言えばおわかりでしょう。おかげで、えらい目に遭いました。あんな厚かましい話はあるものじゃあありません。悪党は操縦士を待ち伏せして殴り倒して、服を剝ぎましてね、操縦士になりすまして飛行機に乗りこんだのを誰も見とがめなかったのですね。そうして整備員に合図しましたが、これが、どう見ても間違いようのない正規の合図でしたから、そのまま苦もなく飛び立って、悠然と姿を消しました。問題はその後で、飛行機は消息を絶ってそれきりです」

　ラザフォードは膝を乗り出した。「いつの話かな？」

「ええと……、かれこれ一年になりますか。三一年の五月ですよ。われわれ、バスクルからペシャワルへ避難する民間人の輸送任務に当たっていました。例の革命ですが、そのあたりのことはご存じでしょう。現地はまさに物情騒然というやつで。そうでなかったら、あんなことが起こるはずがありませんが、その、はずのないことが起きたんですから……。追い剝ぎ強盗も飛行服を着こめば操縦士で、人は見かけによらないというのはこれですね」

　ラザフォードはいよいよ乗り出した。「しかし、操縦士のほかにも乗員はいるはずだろう」

「ええ、通常の軍隊輸送機であれば。ところが、これが特殊な飛行機でして、もとはインドの誰だったか、さる藩王（マハラージャ）の自家用機です。曲芸飛行もやってのける性能で、インド測量部がもっぱら海抜の高いカシミールの山岳地帯をこれで飛んでいました」

「今の話だと、とうとうペシャワルには着かなかった、と？」

「着くも着かないも、捜索した限り、どこへも降りていません。そこが奇っ怪なところでしてね。そりゃあ、乗っ取り犯人が部族民だとすれば、乗客を人質にする考えで奥地の丘陵へ向かった可能性もありますが、おそらくは全員死亡でしょう。あのあたりは、墜落したら最後、とうてい発見の望みはない場所がいくらでもありますから」

「ああ。おいそれとは寄りつけない絶所だからね。で、その飛行機に乗っていたのは何人だろうか？」

「四人……、のはずです。男三人と、女の宣教師でした」

「中の一人は、ひょっとして……、コンウェイではないかな？」

サンダーズは目を丸くした。「ええ、おっしゃるとおり。グローリー・コンウェイですよ。ご存じですか？」

「学校が一緒でね」ラザフォードはちょっと気が引けるように言った。事実には違いないが、今の自分にはそぐわないとでも言いたげな口ぶりだった。

「気さくで陰日向のない、いい人でした。バスクルでは、よくできる人ともっぱらの評判でしたよ」

ラザフォードはうなずいた。「ああ、さもあろう……。いやあ、しかし……、これは驚いた……」ひとしきり心が騒ぐ様子だったが、ふと真顔に返ってラザフォードは言った。「新聞種にはならなかったね。記事が出れば読んでいるはずだから。どうしてかな？」

サンダーズはなぜか急にもじもじして、赤面の一歩手前で答えた。「実は、余計なことをしゃべったかもしれません。今や問題なかろうとは思いますがね。町の市場はもちろん、士官食堂だって、この話はもう旧聞でしょうから……。ええ、何があったか、関係筋で揉み消したんですよ。外聞が悪いというんで。政府は飛行機が消息を絶った事実と、乗客の名前を発表しただけです。大騒ぎするほどのことではないように繕いましてね」

そこへワイランドが戻って、サンダーズはさして悪びれるふうもなく言い訳した。

「ねえ、ワイランド。今ここでグローリー・コンウェイの噂が出て、バスクルの一件についていくらか秘密に触れることを話したけれども……、構わないな？」

ワイランドはむずかしげに眉を寄せて、すぐには答えようとしなかった。同胞の誼と職務上の潔癖と、どう折り合いをつけるか咄嗟の思案に窮する体だったが、ややあって、押し出すように言った。「あのことを、ただ何でもないこぼれ話のように言いなしては不用意の感を免れない。君たち飛行機乗りは、名誉にかけて、あくまでも秘密を守るはずではなかったか」目下をたしなめて、ワイランドはやおらラザフォードに向き直った。「いやなに、相手が君だからいいのだがね、辺境州では時として、内密に処理しなくてはならない事態があるのはわかるだろう」

「反対に」ラザフォードはそっけなく答えた。「知りたくてうずうずすることもある」

「もともと、本当に知る必要のある向きには何も伏せていないのだよ。当時、私はペシャワルにいたから、これは信じてくれていい。コンウェイとは、学生時代から親しかったのか?」

「オックスフォードで、ほんのすれ違った程度だよ。君は、よく知っているのか?」

「アンゴラ駐在中に、二度ばかり会ったかな」

「あの男を、どう思う?」

「頭はいいけれども、ちょっとずぼらなところがある」

ラザフォードはにやりと笑った。「そう。頭のいいやつでね。大学では、どこへ行っても花形だったよ……、戦争になるまでは。対ケンブリッジの競艇にはいつも代表選手の青章で出ていたし、雄弁会では指折りの論客で、ほかにもあれやこれや賞を獲っている。おまけに、ピアノは玄人はだしだ。多芸多才、驚くばかりで、ジャウェットあたりが将来の首相候補と目星をつけても不思議はない。ところが、オックスフォードを出てその後どうなったか、正直、私は知らないのだよ。当然、戦争が影を落としたろう。あの年代だと、戦争はあらかた直に知っていると想像するがね」

「爆撃でやられたか、弾に当たったか、負傷したよ」ワイランドはもの知り顔に言った。「もっとも、大した怪我ではなかったらしい。それなりに働きもあったと見えて、フランスの塹壕(ざんごうせん)戦では殊勲賞を受けている。その後、オックスフォードへ戻って、しばらくは指導教官のようなことをしていたはずだ。二十一年に東洋へ行ったことはわかっている。東洋の語学に達者なところから、普通なら若手が経験する研修の時期を飛び越して、あちこち渡り歩いたのだね」

ラザフォードはわが意を得たような笑顔を覗かせた。「もちろん、それなら話はよくわかる。外務省の無味乾燥な公文書を解読したり、公使館のパーティで茶運びをしたりと、惜しみなく空費された輝ける才能を、歴史は間違っても顕彰しないからね」

「コンウェイは領事だよ。外交畑じゃあない」ワイランドは肩をそびやかした。皮肉を不愉快に思ったことは明らかで、ラザフォードがさらにいくつか似たような当てこすりを言って腰を上げた時には引き止めようともしなかった。どのみち、すでに夜も更けて、このあたりが潮時だった。別れ際のワイランドは相変わらず役人の体面にこだわって不興を色に出すまいとする態度だったが、サンダーズはすっかり打ち解けて、いつかまた会いたいと言った。

私は大陸横断鉄道の、気が滅入るような刻限の深夜特急に乗る予定だった。タクシーを待ちながらラザフォードは、それまでホテルで時間をつぶしてはどうかと心遣いを示した。部屋は次の間つきで、ゆっくり話ができるという。願ってもない。相手ができてラザフォードも満足らしかった。「結構。コンウェイについてはいろいろあってね。君の方で、もううんざりだというなら話は別だけれども」

そんなことはない。ただ、私はコンウェイをほとんど知らなかった。「最初の学期が終わったところで向こうは卒業して、それきり会っていないもので。一度だけ、やけに親切にしてくれたことがあってね。どう考えても有象無象の新入生にあんなにまでしてくれる理由はないだろうに。ほんの些細なことではあったけれど、あの親切は忘れられない」

ラザフォードはうなずいた。「うん、私もあの男は大好きだったよ。知り合ってからの時間を考えると、意外に接触はわずかだがね」

不思議な沈黙が訪れた。行きずりでしかないにしては記憶に深く焼きついた存在を思って言葉を失ったのは二人とも同じだった。正式ではあっても極く短いつきあいでコンウェイを知るだけの相手すら、その面影がありありと瞼に浮かんで去らないという話はしばしば耳にする。ことほど左様に、コンウェイは人の心を引きつける青年だった。とりわけ、英雄崇拝の年頃に出会った私の場合、憧れも手伝って思い出はひときわ鮮やかである。長身でほれぼれするような二枚目のコンウェイは、運動競技に優れているのみか、賞という賞を総なめにして学校を去った。情に脆い校長がコンウェイの行くとして可ならざるはない器量を「グローリアス、燦然たる」と評したのが綽名の起こりだが、これに名前負けしない人物はコンウェイをおいてほかにいまい。卒業式にはギリシア語で答辞を述べたし、学園祭の芝居で演じた役々はどれも一級品だった。ことさらに身構えるでもない間口の広さ、水際立った男ぶり、精神と肉体が拮抗して漲る活力など、コンウェイにはエリザベス朝の文人を思わせるものがあった。『アルカディア』のフィリップ・シドニーに一脈通じるところでもある。今の世の中はこの種の人間が出にくくなっている。ざっとそんなことを言うと、ラザフォードは相槌を打った。「うん、そのとおりだ。ああした才能を貶す言葉があって、ディレッタント——半可通というのだね。

一部ではコンウェイのことをそう呼んでいたと思う。ワイランドもその口だ。私はワイランドが苦手でね。やけに取り澄まして、お高くとまっているところは鼻持ちならない。何だ、あの優等生気取りは？　名誉にかけて秘密を守るのどうのと、言うことがいちいちわざとらしい。まるでこの国がセント・ドミニクス・カレッジの五年生だとでもいうふうではないか。まあ、私はどこへ行っても、きっと植民地官僚めいた外交官と衝突するのだがね」

また黙りこくって、通りをいくつか過ぎたところでラザフォードは言葉を継いだ。

「それはともかく、今日は会ってよかったよ。サンダーズからバスクルのことを聞いたのもめっけものだ。実は、あの話は前にも聞いて、まさか、と思っていたのだがね。あれは、一つとして信じるに足る理由のない作り話の発端だ。いや、一つだけわずかな理由はあるのかな。それが、ここへ来てわずかな理由が二つになった。自分から言うのも何だが、私はそれほど騙(だま)されやすい人間ではないよ。あちこち、ずいぶん旅もしているしね。世の中には実に不思議なことがある。そう、自分の目で見ればだ。ところが、人伝に聞く話は概して驚くに価しない。にもかかわらず……」

私にとってはおよそ意味のないことと気づいたか、ラザフォードは笑って話を端折った。「いや、これだけははっきり言える。ワイランドに秘密を聞かせるつもりはないね。話したところで、俗受け狙いの週刊誌〈ティトビッツ〉に叙事詩を売りこむようなものだから。どうせなら、君に賭けた方がいい」

「とはまた、大変な買いかぶりだね」私は受け腰になった。

「君の本を読んだ限りでは、そうは思わない」

専門分野の著書を自分から話題にすることを、私は潔しとしなかった。それはそうだろう。神経病学者の書くものなど、しょせん何の役にも立ちはしない。だから、ラザフォードが私の本を知っているとは意外だったし、いくらかこそばゆい気がしないでもなかった。それを言うと、ラザフォードは軽く答えた。「いやね、君の本に興味を持ったのは、コンウェイが一時期、記憶を失っていたからなんだ」

フロントで鍵を受け取って六階へ上がった。「遠回しの話はこの辺にして、実を言うと、コンウェイは死んでいない。少なくとも、ついこの間は生きていたよ」

狭いエレベーターは気づまりで、廊下へ出たところで私は尋ねた。「本当に？　どうして知っている？」

ドアを開けながら、ラザフォードは言った。「去年の十一月、上海からホノルルまで日本の船で一緒だったから」安楽椅子に落ち着いて、飲み物と葉巻をととのえてから、ラザフォードは先を続けた。「秋に、仕事の合間の骨休めで中国へ行ったのだよ。人生の半ばは旅だ。コンウェイとは久しく打ち絶えていた。文通もなかったしね。日頃、めったに思い出すこともない。思い出せば、記憶を手繰るまでもなく面影がくっきり目に浮かぶ、数少ないうちの一人ではあるけれども。漢口の友人を訪ねた帰りの北京急行で、フランスの慈善修道女会から来ているという、とても感じのいい尼僧院長と知り合ってね。あちらは重慶の修道院へ行く途中で、私も多少フランス語ができるものだから、それを喜んで、仕事の話や身のまわりのことをいろいろ聞かせてくれたよ。正直に言って、布教活動一般についてはあまり感心しないのだが、おそらくは世の中の大多数と同じで、ローマ・カトリックは別格であると認めることに吝(やぶさ)かではない。少なくとも、カトリックはひたむきだし、まわりはみんな下士官兵で自分だけが将校だとばかりに高ぶっていないところがいい。ああ、いや、これも横道だ。実は、その尼僧院長の口から、何週間か前に重慶の慈善病院に熱病で運びこまれた患者の話が出たのだよ。見たところヨーロッパ人ながら、どこの何者か、自分で説明できないし、身分を証すものも何一つ持っていない。着ているのは土地の衣服だが、見る影もない、ひどいありさまだ。ようよう病院に収容された時はほとんど瀕死の状態だったという。この患者が中国語に堪能で、それに劣らずフランス語も流暢(りゅうちょう)だ。しかも、尼僧たちがフランス人とわかるまでは訛りのない上品な英語だったというけれども、これはちょっとうなずけないね。知らない言葉を聞いてどうして訛りのない上品な英語なのか、やんわり皮肉の一つも言いたくなるだろうじゃないか。それから、何やかや冗談を交わした挙げ句に、近くにおついでがおありなら、修道院へもぜひどうぞ、と院長さんのお誘いだ。これは私に、エベレストへ登れというに等しいことで、まずその機会はあるまいと思ったがね、重慶で握手をして別れた時は、たまさかの道連れながら、本当に名残惜しい気がしたよ。ところが、そのわずか数時間後に、重慶へ引き返す破目になった。少し先で機関車が故障してね、やっとの思いで停車場まで戻ったのはいいが、代わりの機関車が来るのに早くても十二時間はかかるだろうという。中国の鉄道ではよくあることだ。重慶で半日、さあどうして時間をつぶそうかとなって、思い出したのが院長さんのひとことで、修道院を訪ねることにしたのだよ。

「思いがけない訪問に向こうがびっくりしたのも不思議はないが、それは快く迎えてくれた。何がさて、カトリックではない人間にとって敬服に価するのは、カトリック教徒がよそゆきの堅苦しい態度物腰と、普段着の柔軟で寛容な精神を苦もなく両立させるあの自在な身ごなしだろうね。と、こう言っては難解に過ぎるかな？　いや、そんなことはどうでもいい。とにかく、宣教師というのは見上げたものだ。ちょうど時分時で、中国人でクリスチャンの若い医者が食事の相手をしてくれて、フランス語、英語をまじえて楽しく話したよ。それから、その医者と尼僧院長の案内で、ご自慢の病院を見学した。私は物書きを名乗ったから、病院がそっくり作品になることを期待して無邪気に張りきったのだろうね。医者の説明を聞きながら、順にベッドを見て歩いた。床には塵一つない、清潔を絵に描いたようなところで、何もかも行き届いた立派な病院だ。上品な英語を話す謎の患者のことはすっかり忘れていたのだが、これがその人だと、院長に言われて思い出したよ。患者はこっちへ背を向けて、寝入っている様子だった。英語で声をかけるように促されて、口を衝いて出たのが『こんにちは』だ。何とも芸のない話だが、ほかに思いつかなかったものでね。患者ははっと目を覚まして、『こんにちは』と答えた。なるほど、癖のない、知識人の英語だった。が、それに驚いている暇はない。すでに相手がわかっていたからね。髯はむさくるしいし、姿形は変わっているし、久しい時間を隔てているとはいえ、人違いしようはずがない。コンウェイだ。間違いない。いや、しかし、今にして思うと、そんなはずはないという気持がどこかにあったかもしれないな。何を考えるでもなく、咄嗟の機転に任せたのがよかったのだ。私はコンウェイの名を呼んで、自分からも名乗ったよ。コンウェイは焦点の失せたような目でこっちを見るばかりで、まるで私がわからない様子だったけれども、もはや確信は動かなかった。顔の筋肉が微かに引き攣るのは以前から知っていたし、青い目も昔のままだ。オックスフォード・ベーリアル校では、むしろケンブリッジ寄りだと言われていた青磁色の目でね。それはともかく、人違いなどあり得ない。一度でも会ったら、生涯、忘れられない相手だから。医者も、尼僧院長も驚くまいことか。それで、私はコンウェイがイギリス人で、旧知であることを話した。私のことがわからないとしたら、記憶をなくしているせいだとしか思えない。二人はあまりのことに茫然の体でうなずいた。さて、どうしたものか、三人でいろいろ話し合ったよ。いったい、コンウェイがどうしてあの状態で重慶へやってきたのか、医者も尼僧院長もまるで事情を知らないのだな。

「ここは話を急ぐとして、私は二週間、その修道院に滞在したよ。何とかコンウェイが記憶を取り戻す手伝いができたらと思ってね。そこまでは行かなかったけれども、コンウェイはすっかり元気になって、朝な夕な話をした。私はありのままに、自分が何者で、コンウェイは誰かを言って聞かせたし、向こうはそれに異議を挟むでもなく、素直に受けいれる態度だった。どことなく取り止めがないものの、機嫌はよくて、話し相手ができたことを喜んでいたと思う。一緒に帰らないかと持ちかけると、そうしてもいいという。まるで自分の意思がないようで、これはちょっと心配だったがね、とにかく、事情が許す限り早くと気を励ませて出立の準備をしたよ。漢口の領事官に知人がいたので密かに手をまわして、いい案配にさほどの面倒もなく旅券その他、必要な書類はととのった。そう、コンウェイのためにも、ここは内分にしておいた方がいいと思ったし、ましてや新聞沙汰は願い下げだ。その点はうまくいって、ほっとしたよ。新聞の好餌となってはは目も当てられない。

「という次第で、極く普通の経路で中国を出た。南京まで揚子江を下って、汽車で上海まで行ったところが、ちょうどその夜、サンフランシスコへ向かう日本の汽船があるというので、まさに渡りに船と飛び乗ったのだよ」

「コンウェイにとっては多大どころでは済まない恩義だね」私は言った。

ラザフォードは否定しなかった。「相手が別の誰かだったら、私もあそこまではしなかったろう。しかし、コンウェイは以前から特別だ。どう言ったらいいか、説明はむずかしいのだが、できる限りのことをして、こっちもそれが嬉しい相手だよ」

「うん」私はうなずいた。「一種独特の魅力があったね。記憶の中で、そこだけ明るく日が差すような。もっとも、今こうして思い出すのはクリケットのユニフォームを着たパブリックスクール時代のコンウェイだけれども」

「オックスフォードのコンウェイを知らないのは残念だな。それはもう、傑物というほかはなかったよ。戦争を境に変わった、と人は言う。私もそのとおりだとは思うがね、ただ、あれだけ才能に恵まれているなら、もっと大きな仕事をしてもいいはずだという不満は拭えない。ただ大英帝国の官僚風情で終わるのは、いかにも惜しい気がするね。コンウェイは、そう……、そんじょそこらではお目にかかれない逸材だよ。君とは共通の知り合いだから、とうてい忘れ難い非凡の才といっても褒め過ぎとは取られないだろう。中国の奥地で、記憶を失って自分の過去もわからない状態で会ってさえ、あの不思議な魅力がコンウェイという人格の芯をなしていることに変わりはなかった」

　ラザフォードは視線を宙に泳がせ、記憶を手繰って話を続けた。「察してのとおり、船上で旧交を温めたよ。私はコンウェイについて思い出せる限りを話してね、当人は異様ともいえる関心を見せて、食らいつくように聞き入った。重慶に着いてからのことは何もかもはっきり憶えているのと、どういうものか、言葉は少しも忘れていないのだな。例えば、一度、自分はインドにかかわりがあるのではないかと言ったことがある。ヒンドスターニ語ができるものだから。

「横浜から船客がいっぱいになって、新しく乗ってきた中にピアニストのシーヴキングがいた。演奏旅行でアメリカへ向かうところでね。食事の席が一緒で、コンウェイとはよくドイツ語で話していたっけね。これからもわかるように、コンウェイは傍から見ればどこもおかしくないのだよ。普通に会っている分には、記憶を失っているとは思えないから、誰も異常を疑いはしない。

「日本を出て何日目かの夜、シーヴキングはまわりから拝み倒されて、船上でリサイタルを開くことになった。もちろん、コンウェイと誘い合わせて聴きにいったよ。それはいい演奏だった。ブラームス、スカルラッティをとり混ぜて、ショパン中心のプログラムでね。そっと横目で窺ったところ、コンウェイは聞き惚れている様子だったが、それはそうだろう、自身、あれだけピアノをよくするのだから。予定のプログラムが終わってから、熱心な乗客が大勢ピアノを取り巻いて、アンコールをせがんでね、シーヴキングも快く応じて演奏が長くなった。アンコールもショパンがほとんどだったよ。もともと、ショパンを得意としている演奏家だしね。で、たっぷり聞かせて、本日はこれまでと、シーヴキングはピアノを離れたのだよ。聴衆はまだ満足しきれずにつきまとったけれども、さすがに、もう勘弁してくれという顔だったな。ところが、そこでびっくりすることが持ち上がった。コンウェイがピアノに向かうなり、えらくテンポの速い、きらびやかな曲を弾きはじめたではないか。私の知らない曲だった。たちまち、シーヴキングは目の色を変えて取って返して、誰の作品か、詰め寄るばかりに尋ねたよ。コンウェイは頭を抱えて、苦しげに唸りながら、さんざん考えた末にやっと、ショパンのエチュードと答えた。それは違う、と私も思ったから、シーヴキングが言下にきっぱり否定しても驚くことはなかったな。と、コンウェイはいきなり、かっと腹を立ててね、これには度肝を抜かれたよ。あんなふうに感情を剝き出すのを見たのははじめてだったから。シーヴキングも後へは退かない。『あなたねえ、ショパンの作品となれば、ある限りすべて知っていますよ、私は。今の曲を、ショパンは書いていません。ええ、断言できます。たしかに、まさにショパンそのままのスタイルだから、考えられなくはないけれど、だとしても、ショパンに今の曲はありません。それでもショパンだというなら、どこのどういう版であれ、譜面を見せていただきたい』。コンウェイはまた長いこと考えてから言った。『ああ、そうだ、思い出した。楽譜は出版されていません。私はただ、ショパンの弟子だったという人から教わって知っているだけで……。もう一曲、その人から教わって、これも楽譜はありませんが』」

ラザフォードは真っ向から私の目を見つめて先を語った。「君が音楽に明るいかどうかは知らないが、よしんば通じていないにしても、コンウェイの演奏を聴いたシーヴキングの驚愕は想像がつくだろう。もちろん、私も驚いた。それまで知らなかったあの男の謎の過去を、はじめて覗き見るに等しいのだからね。シーヴキングは、当然ながら、もっぱら音楽そのものにこだわった。だって、そうだろう。コンウェイの言うことは筋がとおらない。ショパンは一八四九年に没しているのだよ。

「何やら不得要領で怪しげな話に聞こえるだろうから、私らのほかに同船の客十数人がその場に居合わせたことを言い添えておこう。中の一人はカリフォルニアの、さる高名な大学教授だ。もちろん、コンウェイの言うことは年代を考えればあり得ない。ああ、そうだとも。時代が違う。が、それはいいとして、じゃあ、コンウェイが弾いた曲はどう説明するね？　コンウェイの思い違いで、ショパンではないとしたら、いったい誰の曲なのか。シーヴキングに言わせると二曲とも、楽譜が出版されれば、半年と経たないうちに現役の演奏家が挙ってレパートリーにするであろうような作品だよ。過大評価かもしれないが、シーヴキングはそれほどに思ったということだね。ああでもない、こうでもないと議論百出したけれども、堂々めぐりで埒が明かない。コンウェイは頑として譲らないし、目に見えて疲労が激しかった。早いところ人中から連れ出して休ませなくてはと思うと気が気でなかったよ。とどのつまり、レコードにしてはという話になって、シーヴキングがアメリカに着き次第、録音の手配をすると請け合ってね、コンウェイもマイクの前で弾く約束をしたよ。コンウェイが約束を守れなかったのは、どう考えても、残念でならない」

ラザフォードは時計に目をやった。話のあらましは終わったから、汽車まではまだゆっくり時間があるという思い入れだった。「というのは……、リサイタルの翌晩、コンウェイは記憶が戻ったからなのだ。おたがい船室に引き取って、私は横になったまま寝つかずにいるところへ、コンウェイがやってきて、話があるという。悲痛に打ちのめされたとでもいうしかない沈んだ顔つきでね。世界苦、と言ったらわかるかな……。遠く個人を離れた別の次元で知る憂悶だろうか。ドイツ語なら、ヴェームート、あるいは、ヴェルトシュメルツと表現するところだ。コンウェイは記憶を取り戻した。シーヴキングの演奏を聴くうちに、次第に甦ったというのだな。はじめは切れ切れだったにしてもだ。ベッドの端に腰かけて、長いこと話した。私は口を挟まずに、ひたすらコンウェイの好きに任せたよ。記憶が戻ったのは喜ばしいが、早くもそれを悔やんでいるとしたら気の毒だと言うと、コンウェイははっとしてね、えらく感心した顔で私を見た。『いやあ、おそれいった、ラザフォード。君は読みが深いな』。それから身支度をして、甲板を歩いた。温かい穏やかな夜だったな。降るような星空で、青黒い海はねっとりとコンデンスミルクのようにうねっていた。エンジンの振動を除けば甲板はひっそり静かで、海岸の遊歩道と変わりない。コンウェイは自分からぽつりぽつりと話しだして、質問を向けるまでもなかったが、明け方近くにはほとんどのべつ幕なしになって、話がやっと終わったのは、日も高くあがって暑くなった朝食の席だった。終わったといっても、それがすべてで、もはや話すことは何もなくなったのではないよ。その後、丸一日、欠けたところを補う格好でコンウェイはあれこれ肝心な話をした。憂愁にひしがれて眠れないこともあってか、ほぼ話しづめだったのを憶えている。次の日の夜中にホノルル着の予定で、私の船室でグラスを傾けて、別れたのがかれこれ十時頃。コンウェイとは、それっきりだ」

「まさか……」私はかつてホリーヘッドからキングストンへ向かう郵便船で目のあたりにした光景を思い出した。微塵の迷いもない覚悟の身投げだった。

ラザフォードは笑い飛ばした。「いやいや。コンウェイはそんなやつじゃあない。私の目をかすめて行方をくらましただけだ。陸へ上がるのに面倒はないとして、当然、私は人を差し向けて跡を追うだろうから、これを躱すのは骨だと考えたに違いないな。後になってわかったところでは、バナナ・ボートの乗組員に紛れこんで、南のフィジー諸島へ渡ったのだ」

「どうしてそれがわかった？」

「どうしてもこうしてもない。三月後にバンコクから便りを寄越したよ。それまで私が負担した分を返すつもりか、為替手形を添えてね。感謝に堪えない、元気にしている、とあって、これから北西方面へ長い旅に出る、と文面はそれだけだ」

「北西というと？」

「さあ、問題はそこだ。あまりに漠然としているものな。バンコクから北西では、どこのことやらまるでわからない。それをいうなら、このベルリンだって北西だ」

ラザフォードは言葉を切ってグラスを満たした。何とも面妖な話だった。ラザフォードが脚色を加えたかどうか、勘繰ってみてもはじまらない。ピアノの件もさりながら、それ以上に、コンウェイが中国の慈善病院に担ぎこまれるにいたった経緯がつまびらかでないことの方が気懸かりだった。その点を質すとラザフォードは、事実上、二つは表裏をなす不可思議であると答えた。「でも、コンウェイはどうして重慶に現れたね？」私は重ねて尋ねた。「記憶が戻った船上で、すべて話したのではなかったかな？」

「かなり詳しくね。君にここまで聞かせておきながら、あとをうやむやにしては筋がとおらないな。ただ、話せば長いことになるのでねえ。ざっと粗筋をかいつまんだところで、とうてい汽車の時間に間に合わない。いや、実は、私の口から話すより、もっと確かな術(すべ)があるのだよ。われながら、はしたない商売のからくりを明かすのは気が進まないけれども、コンウェイの話は考えれば考えるほど心を揺さぶるものがある。それで、船で聞いたあれこれを忘れないうちにと、少しずつ書きためることにしたのだが、あるところからすっかり引きこまれてね、心覚えの聞き書きを一編の作品にまとめてやろうという欲が出た。だといって、私が勝手な想像で何をこしらえたわけでもなし、事実を曲げたわけでもないよ。もとより、材料にはことかかない。コンウェイは天性の語り手でね。情景や、その場の空気を伝えることが実に巧みだった。私自身、その頃にはコンウェイという男をかなり理解するようになっていたと思う」ラザフォードはアタッシェケースからタイプ原稿を取り出した。「ほら、これだ。どう読むかは君の自由だ」

「つまり、どうせ信じないだろうという判断だね？」

「いや、そこまではっきりは言っていない。君がそれを読んで信じるとすれば、ご存じテルトゥリアヌスの、クゥイア・インポッシビレ・エスト——不可能なるがゆえに、だろう。それはそれで結構だ。何はともあれ、感想を知らせてもらいたい」

　オスタンド急行の車中で原稿に目を通した。イギリスへ戻ってから長文の手紙を認(したた)めたが、何かのことに取りまぎれて投函せずにいるところへラザフォードから便りで、また放浪の旅に出ると言ってきた。当分は居所を定めず、カシミールから東へ向かうとしてあった。驚くには当たらない。

第一章

五月の第三週に入ってバスクルの情況は険悪の度を増し、同二十日、政府の手配で白人居住者を避難させる空軍機がペシャワルから到着した。八十人を数える居住者の大半は軍隊輸送機で無事、山越に退避した。軍用機のほかに輸送の任に当たった中の一機はチャンダポールの藩王から貸与された小型機で、午前十時頃、四人の白人がこれに搭乗した。東方伝道会のミス・ロバータ・ブリンクロウ。アメリカ人、ヘンリー・D・バーナード。イギリス領事、ヒュウ・コンウェイ。同副領事、チャールズ・マリンソン大尉。四人の名は、後日、インドとイギリスの新聞各紙に掲載されたところによっている。

コンウェイは三十七歳。バスクル駐在の二年間は、考えてみれば、何かにつけて裏目に出ることのくり返しだった。すでに人生の山は過ぎている。数週間後、ないしはイギリスでしばらく休暇を過ごしてから、次の任地へ赴くようになるだろう。東京か、テヘランか。マニラか、マスカットか。文官の身で、先のことはわからない。領事勤め十年ともなると、どこまで機会が開けているか大方の見通しは立つもので、自分ばかりか周囲についてもかなり正確に読めている。貧乏籤は承知だが、酸っぱい葡萄と負け惜しみを言うのではなく、われながら、もともと仕事に好き嫌いがない性分を思えば、心底、気が楽だ。与えられた中ではなるたけ肩が凝らず、それでいて目先の変わった仕事を選んだ。たいていは骨折り損だったから、傍から見ればコンウェイはいかにも要領が悪いと映ったに違いない。が、どういたしまして、当人は器用に立ちまわったつもりでいる。そんなこんなで、この十年はいくらか変化もあって、派手ではないが、それなりに楽しかった。

コンウェイは背が高く、ブロンズ色に日焼けして、赤茶の髪を短く刈りあげ、目は青磁色である。俯き加減に何やら考え込んでいるように見えるところは近寄り難い印象を与えるが、極く稀に、にっ、と笑うといかにも若やいで人なつこい顔になる。左の目縁から頰のあたりにかけて微かな痙攣が走ることがあり、仕事が込んでいる時や、飲み過ぎた時にはそれが目立つ。バスクルを脱出するに当たって丸一昼夜、書類の梱包と廃棄に追われたせいか、飛行機に乗った時はいつになく片顔が引き攣っていた。疲労が重くのしかかった。避難民でいっぱいの軍隊輸送機を嫌って藩王の贅沢な自家用機に乗れるように取り計らったのはわれながら上出来だった。バケット・シートにゆったり凭れて身勝手な満足に浸るうちにも飛行機は急角度で上昇した。ずいぶん辛い目も見て苦労は馴れっこだから、その埋め合わせに、たまにはちょっと楽をしてもいいと思う。サマルカンドに向かう難路の苦行は喜んでするが、ロンドンからパリとなれば、ゴールデン・アロー特急になけなしの十ポンドをはたいて悔いはない。

離陸して一時間あまりが過ぎたところでマリンソンが、操縦士は針路を誤っている、と言いだした。前の席にいるマリンソンは二十歳代半ばの美青年で、頭は悪くないのだが、知性に欠けるところがあるのはパブリックスクール出の限界か、それでも育ちのよさは争えず、よくものを心得て上品な人柄である。試験に躓いてバスクルへ送られてきたが、コンウェイは半年のつきあいでこの男が気に入っている。

が、それはともかく、機内で声を張り上げて言葉を交わすのは億劫だった。コンウェイは眠たげな目を開けてぞんざいに答えた。どこをどう飛ぼうと、操縦士に任せておけばいいではないか。

三十分後、エンジンの唸りに睡気を誘われてうとうとしかけたところで、マリンソンがまた言った。「ねえ、コンウェイ。操縦士はフェナーのはずだろう？」

「ああ、それがどうした？」

「今、ちらっとふり向いたがね。どう見ても、フェナーじゃあないぞ」

「ガラスの仕切り越しじゃあ、わからないだろう」

「フェナーの顔を見間違えるわけがないよ」

「ふん。だったら、別の誰かだろう。どうだっていいじゃないか」

「でもな、フェナーはこの飛行機に乗ると、はっきり言ったんだ」

「予定が変わって、ほかの飛行機に乗ったんだな」

「じゃあ、誰だ、あれは?」

「あのな、こっちは知らないぞ、そんなこと。空軍の大尉は全部、顔見知りだとでも思うのか?」

「私はずいぶん知っているつもりだがね、この一人は見たことがない」

「だとしたら、君の知らない少数のうちだろう」コンウェイはにやりと笑った。「もうじきペシャワルへ着くから、じかに会って、事情を聞いたらいい」

「この分だと、ペシャワルへは行かないぞ。針路をはずしているし……、この高さじゃあ、どこを飛んでいるかわからなくても不思議はないんだ」

コンウェイは顔色一つ変えるでもなかった。飛行機は馴れている。黙って乗っていれば着くところへ着く。それに、ペシャワルへ行って何をしようという当てもなし、誰といって親しい相手がいるわけでもない。空の旅が四時間になろうが、六時間かかろうが、一向に構わない。独り身だから、情のこもった歓迎風景には縁がない。友人の誰彼に会えばたいていはどこかでご馳走してくれるだろうし、それはそれで結構だが、だといって期待に逸るほどでもない。

同様に、そこそこ楽しくはあっても満足しきったとは言えない過去十年をふり返ってほっと心が和むこともなかった。変わりやすく、ところにより晴れ、次第に不安定。これがその間の空模様で、己が身ばかりか世界を見まわしても似たようなものだった。バスクル、北京、マカオ。ほかにも、あちこち移動した。中でもとりわけ記憶が遠のいているのがオックスフォードである。第一次大戦後、東洋史を講じ、日向臭い図書館で埃を吸い、自転車で本通り(ザ・ハイ)を乗りまわした二年間を思い起こせば懐かしくないこともないが、郷愁に焦がれるにはいたらない。今もって、自分は本来あるべき姿の一斑に過ぎない意識が頭を離れずにいる。

胃の腑を突き上げるような、よく知っている衝撃が伝わって、飛行機は降下した。マリンソンのそわそわした態度をからかってやりたい誘惑に駆られて皮肉めいた科白が喉まで出かかったところで、青年は飛び上がって天井に頭をぶつけ、細い通路を隔てた隣の席で微睡(まどろ)んでいたアメリカ人、バーナードを驚かせた。「お、お！」マリンソンは叫んだ。「どういうことだ、これは！」

コンウェイは機外に目をやった。何を予期していたにせよ、眼下は思いもかけない世界だった。目の限り、幾何学的に整然と配置された兵営も、大きな矩形の格納庫もなく、ただ褐色に灼けただれた大地を覆って靄(もや)が漂っているばかりである。飛行機は見る間に高度を下げながら、なお通常よりはるかに高いところを飛んでいた。重畳する鋸歯状(きょしじょう)の山並みの彼方に、雲間を透かして峡谷が見える。北西辺境州の典型的な地形だが、コンウェイはかつてこの高さから一望したことがなかった。それに、どれほど想像をたくましくしたところで、ここがペシャワルに近い場所とは思えない。「さぁて、だいたい、どのあたりなのか……」言いかけて、ほかの二人を心配させまい心から、それとなくマリンソンに耳打ちした。「どうやら、君の言うとおりだ。方角を見失っている」

急降下に伴って機内の温度は跳ね上がった。真下の灼けた大地はオーヴンのドアを開け放ったようだった。峨峨とした山嶺が一つまた一つと地平線に迫り上がり、飛行機は弧を描いて峡谷を縫った。岩屑の堆積する涸れ谷の底は、胡桃の殼を敷きつめた床の連想を誘った。エアポケットに嵌って機体は時化の波に揉まれる小舟のように激しく揺れ、乗客の四人はシートにつかまっているのがやっとだった。

「降りる気だな！」アメリカ人がかすれた声で叫んだ。

「まさか！」マリンソンが叫び返した。「冗談じゃない！　下手をすれば墜落して……」

操縦士は腕前を見せて着陸した。雨水の浸食で生じた段丘のわずかな平地に機首を起こすようにしながら降下して、間一髪で停止した技倆は並大抵のものではない。だが、髭面にターバンの操縦士の離れ技に舌を巻くそばから、背筋の寒くなることが起きた。部族民が八方からどっと飛行機を取り囲み、操縦士のほかは出るに出られなくなったではないか。操縦士は窮屈そうに降りたって、土地の言葉で何やら忙しなく仲間内とやりとりを交わした。もちろん、フェナーではなかったし、イギリス人どころか、ヨーロッパ人種とも思えない。その間にも、部族民たちは近くの小屋からドラム缶を運んで自家用機の桁外れに大きな燃料タンクに給油した。機内に閉じこめられた四人は口々に抗議の声を発したが、部族民たちは薄笑いを浮かべるばかりで取り合わず、降りようとするそぶりを見せればライフルで威嚇した。いくらかパシュトゥ語の心得があるコンウェイは、思いつく限りの言葉を動員して食ってかかったが、まるで通じなかった。操縦士は何語で何を言われようと、それには答えず、ただ思わせぶりに拳銃(リボルバー)をふってみせるだけだった。真昼の太陽は容赦なく照りつけて、機内の四人は蒸し風呂の暑さと抗議の疲れで生きた心地もない。バスクルから退避するに当たっては武器の携行を禁じられていたから、一同は手も足も出なかった。

給油が済むと、部族民の一人がガソリン缶に日向水を満たして窓から差し入れた。質問や抗議に部族民たちはいっさい応じなかったが、含むところがあるとも見えなかった。別れの言葉を交わして操縦士は席に戻り、整備係のパタン人がぎくしゃくとプロペラに弾みをつけて、飛行機は飛び立った。ゆとりのない場所で、燃料の荷重が増していることを考えれば、離陸は着陸以上に高度な技術を要するに違いなかった。飛行機は薄霞む空の彼方に針路を定めるように一線に上昇した。時刻は午後の半ばをまわったところだった。

何とも合点のいかない、容易ならぬ事態ではないか。機内がいくらか涼しくなって四人は気力を取り戻したが、今しがたの出来事が現実とは思えなかった。北西辺境州の波瀾の歴史を通じてこれに似た異変はいまだかつて例がない。自分たちが犠牲者でなかったら、とうてい信じられないことだった。こうした場合、まず不愉快が先に立ち、次いで疑念が湧き起こり、憤慨が下火になったところで憂慮が頭を擡(もた)げるのが自然の順序である。これといって腑に落ちる説明も思いつかず、マリンソンが一つの仮説を打ち出した。すなわち、身代金目当ての誘拐である。手口は極めて特殊と言えようが、誘拐それ自体は今にはじまったことではない。前代未聞ではないと思えば多少は気が楽だ。これまでにも、誘拐事件は数知れず、犠牲者の多くは無事に戻っている。どこか山中の洞窟に押しこめられるにしても、そのうちに政府が身代金を払って、人質は解放される。誘拐犯一味は人質を丁重に扱うというではないか。身代金は政府の負担で、こっちの懐が痛むわけではない。囚われの不自由もほんのしばらくの辛抱だ。その後、軍は当然、犯人グループの潜伏場所に空爆を加えるだろう。被害者は人質体験を生涯の自慢話にすればいい。マリンソンはそんな筋書きをやや深刻な面持ちで語ったが、アメリカ人のバーナードは笑って混ぜ返す態度だった。「いやね、なるほど、何者かはこれで、してやったり、なんでしょうが、どう考えてもイギリス空軍は自慢できた話じゃありませんね。あなたがたイギリス人は、シカゴのギャングだの、強盗だのと面白半分に言うけれど、私の知る限り、悪党がアメリカ政府差し向けの飛行機で逃げ失せたというのはついぞないことです。ところで、もともとこの飛行機に乗るはずだった操縦士はどうしたんですか。きっと、半殺しの目に遭ったでしょうよ」言うだけ言って、バーナードは欠伸をした。でっぷりと図体の大きな男で、いかつい顔に楽天家の笑い皺と、厭世家らしい目の下の弛みが仲よく同居している。バスクルでは、ペルシャで石油関係の仕事をしていたらしいという以外、ほとんど知られていない人物だった。

コンウェイは具体策に取りかかっていた。みんなから手に入る限りの紙片をかきあつめ、何種類か現地方言で救難信号を書きつけて空から撒く考えだった。ほとんど人のいない山岳地帯で、脈があるとも思えなかったが、ものは試しというではないか。

四人目の乗客、ミス・ブリンクロウは棒を呑んだように背筋を伸ばして前方を見つめたきりだった。めったに口をきかず、ましてや不満を訴えるでもない。小柄でどこか険のあるブリンクロウは、心ならずも連れ出されたパーティで感心しかねる光景を見やっているとでもいう風情だった。

救難信号を方言に訳すのは神経を使う仕事で、コンウェイは男二人よりも口数が少なかったが、問われれば答えて、ひとまずはマリンソンの誘拐説を肯定した。一方、バーナードの空軍批判にもある意味では賛成だった。「言うまでもなく、だいたいのところは知れているな。あのどさくさの中で、飛行服では誰彼の見分けがつかない。おまけに手順を心得ているとなれば、正体を疑われることもないだろう。事実、この操縦士は発進の合図から何からすべて本式だったし、それ以上に、技倆は天下一品だ……。が、それはそれとして、誰かが責任を問われずには済まないというのは、そのとおりでしょう。当然ですよ。ただ、その誰かはそもそも立場が違って、不当に責められることになるだろうと思いますがね」

「いやいや」バーナードはしきりにうなずいた。「そうやって、問題を両面から見ているところは立派ですな。どこかへ掠われていく途中とはいえ、それこそは正しい態度ですよ」

　コンウェイは胸の内で思案した。総じてアメリカ人は教えを垂れるような口をきながら相手を傷つけないこつを知っている。微苦笑がこぼれて、話はそこで終わった。激しい疲労はいかなる危険の予測をもってしても持ち堪えられないほどに達していた。午後も遅くなって、それまで議論を続けていたバーナードとマリンソンはふとコンウェイが眠りこけているらしいことに気づいた。

「疲れきっているんだ」マリンソンは言った。「この何週間かを思えば、無理もないな」

「知り合いかね？」バーナードは心安げに尋ねた。

「領事館で一緒だから。この四日四晩、一睡もしていないのではないかな。いや、しかし、この情況でコンウェイがいてくれるのはありがたいよ。言葉ができるだけではなしに、人を扱うことを知っているのでね。この窮地から助け出してくれるのは誰かといえば、コンウェイだ。何がどうなろうと、びくともしないから」

「ほう。だったら、寝かせておこう」バーナードは得心した。

ミス・ブリンクロウが珍しく口を開いた。「とても勇気のある方のようですことね」

　コンウェイは間違っても自分から勇気があるとは思わなかった。目を閉じたのは疲れきっていたからで、寝入ってはいず、飛行機の動きは残らず感知していた。マリンソンの褒め言葉を聞くともなしに聞いた時の気持は複雑だった。おりしも、不安な心理状態を分析することから来る肉体反応で胃の底に何やら硬いものがわだかまるのを意識した。

これまでの体験に照らして、危険を危険そのものとして無条件に好む人間ではないことは誰よりも自分でよく承知している。危険が鈍磨した精神に刺激を与え、興奮を誘う一種の浄化作用を心地よく思うこともないではないが、だからといって命を懸けるなどは論外である。十二年前にフランスの塹壕戦でつくづく危険が厭になった。以来、不可能に挑む剛勇を忌避して何度も死を免れている。殊勲賞を授かったのも、恐れを知らぬ勇気のためではなく、艱難の果てに身につけた忍耐ゆえである。第一次大戦を生き延びて以後は、前途に危険が待ち受けているとなれば、よほど贅沢な戦慄の配当が約束されない限り、迂闊には近寄らないことにしている。

意識して目は閉じたままでいた。マリンソンの言葉には胸を打たれたが、同時にいくらか失望した。傍目に落ち着いて見えるのを、胆力と誤解されては迷惑である。実際はただ冷淡なだけで、およそ男気はないのにだ。どうであれ、成り行きは予断を許さない。勇気にはほど遠いところで、コンウェイは行く手に立ちはだかっているかもしれない難儀を思って、一人、気が塞ぐばかりだった。何よりもまず、ミス・ブリンクロウのことがある。次第によっては、女性であるというそれだけの理由で、ほかの三人を合わせた以上に大切な存在と見なしてかからなくてはなるまい。そのような理不尽がまかり通ってやむを得ない情況はまっぴらだった。

にもかかわらず、すっきりと目が覚めたふりを装って、コンウェイはまっさきにミス・ブリンクロウに話しかけた。よくよく見れば、若くもなし、美貌というにはほど遠い。あまり喜べないことだった。そのミス・ブリンクロウが、いざという段には実に頼りになるのだが、男どもがそうと知るのは少し先へ行ってからである。マリンソンもバーナードも宣教師は苦手で、女と来てはなおさららしいことを思うと、いくらか同情の念が湧いた。コンウェイ自身にその種の偏見はない。ただ、偏見のないことがミス・ブリンクロウには珍しく、かえっていかがわしく思われる憂いなきにしもあらずだった。

「どうも、妙なことになりましたね」コンウェイは前かがみに乗り出して、ミス・ブリンクロウの耳もとで言った。「でも、あなたがそうやってじっとしているのは幸いです。なに、大丈夫。心配するほどのことはありませんよ」

「ありませんとも。防ぐことができるものならば」宣教師の答えは慰めにならなかった。

「気が休まるように、われわれでできることがあったら言ってください」

バーナードが聞きとがめて無遠慮に割りこんだ。「気が休まるように？　ええ、ええ。休まっていますって。愉快に旅をしてるんですから。これで、トランプがあれば上等ですな。ブリッジの三番勝負なんぞで」

コンウェイはにやりと笑った。ブリッジは嫌いだが、みんなの気を引き立てようというバーナードの心馳せは嬉しかった。「ミス・ブリンクロウは、なさらないのではないかな」

意外や、宣教師はくるりと向き直った。「それが、私、するんですのよ。カードに害があるとは思いません。聖書のどこをさがしても、カードが罪だとは書いてありませんし」

　笑いが弾けて、一同はミス・ブリンクロウの弁を歓迎した。何はともあれ、宣教師が癇症ではないとわかってコンウェイはほっとした。

　午後中、飛行機は上空の薄靄を突いて飛び続けた。眼下の地形を見定めることはむずかしい高さだった。ときおり、靄の切れ目に急峻な山の頂が覗き、どことも知れぬ峡谷に陽を浴びて銀箔を延べたように蛇行する流れが見えた。針路は太陽の位置からだいたい東とわかったが、何度か大きく北に逸れた。行きつく先がどこかは速度にもよるが、正確なところはわからない。すでにかなりの燃料を消費しているはずだ。ただ、これは不確定要素があることで、考えてどうなるものでもない。航空技術に関してはほとんど無知に等しいコンウェイだが、操縦士が何者であれ、卓絶した技倆の持ち主であることは疑いを容れなかった。峡谷の岩場に降りた鮮やかな手並みや、あれこれ思い合わせてもそれは言える。議論の余地なくずば抜けた能力を見せつけられては胸に兆す賛嘆を禁じ得ない。コンウェイは常々人に頼られる立場だったから、いっさい先の読めない困惑の最中に、助けを求めず、もとよりその必要もない相手がいることを思うと心なしか気が紛れた。もっとも、それぞれに心配の種を抱えているであろう同乗の三人にそんなゆとりは期待できない。マリンソンはイギリスに婚約者がいる。バーナードは所帯持ちだろう。ミス・ブリンクロウには仕事がある。天職と心得ているかどうかはいざ知らずだ。中でもマリンソンはとりわけ落ち着きがなく、時間が経つほどに苛立ちを募らせて、陰でしきりに褒めていたコンウェイのもの静かな態度を面と向かって悪しざまに言うようになった。エンジンの音に抗して、マリンソンは食ってかかった。「おい。あの贋者が好き勝手にするのを、手を拱いて見ていなきゃあいけないのか？　隔壁をたたき破って、引っぱり出して何が悪い？」

「それは構わないけどな」コンウェイは軽く躱した。「ただ、向こうは武器を持っている。こっちは丸腰だ。それに、その後、飛行機はどうやって降りるんだ？」

「どうにかなるだろう。着陸ぐらい、誰だってできるはずだ」

「なあ、マリンソン。どうして君はそうやって、いつも私に奇跡を要求するんだ？」

「いや、そうじゃなくて、もう我慢がならないといってるんだ。あいつをこっちへ引きずり出せよ」

「どうやって？」

　マリンソンはますますいきり立った。「どうやってって、相手はそこにいるんだろう。ほんの六フィートのところだ。こっちは男三人。向こうは一人だぞ。このまま、あいつの背中を眺めていろっていうのか？　せめてここへ呼び出して、どういうつもりか聞くぐらいのことはあってもいいじゃないか」

「そうか。じゃあ……」コンウェイは一段高い操縦席と客室を仕切っている隔壁へ立った。隔壁には六インチ四方ほどのガラス窓があって、操縦士はそこに顔を寄せて乗客と話せるようになっていた。コンウェイは軽く窓をたたいた。ほとんど喜劇と言ってもいい予想どおりの応答で、引き戸式の窓が開き、拳銃（リボルバー）の筒先が覗いた。声はなく、ただそれきりだった。コンウェイは黙って引き下がり、窓は閉じた。

マリンソンはその様子を見届けて、不満げに言った。「どうせ撃つはずはない。はったりだ」

「ああ」コンウェイはうなずいた。「が、それを確かめるのは君に任せよう」

「でもな、何も抵抗しないで旗を巻く手はないだろう」

その気持はわからないでもない。アメリカ独立戦争における赤い制服の英軍兵士や、学校で読まされた歴史教科書の連想から、イギリス人は何ものも恐れず、降伏を潔しとせず、敗北は知らずという常識が世にはびこっている。「よほどの勝ち目もなしに戦うのは愚の骨頂だ。私は英雄でなくてたくさんだ」

「そのとおり」バーナードは膝を打って声を弾ませた。「かなわないとなったら、さっさと負けを認めて引っこむことです。私はね、生きているうちは快楽を求める主義で、ここで葉巻を一服したいんですが。火種をいっぱい積んでいる飛行機で、危険なことはないでしょうな？」

「それは大丈夫だけれど、ミス・ブリンクロウは迷惑でしょう」

バーナードはすかさず態度を改めた。「いやあ、これは失礼。吸っても構いませんか？」

「どうぞどうぞ」宣教師は厭な顔一つしなかった。「私は吸いませんけれど、葉巻の香りは好きですから」

コンウェイは胸のうちでうなずいた。この科白を言ってのける女性がどれほどいるかは知らないが、中でもミス・ブリンクロウは理解のある代表と見てよさそうだった。それはともかく、マリンソンはだいぶ落ち着きを取り戻した。和解のしるしに、コンウェイは煙草を勧め、自分は火をつけずに静かに言った。「君の気持はわかるよ。ひどい目に遭っていることだし、手も足も出ないとなると、なおさら辛いものな」

内心では、自分に向かって言わずにはいられなかった。「反対から見れば、大いに結構だ」疲労は相変わらずだった。コンウェイの性格には人が無精と取る一面があるのだが、必ずしもそうではない。いざとなれば困難な仕事を誰よりも器用にこなすし、責任をよく果たすことにおいてもおさおさ人には劣らない。ただ、進んで行動することを好まず、責任は歓迎しないだけの話である。仕事に行動と責任は付き物で、その限りでは決して投げやりな態度は取らないが、自分と同等か、ないしはそれ以上に有能な相手がいればいつなりと場所を譲る用意がある。手堅い仕事をしていながら官界ではあまり目立たないのも、一つにはそのせいに違いない。人を押しのけてまで出世したいとは思わず、事実、何もしていないのにことさら無為をひけらかす趣味もない。コンウェイの作成する文書は時に簡潔を通り越してぶっきらぼうなほどである。非常の際に冷静を失わないところは評価されているが、これが誤解を招いて生真面目の度が過ぎると思われたりもする。政府当局はコンウェイが自制に努めているように考えたがり、もの静かな態度は、その実、育ちがいいための感性を包み隠す仮装にすぎないと見なしている。片方には陰湿な疑惑もあって、コンウェイは見たとおり無感覚で、何があろうと知ったことではないのだと一部では噂している。だが、これもまた無精者と決めつけるのと同じで不用意な言い方である。ほとんどが見落としているコンウェイの性癖は、突きつめてみれば単純この上ない。ありていは、静寂と、思索と、孤独を好むというだけのことである。

　疲労は澱のように溜まっていたし、ほかにすることもなく、シートに体を沈めて今度はぐっすり眠った。しばらくして目が覚めてみれば、同乗の三人も心労の果てに力尽きて寝入った様子だった。まっすぐに背筋を伸ばして目をつむったミス・ブリンクロウは薄汚れた古人形といったところだ。マリンソンは背中を丸めて膝に頬杖をついている。バーナードは鼾をかいて心地よげだった。いいことだ。怒鳴り合って体力を消耗するよりよほど賢明ではないか、と思う途端にコンウェイは体調に異変を覚えた。軽微ながら眩暈がして動悸が速まり、呼吸が浅くなって息苦しい。以前にも同じ感覚に襲われたことがある。あれはスイス・アルプスに登った時だった。

　遠く機外に視線を馳せた。吹き晴れたように澄みわたる空に暮れ近い日影が差して、眼前に開ける夢幻の致景にコンウェイははっと息を呑んだ。視界の果てに重畳する山脈は雪を戴き、氷河を化粧って渺茫たる雲の海に浮かんで見えた。稜線は目の限り全周に連なって、今しも日が傾きかける西の空は稚拙な印象派の筆による背景幕のようにどぎつく赤く染まっていた。飛行機は無窮の天に単調なエンジン音を響かせて底知れぬ峡谷を越え、ほとんど空に溶けこんで半透明にそそり立つ氷壁に向かった。ミュレンから見るユングフラウを幾重にも積み上げたような氷壁は落暉を受けて、たちまちにして目を射る白熱光の乱舞と化した。

　コンウェイはなまじなことでは驚かず、概して風景には感動を催さない。とりわけ観光名所で地元の行政が見物の便宜に場所を設けているようなところはいただけない。ダージリンに近いタイガーヒルに案内されてエベレストの日の出を見たが、世界最高峰にはほとほとがっかりした。ところが、こうして飛行機の窓越しに望む恐ろしいまでの景観は実に異質だった。ここには媚態のかけらもない。大氷壁は荒々しくも峻厳な威容に霊気を宿して何ものをも寄せつけまいとするふうである。試みに、地図を頭に思い描き、時間と速度から距離を割り出した。ふと見ると、マリンソンも目を覚ましていた。コンウェイは若い同僚の腕にそっと手を置いた。

第二章

三人がてんでに目を覚ますに任せたのは、いかにもコンウェイらしい計らいだった。各人が機外の光景に驚きの声を発してもほとんど知らぬ顔だったが、その後、バーナードが意見を求めると、コンウェイは問題を解説する大学教授の口ぶりで淀みなく考えを述べた。現在位置はなおインド領内と思われる。半日近く、針路はおおよそ東である。高度のせいで目視はできないが、ほぼ東西方向に延びる渓谷の流れに沿って飛んでいるに違いない。

「記憶が頼りだもので、確かなことは言えませんが、インダス河上流の地形がちょうどこんなふうでしょう。だとすると、そろそろ世界でもまたとない雲外の秘境ですが、どうやら、そのとおりですね」

「というと、どのあたりかわかりますか？」バーナードは急きこんで尋ねた。

「いや、それは……。この辺ははじめてですから。ただ、あそこに見えているあの山が、ママリーが遭難したナンガパルバットだとしても驚きませんね。山の姿といい、配置といい、話に聞いているとおりです」

「山登りは、やるんですか？」

「若い時は、よく登りました。といっても、誰でも行くスイスの山ばかりですが」

マリンソンが口をとがらせて割りこんだ。「それより、問題は今どこへ向かっているかだろう。誰か教えてくれないかな」

「まあ、これで行けば、あの山脈へぶつかるな」バーナードは他人事のように言った。

「違うか、コンウェイ？　いや、失礼。でも、もう呼びつけでいいだろう。この先、苦楽をともにするとなれば、他人行儀は邪魔っけだ」

いかにもそのとおりで、バーナードの言いわけからしてすでに余計だった。「ああ、もちろん」コンウェイはうなずいた。「あれは、きっとカラコルムだな。機長が越える気なら、空路は幾筋かある」

「機長？」マリンソンは声尻を撥ね上げた。「あの食わせ者が！　誘拐説は取り下げだ。辺境州はとうに過ぎて、このあたりに部族民はいない。考えられることはただ一つ。偽操縦士は完全に気が触れている。狂人でもなかったら、誰がこんなところを飛ぶものか！」

「飛ぶとしたら、よっぽど腕のいい操縦士だな」バーナードは言い返した。「私はもともと地理に暗いがね、何といったってこのあたりは世界でも有数の山岳地帯だろう。そこを越えるとなると、これは超一流の名人芸でないことには」

「神の意志もありましてよ」思いがけなく、ミス・ブリンクロウが口を挟んだ。

コンウェイは意見を差し控えた。神の意志か、人の狂気か、どちらだろうと好きな方を取ればたいていのことは説明がつく。あるいはまた、窓から見る大自然の息を呑むばかりの景観と、ちまちまとして殺風景な機内の対比を考えれば、これを神の狂気と人の意志に置き換えてもいい。いずれに視点を定めるかはっきりしていれば充分に納得がいくだろう。とやこう思案するうちにも、目の前で世界は大きく変った。全山、空が紺青に染まると見る間に、菫（すみれ）の紫を帯びた冥闇が斜面を下って濃く中腹を塗りこめた。いつもの諦念とは違う何かが意識の底から湧き起こった。興奮ではなし、まして恐怖ではあり得ない。首を傾げるまでもなく、そこに疼いているのは性急というに近い期待だった。

「そのとおりだ、バーナード。いよいよ目が離せなくなってきた」

「目が離せないかどうか知らないけど、歓迎の決議には反対だな」マリンソンは抗議した。「こんなとこへ連れてきてくれと頼んだ覚えはないんだ。だいたい、行った先でどうなる？　仮に、どこかへ着いたとしてだよ。操縦士がたまたま曲芸飛行の達人だからといって、このでたらめが許されることにはならないぞ。達人だろうと何だろうと、気が触れているのは同じだろう。操縦士が飛行中に発狂した例もある。この操縦士ははじめから異常者に違いないんだ。私はそう思うよ、コンウェイ」

コンウェイは答えなかった。エンジンの音に負けまいと声を張り上げてやり合うのは心（しん）が疲れるばかりで、ただただ空しかった。土台、ああでもない、こうでもないと想像で議論したところではじまらない。しかし、マリンソンは引き下がらず、しょうことなしにコンウェイは言った。「何から何まで計算が行き届いているあたり、並の頭とは思えない。途中の給油にしてもそうだし、この高さを飛べる飛行機がほかにないことも計算のうちだ」

「だからといって、正気とは限らないぞ。そこまで綿密に計画すること自体、気が変な証拠かもしれないんだ」

「ああ、もちろん。それはあり得るな」

「だとしたら、こっちも覚悟を決めておかないと。飛行機が降りたらどうする？　つまりその、墜落せずに、命は無事だったとしての話だよ。どうするんだ？　みんなして操縦席へ押しかけて、よくぞ飛んでくれたと拍手喝采するか」

「ごめんだね」バーナードはにべもなかった。「どたばたは、そっちに任せよう」

コンウェイも、もはや議論はうんざりだった。アメリカ人のバーナードが余裕綽々たる軽口で若いマリンソンをあしらうのを見てはなおさらだ。少し前から、同乗四人の顔ぶれが必ずしも不運とばかりは言えないと思っている。一人、マリンソンだけが口を開けば喧嘩腰だが、あれは高度のせいではなかろうか。希薄な空気がどう作用するかは人による。コンウェイの場合は頭がすっきりする反面、体は不活発になって、この組み合わせはまんざら悪くなかった。それどころか、冷たく澄んだ空気を吸うと漣に洗われるにも似たある種の満足を覚えたほどである。情況は最悪に違いないが、かくも意図的で関心を捉えて放さない当座の仕儀に腹を立てる気力も体力も湧きようがなかった。

　峻険な山の姿を眺めていると、今なお地球上に遠く手の届かない人跡未踏の場所が残っていることに、われにもなく胸が熱くなった。暗澹と灰色に翳った北空を背景に、カラコルムの氷壁は前にもまして荘厳だった。稜線は残光を冷たく反射して、峨々たる銀嶺の威容は侵し難い。無名であるという、そのことに山の品格がある。世界に名だたる高山にほんの数千フィートおよばないだけで記録破りが目当ての探険登山家は執念をいだかず、前方に見えている山々はどこまでも処女峰ではあるまいか。コンウェイの心情は、その手の冒険者とは対極だった。西欧の至高の理念には卑俗なものを感じている。「最大努力で最高峰」の発想は理に落ちて現実にそぐわず、むしろ「高さだけの努力」よりも凡庸ではないかと思う。何はともあれ、過剰な発奮は願い下げで、自己目的と化した英雄行為はいい加減にしてもらいたい。

　それからそれへ取り止めもなく思案するうち、日は黄昏れて黒い天鵞絨を思わせる濃密な闇が視野の底からあたりを染めるように膨れ上がり、ずっと近づいた山脈は新たな変容を遂げた。満月が昇り、堂守が伽藍の灯を点すように一つまた一つと頂を照らして、見渡す限りの稜線が紫紺の空を背景に金糸の輪郭を描き出した。冷たい風が邪険に機体を揺らし、不快が加わって四人は気も滅入りがちだった。日が暮れても飛び続けるとは思いのほかで、今や燃料が尽きることに望みをかけるしかないが、すでに時間の問題であろう。マリンソンがそれを言いだして、コンウェイは答に窮した。そもそも自家用機の航続距離など知っていようはずがない。せいぜい長く見積もって一千マイルといったところか。だとしても、もうそれに近い距離を飛んでいるはずではないか。「で、どこへ行くんだ、いったい？」若いマリンソンはしょげ返った。

「それは何とも言えないけどな、おそらくはチベットのどこかだろう。あれがカラコルムなら、山を越えた向こうはチベットだ。あそこに一つ高く見えているのはK２に違いない。世界第二の高峰とされている山だ」

「エベレストの次だな」バーナードは心得顔だった。「へえ。あれがねえ」

「登山家の見地からすると、エベレストよりはるかに難儀な山だというね。イタリアの探検家アブルッツィ公爵は、とうてい無理だと、途中で諦めている」

「うう、助けてくれだ」マリンソンは不機嫌に言ったが、バーナードは声を立てて笑った。

「あなた、われわれ一行の公式ガイドだ、コンウェイ。いや、私はね、正直な話、今ここでカフェ・コニャックを、ぐい、とやれるものなら、連れていかれる先がチベットだろうと、テネシーだろうと、一向に構わないよ」

「でも、これからどうするんだ？」マリンソンはこだわった。「何だってこういうことになったんだ？　このことに、いったい何の意味があるんだろうか？　よくそうやって冗談が言えるね」

「まあ、ぐずぐずむずかるより、冗談にして笑っていた方が気が楽さね、お若いの。それに、操縦士は君の言うように頭がおかしいんだとしたら、意味もへったくれもありゃあしまい」

「狂人に決まってるって。ほかに説明のしようがないものな。どうなんだ、コンウェイ？」

　コンウェイは首を横にふった。

　ミス・ブリンクロウが、芝居の幕間に後ろの席に話しかけるように向き直ると、控えめながらも甲高い声で言った。「私、意見を求められてはおりませんから、さしでがましいことかも知れませんけれど……、でも、マリンソンさんのおっしゃるとおりだと思います。気の毒に、とうてい正常ではありません。もちろん、操縦士のことを言っているのです。それに、正気だとしたら、なおのこと許されません」宣教師は、言いだしたからにはと声を張り上げた。「実は、私、飛行機ははじめてなんです。本当に、生まれてはじめて！　何が何でも、飛行機には乗るまいと思っておりました。友だちの一人が、ロンドンからパリまでと、しきりにけしかけましたけれど」

「それが、今こうやって、インドからチベットですか」バーナードは悪気なく言った。

「まあ、そういうもんですな」

　ミス・ブリンクロウは先を急いだ。「知り合いに、チベットへ行ったことのある宣教師がいて、話を聞きましたが、チベット人というのは不思議な人々だそうですね。人間は猿の子孫だと思っているんですって」

「それを知っているとは、隅に置けない」

「いえいえ、現代のことじゃあありません。昔々から伝わっている迷信です。もちろん、私はそんなこと、信じません。チベット人より、ダーウィンの方がよほど質が悪いと思います。私は聖書がすべてですから」

「原理主義、というやつですね」

ミス・ブリンクロウは原理主義と言われても何のことかわからない様子で一段と声を張り上げた。「私、LMSにおりましたけれど、幼児洗礼には反対です」

コンウェイはLMSがロンドン伝道会の略で、ロンドン・ミッドランド・スコティッシュ鉄道ではないことに気づいてからもこの掛けあいが滑稽に思えてならなかった。ユーストンの駅頭で神学論議を戦わせるちぐはぐな場面を想像しながら、この宣教師に何やら不思議な親しみを覚え、夜は冷えるから服を貸そうかとさえ考えたが、自分よりもはるかに頑健らしいことを思って止めにした。シートに縮こまって目を閉じると、そのまま眠りの底に吸いこまれた。

飛行機はまっすぐに針路を保った。

機体がぐらりと傾いて、コンウェイは窓に額をぶつけた。一瞬、目が眩んで気がついた時は弾みで通路に投げ出されていた。寒かった。考えるより先に時計を見た。一時半。ぐっすり寝こんでいたらしい。耳を圧して羽撃くような物音は気のせいかと思ったが、注意を凝らすと、飛行機はエンジンを切って強い向かい風に煽られているのだった。目の下は、灰褐色を帯びた岩だらけの地面が波打ちながら機体の腹をこするばかりに流れていた。「着陸する気だ！」マリンソンが叫び、コンウェイと同じくシートから投げ出されたバーナードが陰に籠もって応じた。「運がよければな」ミス・ブリンクロウは危急の最中に慌てず騒がず、ドーバーの港が見えてきたとでもいうふうに、おもむろに帽子を直した。

あれよあれよという間に飛行機は接地した。今度はお世辞にも巧みとは言えない着陸だった。「おお、おお、これはひどい！」激しい衝撃と動揺の十秒間、マリンソンはシートにすがりついたまま叫び続けた。何かが破断する音がして、車輪が一つパンクした。「もう駄目だ」マリンソンはおろおろと絶望を声に出した。「尾橇（びそり）が折れた。これじゃあ身動きが取れない。ここに釘付けだ」

危機に際して常に寡黙なコンウェイは強張った脚を伸ばして、窓で打った額をさすった。さほどの打撲ではなかった。みんなのためにこの場をどうにかしなくてはと思ったが、飛行機が止まって、起き上がったのは四人の最後だった。「気をつけろ」客室のドアをこじ開けて飛び降りようとするマリンソンの背中に声をかけた。不気味に静まり返った中でマリンソンは言った。「気をつけるまでもない。まるで地の果てだ……。人っ子一人、いやあしない」

一同は降り立って冷気に身ぶるいしながら、マリンソンの言うとおりだとうなずいた。吹きすさぶ風と砂利を踏む自分たちの足音を除いては、あたりに物音一つなく、悲愁を帯びた鬼気とでも言うべき何かが四面に迫るかのようだった。月は雲に隠れて、星明かりが風荒れる空漠の大地を照らしていた。ここが孤絶の山岳地帯で、連なる峰は雲を見降ろす高さからさらに抜きんでて聳(そび)えているのだと理解するのに知恵も知識も必要なかった。見晴るかす果ての稜線は微かな光を放ってゴシック初期建築の犬歯飾りのようだった。

マリンソンはじっとしていられず、操縦席を見上げて怒鳴り散らした。「誰だろうと、地べたの上ならこっちのもんだ。ようし、見てろ。引きずり出してやる……」

臆病の裏返しでしかないマリンソンの権幕に、まわりはかつ驚き、かつ成り行きを危ぶんで立ちつくした。コンウェイは引き止めようとしたが、時すでに遅かった。しかし、いくばくもなく、マリンソンは腕を抱える格好で操縦席から飛び降り、気ぜわしげに声を軋らせた。「おかしいんだ、コンウェイ……。気絶してるのか、死んでるのか……、何を言っても返事がない。ちょっと見てくれよ……。とにかく、拳銃だけは取り上げてきた」

「そいつは、こっちへもらっておこう」コンウェイは額を打ってまだ眩暈が残っていたが、ここは勇を鼓して行動を起こすしかなかった。時と場所と情況の如何を問わず、これほどの不愉快が重なったことはかつてない。やっとの思いで操縦席を覗いた。ガソリンの臭気が充満して、マッチを擦るわけにはいかなかったが、仄暗い中に突っ伏して操縦桿に頭を預けている男の姿がぼんやり見えた。肩を揺すっても反応がない。飛行帽を脱がせ、襟を寛げてから、ふり返って地上に声をかけた。「ああ、まずいことになっている。何はともあれ、まず降ろさないと」もしここに、立場を離れた観察者がいたならば、コンウェイの身にも変化が起きていることを見抜いたはずである。底知れぬ懐疑の淵のほとりに佇んでいるようないつもの態度とは違い、その声は毅然として鋭い響きを孕(はら)んでいた。時と場所、寒さ、疲れは問題とするに足りない。今はただ、するべきことがあるというだけの話だ。習い性となった責任感でコンウェイは事態を達観していた。

バーナードとマリンソンが手を貸して、操縦士を地面に寝かせた。意識はないが、事切れてはいなかった。コンウェイは医学知識に乏しいものの、僻地の暮らしが長いこともあって急病人は見馴れている。「たぶん、高度が原因の心臓発作だろう」操縦士の上に屈みこんで、コンウェイは言った。「介抱するといったって、何もできないしなあ。このひどい風を避ける場所もない。客室へ運ぶとしよう。みんなも機内へ戻った方がいい。ここがどこなのか見当もつかないし、夜が明けるまでは動くに動けないからな」

コンウェイの判断に異を唱える筋があろうはずもなく、マリンソンも黙って言うことを聞いた。みんなして操縦士を客室に担ぎこみ、通路の床に横たえた。寒さは機外と変わりなかったが、吹き曝(さら)しよりはいくらかましだった。とはいえ、ほどなく風は一同の意識を圧倒した。言うなれば、風は悲愴の夜の主導動機(ライトモチーフ)だった。なにしろ、ただの風ではない。強風だの、寒風だのと言って済む生易しい風とはわけが違う。情け容赦もあらばこそ、人も草木も踏み倒して意のままにのし歩く狂気の暴君である。その風に嬲(なぶ)られてなす術もなく、機体は大きく揺れ傾いた。外は風に吹きちぎられた星のかけらが降りそそいでいるかと思うようだった。

操縦士は横になったまま身じろぎ一つせず、コンウェイは狭い通路でマッチの炎を頼りに診断を試みたが、素人の悲しさで何がどうとも見立てようがなかった。「心拍が微弱だな」と、そこでミス・ブリンクロウがハンドバッグをかきまわし、遠慮がちながら、ちょっと手品を使う体にみんなを驚かせた。「こんなものが、お役に立ちますかどうですか。私はいっさい口にしませんけれど、事故の時にはと、いつも持ち歩いておりますの。これは、一種の事故でしてよね」

「ええ。それは、まあ」コンウェイはむずかしい顔で小瓶の蓋を取り、そっと匂いを嗅いでから、ブランデーを操縦士の口に含ませた。「この際、何よりです。いやあ、ありがたい」ややあって、操縦士の瞼が微かに動いた。マリンソンは自制がきかず、声を歪めてひくひく笑った。「おかしくってさ。死人にマッチを擦って、バカみたいだよ……。どう見たって、碌な顔じゃないよな。どこの誰だか知らないけどさ、中国人だ、きっと」

「おそらくな」コンウェイは険しくも抑揚に欠ける声で言った。「それはともかく、まだ死んでいない。運がよければ命は助かる」

「運？　それは、そいつの運だろう。こっちは関係ないんだ」

「そうと決まったものでもないぞ。いいから、ちょっと黙っててくれ」

若いマリンソンは先輩の叱責に口答えする向こう気がないでもなかったが、かっとするあまり思うように舌がまわらなかった。コンウェイは同情を覚えつつも、今は操縦士の方が大事だった。この災難について、多少とも説明を期待できる相手は操縦士だけである。これまでさんざん議論して、もう憶測や仮定の話は意味がない。胸中に居すわっている好奇心を越えて、不安は募る一方だった。それというのも、もはや情況は危険が興奮を誘うだけの域を過ぎて、避け難い破局の予感にどこまで持ち堪えるか、忍耐の試練に移ろうとしていたからである。それを言ってみんなに恐怖を与えたくない気持から、コンウェイは吹きすさぶ夜の風を聞きながら、一人密かに思案した。現在地はヒマラヤ山脈の西部をはるかに越えて、ほとんど知られていない崑崙山脈に寄ったあたりだろう。深だとすれば、地球上で最も海抜が高く、どこよりも未開なチベット高原に違いない。深い峡谷の底ですら、海抜は二マイルに達し、空漠として、住む人はいず、探検隊が足を踏み入れたこともなきに等しい吹き曝しの高地である。その最果ての地のどこか、ありとある砂漠よりなお条件の悪い絶所に自分たちは孤立している。あたかも畏怖を煽ることで好奇心に答えようとするかのように、前触れもなく、目を瞠る変化が起きた。雲に隠れたとばかり思っていた月が突兀とした奇峰の肩からこぼれ出て、なぞえに半影を残しながら、前方の闇を照らしたのである。深く澄んで冷たく青い夜空を背景に黒々と弧を描くゆるやかな丘陵に挟まれて峡谷が遠く続いていたが、視線は自ずと上手の峡間に貼りついて引き剝がす由もなかった。切れこんだ谷の向こうに満月の銀の光を惜しみなく浴びて、世界のどこをさがしてもこれ以上はあるまいと思う姿のいい山がそそり立っていた。ほぼ完璧な雪の円錐は、幼い子供が絵に描いたようで、飾り気と言える何もなく、大きさも高さも、そこまでの距離も定かでなかった。その輝きに満ちた静謐（せいひつ）は神々しいほどである。夢ではなかろうかと思うところへ、頂近くから雪煙が小さく噴き上がってその疑念を打ち消し、後を追うように遠い雪崩（なだれ）の地響きが伝わってきた。

咄嗟にみんなを起こそうとしかけたが、気慰みにはならないかもしれないことを思って止めにした。実際、常識で考えても、ここは黙っていた方がいい。新たな驚異はただ自分たちが孤立して危険にさらされている事実を突きつけるだけではないか。どんなに小規模なりと、集落と言える場所までは何百マイルもの距離があろう。食料はなし、拳銃一丁のほかには武器もない。飛行機は破損して燃料もほぼ尽きているから、操縦できる誰かがいたにしたところでどうなるものでもない。おまけに、この凍みとおるほどの寒さと風には何の備えもない。マリンソンの革上着も、コンウェイのアルスター外套（がいとう）も、とんと防寒の用をなしていない始末である。はじめて会った時、極地探検でもあるまいに、と腹で笑ったミス・ブリンクロウの分厚いセーターと襟巻きも、どうやら見た目に心細い。それに、コンウェイ自身はともかくも、みんな馴れない高度に参っている。バーナードすら心身の疲労には勝てず、意気消沈の体である。マリンソンはぶつぶつ言い通しで、この苦しみが長引けばどうなるかは火を見るより明らかだった。ことごとに心痛の度が増す中で、コンウェイはミス・ブリンクロウの様子を窺ってはを巻かずにいられなかった。思うに、普通の女性ではない。むろん、アフガン人に讃美歌を教えようという女性が普通であろうはずはないのだが、それ以上に、ミス・ブリンクロウはいくら不愉快な目に遭っても普通ではないことにおいて常と変わらず、コンウェイはその茫洋としたところにどれほど救われたか知れない。「辛いことはありませんか？」目が合って、コンウェイは気遣いを示した。

「戦争で、兵隊さんたちはもっともっと辛い思いをしたでしょう」

コンウェイにとって、この類比はあまり意味がなかった。実のところ、大半の兵士と違って塹壕の夜を一度として、心底、辛く不愉快に思ったことはない。それきり、コンウェイは操縦士に神経を集中した。呼吸は乱れているものの、ときおり微かに身じろぐ気配を見せるまでになっている。マリンソンの言うとおり、どうやら中国人に違いない。まんまとイギリス空軍大尉に化けてはいるが、典型的な蒙古鼻に高く張り出した頬骨である。マリンソンが碌な顔ではないと貶した風貌も、中国を知っているコンウェイの目にはまずまずと映った。マッチが投げかける乏しい光の輪の中で、血の気の失せた皮膚と、細く開いて喘ぐ口は醜かった。

夜はのろのろと過ぎていった。一分一分に重さと手に触れる形があって、前を押しのけないことには進めないとでもいうふうだった。月影が薄れ、遠い山の姿も模糊として、暗黒と寒気と烈風の三苦が次第に度を加えながら夜明けまで続いた。と、あるところで何らかの合図があったかのように風が止んで、ほっとする静寂が訪れた。切れこんだ谷の向こうにふたたび迫り上がった弧峰は灰色から銀に変わり、やがて頂に曙光を受けて真紅に染まった。暁闇が去って、岩と砂礫の河床が上り勾配で続く峡谷の全景が見渡せるようになった。必ずしも心浮き立つ景観ではなかったが、コンウェイはそこに不思議な美を感じた。感傷とは無縁の、むしろ非情な知覚に訴えかけてくるある種の刺激だった。はるかに距離を隔てた白い円錐は向き合う意識に、ユークリッド幾何学の公理と同じ、即物的な受容を強いた。陽が昇って蒼空を金色に焦がす頃、コンウェイはほとんど痛痒を知らないいつもの自分に返っていた。

気温が上がって、みんなが目を覚ましたところで、操縦士を機外へ移すことにした。空気の乾燥した日向に寝かせることが意識の回復を助けるのではなかろうか。前夜と打って変わって、一同は期待を胸に成り行きを見守った。やがて、辛うじて意識が戻った操縦士はもつれる舌で何やら気ぜわしげに訴えた。乗客の四人は覆いかぶさるようにして耳を傾けたが言葉が通じず、コンウェイだけがときおり短く受け答えした。操縦士は見る間に力尽き、口がきけなくなって、それきり息を引き取った。午前の半ばをまわる頃だった。

コンウェイは一同に向き直った。「残念ながら、極くわずかしかわからない。まだまだ知りたいことは山とあるのにだ。ここがチベットだということは、今さら聞くまでもないな。われわれをこんなところへ連れてきた理由について、筋のとおった説明は聞けなかったけれども、土地鑑はあるらしい。言葉は中国語でも、私のよく知らない方言でね。が、それはともかく、この谷に沿ったどこか、そう遠くないところにラマ教の僧院があるという話だったように思う。そこへ行けば、食料と宿舎は世話してもらえるはずだ。シャングリ・ラ、と言ったな。〝ラ〟はチベット語で、山道、あるいは峠の意味だよ。何が何でもそこへ行けと、しきりにそれを言っていた」

「だからって、そんなとこへ行く理由があるとは思えないな」マリンソンが即座に異を唱えた。「なにしろ、頭のおかしな人間の言うことだから。そうだろ？」

「その点については、お互い、理解は同じだな。でも、そこを避けて、ほかに行く場所があるか？」

「どこだっていいじゃないか。一つはっきりしているのは、そのシャングリ・ラとやらがあっちの方だとすれば、文明から遠ざかる方角だということだよ。距離を縮めるならともかく、遠ざかるのはごめんだな。冗談じゃない。みんなを連れて、もとの場所へ帰る気はないのか？」

コンウェイは根気よく反論した。「君は、今どういう事態に立ちいたっているか、わかっていないな、マリンソン。ここは、完全装備の探検隊でも難儀をする危険な場所だということを除いては、誰も知らない土地なんだ。東西南北、どっちへ向かおうと、何百マイルも今いることと同じだろうから、徒歩でペシャワルへ戻る考えでいるとしたら大間違いだ」

「とうてい、無理ですことね」ミス・ブリンクロウはあくまでも冷静だった。

バーナードもうなずいた。「そのラマ寺が、事実、ここから目と鼻の間だとしたら、これはもう天の助けと言わなくてはな」

「ひとまずは幸運の部類だろう」コンウェイは相槌を打った。「どうにもこうにも、食料はなし、見てのとおり、ここは生きていられる場所じゃあない。何時間もしないうちに、みんな飢え死にだよ。夜になればまた、あの風と寒さだ。考えただけでうんざりだな。となると、唯一の望みは人のいる場所へ行くことだ。そういう場所があると聞いている以上、とにかく、そこをさがすしかないじゃあないか」

「罠だったら?」マリンソンが臍曲がりを言って、バーナードが混ぜ返した。「ぬくぬくと暖かい罠で、チーズのかたまりでもぶら下がってりゃあ、願ってもない」

みんなが笑う中で、マリンソンだけは苦虫を嚙みつぶしたような顔だった。頃合いを見て、コンウェイは話を進めた。「だいたい、これで意見は一致したな。谷に沿って行けばいい。それほど険しい道でもなさそうだが、ゆっくり行くことだ。とにかく、ここにこうしていてもしょうがない。ダイナマイトがないことには、埋葬もできないしな。それに、ラマ寺へ行けば、帰りの道案内に強力をつけてもらえるかもしれない。どうしたって、その助けは必要だよ。じゃあ、出発だ。夕方までにたどりつけなかったら、また飛行機で夜明かしだから、往復の時間を見ておかなくては」

「で、その場所へ行きついたとしてだよ」マリンソンはまだいじけた疑いを捨てなかった。「殺されずに済むという保証はどこにある?」

「保証はないさ。でもな、仮に危険を冒すことになったとしても、飢えと寒さで死ぬよりはましだろう。ああ、そうだとも」身も蓋もない言い方はこの場にそぐわないことを思って、コンウェイは言葉を足した。「いや、それを言うなら、仏教寺院で人殺しはまず考えられない。国教会の大聖堂で殺されるよりなおあり得ないことだろうな」

「カンタベリーの聖トマス・ベケットのように」ミス・ブリンクロウがここぞとばかり史実を持ち出して、コンウェイの思慮も台無しだった。マリンソンは肩をすくめて、やりきれない顔で言った。「わかったよ。じゃあ、シャングリ・ラだ。どこの何だか知らないけど、まあ、行ってみよう。あの山の、半分も登らなくていいことを祈ってさ」

マリンソンの憎まれ口で、一同は峡谷の向こうに燦然と聳え立つ円錐に視線を馳せた。真昼の太陽に照り映えて、山はいよいよ荘重にあたりを払うかと思われた。望見はそこで凝視に変わった。何と、ひとかたまりの人数が谷の斜面を下って近づいてくるところだった。「神のお計らいです!」ミス・ブリンクロウが声にならぬ声で言った。

第三章

　コンウェイは、活発に行動している時も、一面では常に傍観者だった。見知らぬ集団が近づいてくるのを待ちながら何が起きるかわからないまま、どうしたものか、あれやこれや思い煩うのは気に染まない。これは芯が強いからでもなければ冷静なためでもなく、ましてや、咄嗟の決断力を誇る無意識の自信によるところでもない。忌憚なく言えば、つまりは傍観者の関心を妨げられたくない、怠惰の現れである。

　今しも谷を下ってやってくるのは、天蓋つきの駕籠を中心とする十数人の集団だった。駕籠の主は丈の長い青衣をまとっていた。一行がどこへ向かっているかは知る由もないが、このような集団が奇しくもここへさしかかるとは、まさにミス・ブリンクロウの言う神慮かと思われた。声の届くところまで近づくのを待って、コンウェイは一人、仲間を離れて進み出た。東洋人が初対面の行儀作法でゆっくり挨拶することを知っているから、いたずらに急ぐことはなかった。少し手前で足を止め、丁寧に頭を下げると、驚いたことに青衣の人物は駕籠を降りて悠揚迫らず、まっすぐ向き合って片手を差し出した。

コンウェイはその手を握り返した。相手は髪に白いものが目立つ年配の中国人で、髭剃り跡は清々しく、絹の青衣の縫い取りが、決して派手ではないが、よく見れば豪華だった。相手もまた同じようにコンウェイを観察する態度で、ややあって、正確という以上に格調を感じさせる英語で言った。「私、シャングリ・ラのラマ僧院の者です」

コンウェイは重ねて頭を下げ、ほどよく間を取って、自分たちがこの訪う人稀な地へ来ることになった経緯をかいつまんで話した。聞き終えて中国人は理解の仕種を示し、考え深げに破損した飛行機を見やった。「いかにも、めったにないことです。私、張(チャン)と申します。お仲間に、ご紹介いただけましょうか」

コンウェイは努めて品のいい笑顔を繕った。チベットの地の果てで、完璧な英語を話してボンド・ストリートの社交辞令を守る中国人に出会うことになった不思議な風向きに興趣を覚えはじめていた。背後に続いた仲間のみんなはそれぞれに驚きの表情を浮かべて二人のやりとりを見守っていた。「こちら、ミス・ブリンクロウ……。ミスター・バーナード。アメリカ人です……。それから、ミスター・マリンソン……。申し遅れましたが、私、コンウェイです。一同、お会いできて嬉しく思っています。私どもがこうしてここにおりますことに劣らず、何とも思いがけないめぐり合わせではありますが。実は、私ども、そちらの僧院へ向かうところでしたから、幸運が重なりました。道順を教えていただければ……」

「その必要はありません。喜んで、ご案内いたしましょう」

「いえいえ、それはご迷惑でしょう。ご親切に、ありがとうございます。ですが、そう遠くはないのであれば……」

「遠くはありません。が、楽でもありません。みなさんのお供をさせていただけたら光栄です」

「でも、それではあまり……」

「いいえ、こちらの気持ですから」

コンウェイは時と場合を考えて、押し問答は無益な上にも愚かしいと判断した。「そうですか。それでは、お言葉に甘えて」

何を悠長な、と不機嫌を隠さずにいたマリンソンが声をとがらせて割りこんだ。「長いこと厄介になる気はないですよ。きちんと、払うだけのものは払います。帰りの道案内に、人は出してもらわないとなりませんが。とにかく、さっさと文明社会に戻りたいので」

「それほどまでに、遠ざかっているとお思いですか？」

含むところない穏やかなひとことが、なおさら若いマリンソンを刺激した。「ええ、こんなところに、頼まれたっていたくないですよ。雨露を凌がせてもらえばありがたいですがね、帰りの手配をしてくれたら、もっと恩に着ますよ。インドまでは、どのくらいかかりますか？」

「さあ、それは」

「いいでしょう。まあ、大したことはないですよね。これまでにも、現地で強力を雇ったことはあるし、吹っかけられないように、睨みをきかせてもらえたら幸いです」

あまりの非礼は聞くに堪えず、コンウェイがたしなめるより早く、威厳に満ちた声が答えた。「これだけは、約束しましょう、マリンソンさん。決して悪いようにはいたしません。最後は満足なさることでしょう」

「最後は？」マリンソンは鸚鵡返しに叫んだが、そこへワインと果物が出て、とげとげしい諍いとなるにはいたらなかった。羊の革外套に毛皮の帽子、ヤクの革のブーツという屈強なチベット人たちが荷を解いてもてなしに努めていた。ワインは上等な辛口の白に似て香りがよく、丸一日、何も口にしていないところへ熟れきったマンゴーは頬が落ちるほどだった。マリンソンは恥も外聞もなく飲み、かつむさぼり食った。コンウェイは当面の心配が片付いていくらか救われたものの、先が思いやられてならなかった。この海抜でマンゴーが穫れるというのも、考えてみれば不思議だった。おまけに、谷の向こうの山が意識を捉えて放さない。チベットを歩いた旅行者たちが決まって書く手記であの山に触れていないのは意外だった。頭の中で難所を巻きながら鞍部や山腹の峡谷をたどるおりしも、マリンソンが奇声を発してコンウェイは我に返った。じっと様子を窺っていたらしい張と目が合った。「あの山が気になっておいでですか、コンウェイさん？」

「ええ。姿のいい山ですね。当然、名がありますね？」

「カラカルと言っています」

「はあて、聞いたことがないな。標高は？」

「二万八千フィートを超える高さです」

「ほう？　ヒマラヤ以外にそれほどの山があるとは知りませんでした。正規に踏破した登山家はいますか？　今おっしゃった標高は、誰の測量です？」

「これはこれは。誰だとお思いですか？　修道院の禁欲生活と三角測量は、断じて相容れませんか？」

　コンウェイはひとしきりこの一言を吟味してから控えめに笑った。「いいや。いいえ……、そんなことはありません」修道院と測量のこじつけは下手な冗談だと思ったが、よく考えてみるに価することかもしれない。そんな場面があって、一行はシャングリ・ラへ向かった。


　午前中、ずっと登りが続いた。ゆるやかな勾配をゆっくりとだが、海抜が高いために体力の消耗は激しく、口をきくのも億劫だった。中国人の張は駕籠で担がれるという羨ましい身分で、ミス・ブリンクロウを女帝に見立てることには無理があったからいいようなものの、そうでなかったら騎士道精神に反する待遇と言わなくてはならない。空気の薄いことがあまり苦にならないコンウェイは、駕籠を担ぐチベット人たちの言葉を聞き取ろうと神経を凝らした。耳馴れないチベット語はよくわからなかったが、それでも、僧院へ戻ることを喜んでいるらしいことは察しがついた。一行の代表格である張とは話したくても話せなかった。垂れ幕の陰に半ば顔を隠して目を閉じているところを見れば、勝手次第で好きな時に寝入るこつを心得ているに違いない。

　陽の光は穏やかだった。充分とは言えないまでも、飢えと渇きは癒されて、別の惑星かと思うほど澄んだ空気はつくづくありがたかった。呼吸は絶えずそれと意識しなくてはならず、はじめは困難を感じたが、時間が経つにつれて吐く息、吸う息がほとんど陶酔に近い安らぎをもたらすまでになった。全身が呼吸、歩行、思考の単調なリズムに同期して、肺腑はもはや別個に自律することなく、ただ意識の揺れと手足の動きに追従するばかりである。もともとの性格になぜか懐疑と馴れ合うところのあるコンウェイは、この一種の恍惚(こうこつ)状態を戸惑いつつも、どこかで許容していた。励ますつもりで何度かマリンソンに声をかけたが、若い同僚は長い登りに息切れがして返事どころではなかった。バーナードも気息奄々だった。ミス・ブリンクロウは重い肺疾患と闘いながら人に知られまいとしてでもいるような態度が痛ましかった。「もうすぐ頂上ですよ」コンウェイは気休めに言った。

「汽車に遅れないように走ったことがありますが、ちょうど今と同じ気持でした」

　なるほど、サイダーとシャンパンを同じだと言う人間もいる。味覚の問題だ。

　意外にも、多少の戸惑いを別とすれば不安はほとんどなく、自分のことは心配無用だった。生涯のうちには、時として思うさま心を解放することがある。一夜の遊興に予想外の金がかかると知って驚きながら、目新しさに引かれて財布の紐を緩めるようなものである。夜明け方、カラカルを遠く望んで息を呑んだコンウェイは、未知の体験に胸を躍らせるほどではないままに、進んで心を開く気になっていた。十年間、アジア各地を転々として、場所や事件についてはかなり厳密な評価基準を定めたが、われながら、これが大いにものを言っている。

峡谷に沿って二マイルほど行ったあたりから登りが急になった。日が翳って、銀色を帯びた靄が視界を遮り、雷鳴と雪崩の音が伝わった。山岳地帯に特有な天候の急変で大気が冷えこみ、霙まじりの風が斜面を吹き上げて、たちまち濡れそぼった一行は重なる難儀に泣きの涙だった。コンウェイさえが束の間、これ以上は進めないと思ったほどである。なおしばらく行くほどに、どうやら尾根にさしかかったか、駕籠の担ぎ手たちが荷を降ろして態勢を改めた。バーナードとマリンソンは疲労が激しく、足が前に出ないありさまだったが、チベット人たちは気が急く様子で、この先は楽だからと手真似で二人を励ました。

そうやって安心させておきながら、ロープを解きはじめたとあっては穏やかでない。「もう吊し責めにする気か？」バーナードはせいぜい戯けたふりを装って仰々しく叫んだ。だが、現地人たちに悪気はなかった。何のためのロープかといえば、岩登りの要領で安全のために体を結び合う準備である。コンウェイがロープ捌きに巧みと知ってチベット人たちは一目置き、隊の編成を任せきった。コンウェイはマリンソンを先に立てて自分が続き、前後をチベット人が固める配置を定めた。バーナードとミス・ブリンクロウがその後について、残りのチベット人たちがしんがりに連なった。そうする間も一行の指導者たる張は眠ったきりで、コンウェイは代理役に祭り上げられた格好だった。よく知っている権威志向が頭を擡げた。何かことが起きた場合は自分の見識と能力で対処しなくてはならない。すなわち、同衆に自信を与えて指示を下すことである。かつては第一級の登山家で通用した。今もまだ捨てたものではない。コンウェイは内心、密かに恃(たの)むところがあった。「バーナードをよろしくお願いしますよ」冗談めかして言いはしたが、半ばは本心だった。ミス・ブリンクロウは爪を隠す鷹の謙遜(けんそん)で答えた。「できるだけのことはしますけれど、ロープにつながれたのははじめてだもので」

　そこから先は、ときおりはっとする場面はあったものの、覚悟していたほどの難所ではなく、息切れがする登りよりはかなり楽だった。道は雲に隠れて高さも知れぬ絶壁の腹を這い伝う崖路で、反対側の谷底も霧に閉ざされて見えないのは救いかもしれなかったが、遠目がきくコンウェイは、晴れていれば周辺の地理も多少は知れるだろうにと、それがいささか心残りだった。ところによってはようよう二フィート前後の道幅で、駕籠を担いでそこを行く男たちの息が合った並足もさることながら、この険路を駕籠に揺られて何も知らぬげに眠り通す神経にはほとほと頭が下がった。道が広くなって心持ち下りにかかると、頼もしいチベット人たちも緊張が解けたか、誰からとなく歌いだした。明るく素朴なメロディを聞いてコンウェイは、マスネーがチベットを舞台にバレー音楽を書いたらどんな曲になるか想像した。雨が止んで、寒さもいくらか和らいだ。「いやあ、案内がなかったら、とうていここは越えられないな」気持を引き立てるつもりだったが、マリンソンは機嫌がなおらなかった。最も危険なところを過ぎて、かえって恐怖を抑えきれず、まるで捨て鉢になっている。「それがどうしたって？」道ははっきり下りに変わった。ふと見る先にエーデルワイスが咲いていた。憂いが去ってはじめての、喜ばしいしるしだった。だが、それを言うとマリンソンはますます不快を剝き出した。「恐れいったね、コンウェイ。アルプスをのんびり散策か？　行きつく先は地獄の料理場か？　どんなところか知りたいもんだ。着いてからの筋書きは？　われわれ、どうするんだ、いったい？」

　コンウェイは穏やかに言った。「君も私と同じだけの経験があれば、場合によっては何もしないのが一番というのがわかるはずだけどな。ものごとは、なるようになる。なるようにしかならない。戦争も、そうだった。こんな時、ほんのちょっとしたことが気を紛らせてくれるとしたら、それだけで幸いじゃあないか」

「よくまあ、そこまで悟りきっていられるねえ。バスクルでごたごたしてた時とは、人が変わったみたいだ」

「それはそうさ。あの時は、私の行動一つで局面を打開する可能性があったからね。ところが、今は、少なくとも今この場では、どうする術もない。私らはこうやって、ここにいる。なぜか？　いるから、いるんだ。そう考えれば、たいていのことは我慢できるよ」

「ここまでの道を引き返すとなったら並大抵ではないと言いたいんだろう。この一時間、絶壁の腹を伝って歩いているものな……。こっちだって、そこは見ているさ」

「それは私も同じだ」

「そうかな?」マリンソンは急きこんで言った。「みんなに迷惑をかけているのは自分でもわかっているよ。でも、しかたがないんだ。どう考えても胡散臭くてね。これではあまりにも向こうの言いなりだ。このままだと、抜き差しならないところへ追いこまれるぞ」

「だとしても、案内を拒んで野垂れ死にするよりほかに選択はないだろう」

「理屈はそのとおりだよ。でも、だといって、これでいいとは思えない。あなたのように、この情況に甘んじるなんて、なかなかそうはいかないんだ。つい一昨日、バスクルの領事館にいた。それからのことを思うと、腹が立ってかなわない。ごめんよ。ちょっと興奮してるもので。考えてみれば、戦争に行かなかったのは幸いだったな。行ったら、気が狂っていただろう。何もかもがでたらめに思えてね。こうやって口数をたたいているのだって、現におかしい証拠に違いないんだ」

コンウェイは首を横にふった。「いや、そんなことはないよ。君は二十四で、まだ若い。おまけに、ここは海抜二マイル半の高所なんだ。それだけだって、神経がささくれ立つ充分な理由だよ。君はこの辛いところを、よく耐えていると思う。私が君の歳だったら、とても真似できないのではないかな」

「それより、だいたいがもってのほかだと思わないか？　わけもわからず、この山岳地帯へ運ばれてさ、猛烈な風で機内に閉じこめられて、操縦士が死んで、そこへこの現地人集団だろう。ふり返ってみると信じられない、まるで悪い夢じゃないか」

「ああ。まったくだ」

「だったら、どうしてそんなに平気でいられるのか、そこがわからないんだなあ」

「本当に知りたいか？　なら、話そうか。ひねくれたやつ、と思われるかもしれないけれども。いやなに、こうして何でもない顔をしているのは、過去だって考えればあらかたは悪い夢みたいなものだからだよ。今だけが狂っているのではないぞ、マリンソン。だって、そうだろう。バスクルで革命軍は情報を得るために、盛んに市民を拷問していたな。洗濯物を絞り機にかけるのと同じ古い手で、それなりに有効ではあるのだろうが、むごたらしいのを通り越して、あんなに滑稽なほど愚劣な行為は見たことがない。通信が途絶する前の、最後に届いた文書を憶えているか？　マンチェスターの衣料会社から、バスクルでコルセットの販路を開拓する見込みはどうか打診する照会状だ。ふざけた話だと思わないか？　ここへ連れてこられたについても、考えられる最悪の事態は、狂気がある一つの形から別の形に変わったということでしかない。戦争にしたって、駆り出されたら、君も私と同じで、何食わぬ顔で苦痛に耐えることを覚えたはずだよ」

急な登りにかかって会話は跡絶えた。ほんの数歩がそれまでを上回る肉体の酷使だった。ほどなく道は平らになって霧を抜け、日差しの明るい開けた場所に出た。目の前、一跨ぎと言えるところに、ラマ教の僧院、シャングリ・ラが横たわっていた。

コンウェイの目にその景観は、希薄な空気にすべての機能を包まれた心身が刻む一本調子のリズムからこぼれ落ちてたゆたう幻影とも映った。ただちには信じ難い、何とも不可思議な眺めだった。彩色をほどこしたいくつもの堂宇が山腹にすがりつくようにかたまっているありさまは、ラインランドの城館の厳めしい作為とは異なり、風にやられた花びらがたまたま岩角に打ち重なった微妙な平衡を感じさせる。得も言われず嬋妍（せんけん）たる美しさがそこにはあった。胸中に兆した畏怖は、乳白色を帯びた青屋根から背後の岩壁に視線を誘った。グリンデルヴァルトから仰ぐウェッターホルンにも似た雄大な山である。その向こうにカラカルの雪の斜面が眩く迫り上がっていた。世界でもこれほど息を呑む山岳風景はまたとあるまい、とコンウェイは思った。雪と氷河の測り知れない圧力に抗して、手前の岩山は堅固な擁壁（ようへき）の役を果たしている。いつか全山が崩壊して、カラカルの威容の本体である氷雪の半ばが峡谷へ雪崩落ちるのではなかろうか。その可能性が極めて少ないことと、万一そのようなことが起きた場合の凄惨な光景を併せて考えると、眼下の広大な眺めがなおさら心をかき立てるようだった。

それに劣らず、差し招くばかりに道は向こうへ下っていた。斜面の裾がほとんど垂直に落ちこむ岩の裂け目は太古の地殻変動の跡に違いない。遠く霞む谷間の緑に目を洗われる思いがした。切り立った崖が風を遮り、僧院が見降ろすというよりは、高みからゆったりと打ち眺めているような峡谷はさぞかし床しく長閑やかな場所であろう。巍峨として越すに越されぬ山脈に囲われて、住む人は外界から完全に隔絶しているだろうけれどもだ。見たところ、僧院のほかにどこへ通じる路もなかった。前方を見晴るかして、コンウェイはわずかながら不安を意識した。マリンソンの疑念はあながち無視すべきではないのかもしれない。が、それは一瞬のことだった。神秘に向き合った直感と、目の前の実景が融合して、ここ以外にはあり得ない、究極の場所に到達した意識が脳裡を満たして不安をかきけした。

　どこをどうたどって僧院に行きついたか、よく憶えていない。丁重な挨拶に迎えられ、ロープを解かれて、境内に案内されたには違いないが、それとても記憶が朧である。希薄な空気と青磁色の空とが相俟って夢見心地を誘い、吐く息、吸う息や、目に映るすべてが麻酔に似た鎮静効果をもたらして、コンウェイはマリンソンの心配性も、バーナードの磊落を粧った当てこすりも、最悪の事態に備える上流婦人を絵に描いたようなミス・ブリンクロウの虚ろな表情も、自分にはおよそかかわりのないことに思った。僧院内が広々として温かく、清潔なことに驚いたのをぼんやり憶えている。だが、まわりに気を取られているのもそこまでだった。駕籠を降りた張が前堂を案内しながら愛想よく言った。「途中、お相手もしませんで、失礼をいたしました。実は、私、ああいうところが苦手でして、自分のことで精いっぱいで。ひどくお疲れではありませんね？」

「まあ、どうにか」コンウェイは無理に歪めた笑い顔で答えた。

「それは結構。さあ、どうぞ。こちらがみなさんのお部屋です。手水をお使いにおなりでしょう。粗末なところではありますが、一通りはととのっております」

バーナードはまだ息が静まっていなかったが、喘ぎながらも声を弾ませた。「いやいや、当地の気候は馴れていないもので……、何か、こう……、空気が胸へ貼りつくようでねえ。しかし、窓から見る景色は、ああ、これはいい。手洗いは、並んで順番を待つんですか？　それとも、ここはアメリカのホテルですか？」

「すべて、ご満足いただけると思いますよ、バーナードさん」

ミス・ブリンクロウはにこりともせずに小さくうなずいた。「ええ、贅沢は申しませんから」

「一休みなさったところで」張は言葉を足した。「食事をご一緒させていただけたら幸せです」

コンウェイは謹んで礼を述べた。一人マリンソンだけは思いがけない好意に与って、感謝を示そうとしなかった。空気の薄い高所に馴染めず、息が苦しいのはバーナードと同じだったが、それでも依怙地に肩をそびやかした。「一休みしたら、勝手ですが、出発の準備にかかりますからね。私としては、早いに越したことはないんです」

第四章

「ご覧のとおり」張は言った。「私ども、みなさんがお思いになるほど時代後れではないのでして……」

　コンウェイは聞き流した。日は暮れきっていた。疲れが取れて、頭もすっきりしている。都会人の感性で、コンウェイにはこれが何よりだった。こう見たところ、シャングリ・ラの設備はさしあたり充分という以上に、まさかここまでと思うほど行き届いている。チベットの僧院が集中暖房を採用しているからといって、拉薩（ラサ）でさえ電話が通じるこの時代に何も驚くことはなかろうが、西洋の技術文明と東洋古来の精神文化が組み合わさっているところは実に不思議だった。例えば、つい最前、命の洗濯を味わった浴槽は趣味のいい緑の磁器で、商標を見ればオハイオ州アクロン市のさる会社の製品である。付き添いがかしずくばかりの中国流儀で耳や鼻の孔を掃除し、綿棒で瞼の裏を拭くことまでしてくれた。仲間の三人もこんなふうに親切にされて、何を感じているだろうか。

　コンウェイは十年近くを中国で暮らし、大都市ばかりではなかったが、あれこれ考え合わせれば、この時期が一番よかったと思っている。中国人が好きで、生活習慣も性に合う。とりわけ中国料理の微妙な味わいは忘れ難いこともあって、シャングリ・ラではじめての食事はしみじみ懐かしかった。料理には呼吸を楽にする薬草か、何らかの薬物が使われているらしい。それかあらぬか仲間の三人も目に見えて元気を回復した。張は野菜サラダをつつくだけでワインは一滴も飲まず、それをあらかじめ断った。「申し訳ありません。私、食餌が限られておりまして。精いっぱい、自分で気をつけなくてはなりませんので」

これは前にも聞いたことで、どういう故障を抱えているのか、コンウェイは首を傾げた。こうしてあらためて向き合ってみると、張の年齢はちょっと察しがつかなかった。体は小作りで、目立った特徴はなく、肌はくすんでいるが、それでいて、かさかさに乾いてもいない。若さに似ず、妙に老けこんでいるようでもあり、反対に、かなりの歳でありながら見かけは驚くほど若いとも言えた。身辺にある種の雰囲気を漂わせて、ことごとに作法にかない、意識がほかへ逸れてはじめて気づく類の清潔で控えめな人柄はなかなかの魅力だった。縫い取りをほどこした絹の青衣は型通り脇に切れこみがあって、誰ズボンは裾を結わえている。全体が水色の空を思わせる冷たく透きとおった印象で、誰からも好かれることはないと知りつつ、コンウェイはこの張という人物が気に入った。

ここはチベットでありながら、僧院の空気はむしろ中国ふうで、コンウェイにとっては懐旧の縁だが、この感慨が仲間の三人と共通しようはずはない。あてがわれた部屋もまた、言うことなしだった。狭からず広すぎず、タペストリーと漆器がいくつかあっさり飾ってある。天井から吊った提灯の火影は揺れもしない。身も心も癒されて、あらためて薬物のことを考えてもまるで気にならなかった。事実、食事に何かが入っていたとしても、それでバーナードの呼吸が楽になり、マリンソンの向かっ腹がおさまったならいいではないか。二人とも、話はそっちのけでよく食べた。コンウェイも空腹だったが、礼儀作法の手前、いきなり堅苦しい話題を持ち出すことは躊躇われたし、せっかく楽しい席で何を急ぐこともない。ゆったりとふるまうことが礼儀なら、心得はある。食事が済んで煙草をつけると、はじめていくらか好奇心の手綱を緩めてコンウェイは張に話しかけた。「結構なところですね。見ず知らずの私どもにこんなにまで親切にしてくださって、ありがとうございます。よそから、めったに人は来ないでしょうけれども」

「極く極く、稀なことです」張は構えておもむろに答えた。「旅行者の通り道ではないものですから」

コンウェイはにやりと笑った。「とはまた、控えめなおっしゃりようですね。私もここははじめてですが、これほど俗世間から遠くへだたった場所は見たことがありません。これなら、外界の汚染を知らずに独自の文化が栄えるはずですね」

「汚染、とおっしゃいますと？」

「ダンス・バンド、映画、電光板、その他もろもろのことを言っているんです。ここの上下水道は立派な近代設備で、東洋が唯一、西洋文明から受けていい恩恵でしょうね。

よく思うんですが、古代ローマ人は幸いでした。文明が行きついたのは温泉までで、命取りの機械技術には手が届かなかったんですから」

コンウェイは言葉を切った。思いつくままに淀みなく話したのは、場つなぎではなく、ひとまずは空気を醸して会話の流れを作る狙いだった。そういうことならお手のものである。ただ、洗練を極めた一席のもてなしにはそれなりの儀礼で応えようとする考えから、好奇心を剝き出しにすることは差し控えた。

ミス・ブリンクロウは、とおまわしは面倒と、遠慮なく尋ねた。「この僧院のことをお聞かせ願えますかしら?」

張は無造作な質問に辟易した様子で眉を高く上げた。「私にできます範囲で、喜んで。そうして、何をお知りになりたいとおっしゃいますか?」

「まずはじめに、ここには何人の方がおいでですか? お国はどちらでしょうか?」ミス・ブリンクロウはバスクルの伝道所にいるのと変わりなく、宣教師の冴えた意識でものを言っていた。

張は答えた。「生き仏(ラマ)とも言われる高徳の僧がかれこれ五十人。ほかに、私のように、まだそこまでは大悟していない者がかなりおります。いずれは奥義を極めて寺僧の数に入ることになりましょうが、それまでは私ども、未成のラマ、修行僧と申しましょうか。生国は広くあちこちにわたりますが、当然ながら、チベットと中国の出身が多数を占めております」

ミス・ブリンクロウは、仮に自分の理解が間違っていたにしても、結論を先送りすることはなかった。「なるほど。つまりは、地元の僧院ですことね。ところで、最高指導者と言いますかしら、僧院を代表するラマは、チベットの方ですか？　それとも、中国から？」

「どちらでもありません」

「ここには、イギリス人はおいでですの？」

「はい、何人か」

「まあ！　それはそれは」ミス・ブリンクロウは目を丸くして、すぐ言葉を続けた。

「ならば、お聞きします。ここでは、みなさん、何を信じていらっしゃいますか？」

コンウェイは少なからず関心をそそられて先を待った。いつもながら、考え方が違う同士の衝突は興味深い。ミス・ブリンクロウのガールガイド流と言ってもいいあけすけな問いかけをラマ教の哲学がどう受けて立つか、成りゆきが楽しみだった。だが、その一方で主人役の張が詰め寄られてたじたじとなるありさまは見たくない。ここは穏便に運ぶことだ。「これはまた、恐れおおい質問ですね」

それしきのことで引き下がるミス・ブリンクロウではなかった。ワインが入ってみなみなほっとする中で、一人にわかに勢いづいて、手真似で声をふりたてた。「もちろん、私には本当の信仰があります。とは申せ、狭い心ではないのでして、ほかの人たち……、ええ、外国人の方々が、ともすれば異なる信仰をお持ちのことは存じております。ですから、私、僧院で賛成が得られると考えてはおりません」

ミス・ブリンクロウの譲歩に張は深々と頭を下げてから、品のいい正確な英語で応じた。「何をおっしゃいます？　一つの信仰が正しいからといって、ほかのすべては間違いとしなくてはいけませんか？」

「ええ、もちろん。当然じゃありませんこと？」

コンウェイはここでまた割って入った。「ああ、今日のところは、議論は抜きにしましょう。ただ、ミス・ブリンクロウと同じで、この特異な僧院がどういう成り立ちか、その点は私も大いに関心があります」

張はほとんどささやくほどに声を落とした。「一言で申しますなら、私どもの考え方の根底は中庸です。何ごとによらず、度を超さないことを徳としております。矛盾するようですが、その徳もまた、行きすぎは戒めるのです。みなさん、ここへおいでになる途中ご覧になったあの谷には数千の在家が暮らしておりますが、中庸の理が大いに幸いしております。私どもは中庸の規律をもって谷を治め、住人が中庸の従順でこれに応えることを佳しといたします。在家はみな、ほどほどに真面目で、ほどほどに穢れなく、ほどほどに正直と申せましょう」

コンウェイはじわりと笑った。張の説明は簡にして要を得ていたし、その考え方は自身の性格に馴染むと思えた。「よくわかる気がします。今朝方、あそこで会ったのも、谷の人たちですね？」

「はい。途中、何か不始末はありませんでしたでしょうか？」

「いえいえ、とんでもない。本当によくしてくれました。あの険しいところを楽々と登り降りする確かな足許は、中庸を超えて、何とも頼もしいと言わなくてはなりませんが。それはそうと、今、中庸の原則は谷の住人が対象であると、慎重におっしゃいましたね……。ということは、僧籍はこの限りにあらず、ですか？」

張は伏し目がちに首を横にふった。「遺憾ながら、私はその点について論ずる立場ではありません。ただ、ここにはいろいろな信仰、習慣が同居しておりまして、私どもの多くはどれを取ってもほどほどに異端であると申すまでです。はなはだ残念ではありますが、今この場では、これしかお話しできません」

「その弁解にはおよびませんよ。考える種ができて、喜んでいますから」コンウェイは体に感じる変化に加えて自身の声にも変調を覚え、微弱とはいえ、どうやら薬物が作用しているらしいことをあらためて意識した。マリンソンも同様の効果に気づいている様子だったが、ここで機を見て割りこんだ。「とても面白い話でした。でも、そろそろ出発の手はずを相談しないと。少しでも早くインドへ帰りたいんです。強力は何人世話してもらえますか？」

要求一点張りの無遠慮な発言は穏和の殻を突き崩した。足の下から床が抜け落ちたに等しかった。沈黙がやや長引いて、張は口重く答えた。「お気の毒ですが、マリンソンさん。そのようにおっしゃっても、私ではどうにもいたしかねます。どのみち、ただちに出発というわけにはいきますまい」

「だとしても、できるところから準備をしていかないと！　私らみんな、仕事があるし、友人知人や家族がきっと心配していますよ。とにかく、帰らなくてはならないんです。こうやって親切にしてくださったことは感謝します。でも、こんなとこで何もせずに、ただのんべんだらりと時間をつぶしてはいられません。なろうことなら、遅くとも明日中には立ちたいですね。道案内をしてくれる人はいくらだっているでしょう。もちろん、それに見合うだけのことはします。損はかけませんよ」

マリンソンは腹立たしげに口を閉じた。ここまで言う前に返事がないとは何ごとかと、憤懣やるかたない気持は顔に書いてある。だが、張は非難をこめて低く答えるばかりだった。「そうおっしゃられても、私の権限外だもので」

「へえ、そうですか。だとしても、何かできるはずでしょう。縮尺の大きな地図があると助かるんだがな。どこへ行くにしたって、相当の距離ですよね。それを考えるから、早くここを出たいんです。地図はありますね？」

「はい。どっさりと」

「だったら、貸してもらえませんか。用が済んだら返しますよ。ここだって、時々は外の世界と接触があるはずですね。前もって関係者に連絡を取れれば、先方も安心するでしょう。一番近い電信線はどこですか？」

張の皺を刻んだ顔は限りない忍耐を窺わせていたが、その口からついに返事は出なかった。

マリンソンは待ちかねて言葉を継いだ。「例えば、何か必要な時はどこへ連絡するんですか？　つまり、その、工業製品とか、機材、道具の類ですが」心なしかその目に怯えの色が走り、声がかすれて、マリンソンは椅子を引いて立ち上がった。顔から血の気が失せていた。ぞんざいに額を拭うと、一座を見まわしてマリンソンは押し出すように言った。「ああ、疲れた……。誰も加勢してくれないんだな。何もむずかしいことを聞いてはいないだろう。答はわかっているはずなんだ。ここには真新しい風呂の設備がある。あれは、どこから運んできたんだ？」

またもや沈黙がわだかまった。

「言いたくないか、え？　これも、この僧院に数ある謎の一つだな。コンウェイ。どう見ても、その態度は生ぬるい。一歩でも、二歩でも、自分から踏みこんだらどうなんだ？　こっちはもう、くたびれきっているんだ……。今は、このとおり……、でも、明日には……、ああ、明日には、ここを出るぞ……、何が何でも……」

体が大きく揺れ傾くところを、コンウェイが支えて椅子に戻したから、マリンソンは転倒を免れていくらか落ち着いたが、それきり不機嫌に黙りこくった。

「一晩お休みになれば、ずっと具合がよくなります」張はこともなげに言った。「ここの空気は、はじめは辛いでしょうが、じきに馴れますから」

コンウェイは、自身、ふっと夢から覚めた気がした。「なにしろ、えらい目に遭っているもので」われながら沈んだ声が意に染まず、からりと調子を切りかえた。「それは、私らみんな同じです。さて、今日のところはこの辺で。マリンソンを頼むよ、バーナード。あなたも、そろそろお休みになりたいでしょう、ミス・ブリンクロウ」どこかで合図があったか、寺男が間をもはずさず顔を出した。「ええ、ええ。お気遣いなく。おやすみ……、おやすみ……。私もすぐ寝るからね」三人を部屋から追い出すと、コンウェイはそれまでのもの静かな態度とは打って変わった権幕で張に向き直った。マリンソンに詰られて腹の虫がおさまらなかった。

「さあ。決してお手間は取らせません。はっきり言いましょう。友人がずいぶん乱暴な口をききましたが、無理もないですよ。筋はきちんととおっていますから、あれはあれで正しいのです。私ら、帰る準備をしなくてはなりません。それには、あなたなり、僧院のどなたかなりの助けが必要です。もちろん、明日というわけにいかないことは承知しています。私自身は、ほんのしばらくのことなら、ここにいてもいいつもりですが、仲間のみんなはそうは思っていないでしょう。ですから、おっしゃるように、あなたの裁量では何ごとも進まないのであれば、権限のあるどなたかに紹介してください」

張はひるむ気色もなかった。「あなたは、お仲間のみなさんよりものがわかっておいでです。その分、忍耐がおありですね。結構なことです」

「それでは答になっていません」

張は引き攣ったような声でひくひく笑ったが、間の悪いところで冗談めかして面目を保とうとする無理な作り笑いに違いなかった。ややあって、張は言った。「いえ、ご心配にはおよびません。いずれは私ども、きっとみなさんのお望みにかなうよう、協力いたしましょう。お察しかと思いますが、何かと厄介がありまして。ではありますが、充分に思慮を尽くして、いたずらに先を急がず……」

「急いではいません。ただ、強力の手配がつくかどうか、それが知りたいだけです」

「さあ、それがまた一つ、むずかしい問題でしてね。何といっても長途の旅で、おまけにあの難路です。進んで強力を買って出る人間が、おいそれと集まるものではありません。みんな、所帯持ちです。家族を谷に残して、困難な長旅に出たくはないのです」

「でも、話がわかれば、そこは何とかなるでしょう。現に今朝方だって、みんなあなたのお供をしていたじゃあないですか。どこかへ行く途中だったはずですね？」

「今朝方？　ああ、あれは事情が違います」

「どう違うんです？　これから遠くへ行こうとするところで、私らとばったり会ったのではないんですか？」

返事がなかった。コンウェイはゆっくり一つうなずいた。「そうですか。偶然ではない、と。実は、そんなこともあろうかと思っていました。はじめからそのつもりの、出迎えですね。われわれが来ることはわかっていた。となると、そこで打ち捨てならない問題は、どうしてわかっていたか、です」

染み透るような静寂の中に、コンウェイの言葉は重たく余韻の尾を曳いた。提灯の明かりは張の端整な顔に彫りの深い陰翳を描き出していた。と、張は鬱屈を払いのける動作で絹のタペストリーを脇へ寄せ、そっとコンウェイの腕を取って澄みきった空気が冷たいバルコニーへ誘い出すと、夢うつつかと思う声で言った。「あなたは察しのいい方です。ただ、考えておいでのことがすべて正しいとは限りません。ですから、今のようなつかみどころのない話でお仲間のみなさんに不安を与えることは禁物でしょう。これだけははっきり申し上げておきますが、あなたも、ほかのみなさんも、このシャングリ・ラで危険がふりかかる気遣いはいっさいありませんから」

「われわれ、危険がどうこう言ってはいません。問題は時間の遅れです」

「よくわかります。ですが、どうしても、多少の遅れはありましょう。いかんともし難いことで」

「万やむを得ず、ほんの一時、というのであれば、もちろん、われわれもできるだけ我慢しますがね」

「それを聞いて、ほっとしました。何よりも、私ども、みなさんにここの暮らしを楽しんでいただきたいと、それだけを考えておりますので」

「ご親切なことで。さっきも言いましたが、私個人は、別段、こだわりません。珍しい貴重な体験だし、とにかく、今は休養が必要ですから」

コンウェイはカラカルの銀嶺を仰ぎみた。月の光に照らされて、手を伸ばせば届きそうに思える頂は果て知れぬ紺青の空を背景に、繊細なほどに澄んだ輝きを放っていた。

「明日はもっと面白くなりますよ」張は言った。「さぞかしお疲れでしょう。休養となれば、世界広しといえども、ここに優る場所はまたとありません」

遠くカラカルを望みながら、コンウェイは深い安堵に洗われた。目を休めるばかりか、心の疲れも癒す眺めだった。前夜の強風が嘘のように、今はそよりともせず、谷全体が陸に囲われて、カラカルの灯台が見守る静かな港の連想を誘う。それかあらぬか、頂に近い氷河が秀麗な山の姿にふさわしく澄明な輝きを発するさまを見て、コンウェイは自ずと頬がほころんだ。ふと思い立って山の名の由来を尋ねると、張はコンウェイ自身が想像したそのままをささやくように答えた。「カラカルは、この谷の言葉で、『蒼い月』のことです」

自分たち一行がシャングリ・ラに身を寄せるであろうことを、なぜか僧院側は予見していた。どう考えてもほかにあり得ない結論を、コンウェイは独り胸に畳んで口には出さなかった。これは容易ならぬことで、みんなに話さなくてはと、一度は思いつめたものの、夜が明けてみれば理詰めの頭が働いて、すっかりその気はなくなった。何も好きこのんで仲間を不安に陥れることはない。意識のどこかでは、依然、僧院をいかがわしく思い、前の晩の張の態度もとうてい納得できずにいる。僧院の長老が正当な対応を決断して誠意を示さない限り、このままでは人質同然ではないか。その決断を迫るのがコンウェイの役目であることは考えるまでもなかった。何はともあれ、イギリス政府を代表する立場である。チベットの僧院が筋のとおった要求を拒むなら、心得違いもはなはだしい。役人の常識で考えてもそれは言える。コンウェイは痩せても枯れても歴とした官吏である。いざとなれば、余人のおよびもつかない力量を発揮する。引き揚げ直前のあの混乱の最中にも、今から思えばわれながら苦笑を禁じ得ないが、ナイト爵に叙されてもいいだけの働きをした。ジョージ・ヘンティの亜流が『バスクルでコンウェイとともに』と題して懸賞小説を書いてもおかしくない。外国排斥を叫ぶ扇動家が暴れまわった流血の革命に際して婦女子を含む数十人の在留市民を手狭な領事館に保護し、武装集団を脅しつけ、かつ、おだて上げて、民間人の空路脱出を容認させたのは上出来だった。然るべき筋に手を回して、報告を絶やさなければ、新年叙勲はまず間違いのないところだ。そんなこんなで、若い同僚のマリンソンからやけに尊敬されていた。不幸にして、今ではそれが深い失望に変わっている。残念といえば残念だが、底の知れた誤解から人に好かれるのは毎度のことで痛くも痒くもない。もともとコンウェイは意志強固で手加減なしの一途な帝国建設者とは肌合いが違う。もしそんなふうに見えるとしたら、それは、おりふし風の吹き回しと、外務省の都合と、ホイッティカー年鑑をめくってもわかる俸給のために、コンウェイがくり返し演じた一幕物の芝居のせいでしかない。

実のところ、シャングリ・ラの謎と、自分がここへ紛れこんだ不思議に、コンウェイはむしろ魅入られて悔いない気持を覚えはじめていた。何を案じることもない。文官の身で、これまでにも見知らぬ土地を転々としたが、概して行く先が不馴れであればあるほど退屈を免れた。ホワイトホールの片々たる文書ではなく、偶発事故によってこの最果ての地に追いやられたことを思えばよくよしたところではじまらない。

　この気持に嘘はなかった。窓越しに、群青に晴れわたった朝空を見た時には、どこよりもここがいいと思った。ペシャワルも、ロンドンのピカデリーもない。幸いなことに、ほかの三人も一晩ゆっくり休んで元気になった。バーナードは早速、ベッドや、浴室や、食事その他、ととのった設備と行き届いたもてなしを種に冗談口をたたき、ミス・ブリンクロウも部屋中を隅から隅まで綿密に調べたが、疑ってかかった不都合は何一つ見つからなかったと打ち明けた。マリンソンですら、依然として不機嫌ながらも、いくぶんか気がおさまった様子でうつむき加減に言った。「まあ、今日にも立つというのは無理だろうな。よっぽど強く出れば別かもしれないけれども。ここは典型的な東洋人ばかりだから、何ごとも、要領よくてきぱきとはいかないんだ」

　コンウェイはひとまずうなずいた。マリンソンはイギリスを離れて一年足らずである。二十年経っても変わらない観念に凝り固まるには、なるほど、それで充分かもしれないし、あながち間違っているとばかりも言いきれない。だが、コンウェイは東洋人すべてが度はずれて慢慢的(マンマンデ)だとは思わず、むしろイギリス人やアメリカ人の方が熱に浮かされたような狂騒で世界をあおり立てている気がする。西欧人がおしなべてそのように感じているはずはなかろうが、コンウェイは歳を重ね、経験を積むほどに、自分の見方に確信を深める一方である。反面、張が当たりは柔らかだが、ぬめぬめとしてとらえどころのない人物であることもまた事実で、マリンソンの苛立ちはもっともだった。コンウェイ自身、張がもう少し短気なら若いマリンソンもやりやすいだろうにと思わないでもない。

「今日はどういうことになるか、しばらく様子を見た方がいい。夜のうちに、僧院が何か段取りしてくれることを期待するのは甘すぎるよ」

マリンソンはきっと顔を上げた。「せっかちなことを言って、見くびられたと思っているな。でも、しょうがないんだ。あの中国人は胡散臭い。得体が知れなくて。昨夜、あの後、何か聞き出せたかな？」

「そう長いこと話したわけでもないのでね。それに、何を言ってものらりくらりで、はきはき返事をしないから」

「今日は目鼻がつくように、こっちも本気のところを見せないと」

「ああ、そのとおりだ」コンウェイは軽く受け流した。「それはともかく、この食事は上等だね」食事はザボンと紅茶とチャパティで、彩りもよく、細やかな気遣いは申し分なかった。頃おいを見計らって、張が挨拶に顔を出した。こうなると、正確な英語がいささか堅苦しい。コンウェイは、どうせなら中国語で話してくれた方がいいと思ったが、東洋の言語に通じていることは明かしていないから、これは奥の手に取っておくとして、一晩よく寝て疲れが去った、と挨拶を返した。張は満足げにうなずいて言った。「それは結構です。お国の大詩人も言っていますね。『眠りは気病みにほつれた袖口をかかがる』」

マリンソンは張の博識ぶりが気に入らず、平均的なイギリス青年の詩文に対する軽侮で言い返した。「シェイクスピアだと思うけど、誰の台詞でしたっけね。だったら、ほかにこんなのもありますよ。『席順など気にせずと、とっととお立ちなされませ』誰だって、失礼に当たらない分には、とっとと立ちたいですよ。それで、そちらに異存がなければ、今日、午前中には強力を駆り集めますからね」

マリンソンの止めを刺すような口ぶりに、張は眉一つ動かすでもなかった。「お気持はわかりますが、それは無理でしょう。進んで家を留守にして、遠くまでみなさんをお送りしようという人間はおりますまい」

「そんな。たったそれだけで、ああ、そうですかと納得できますか？」

「本当に、お気の毒とは思いますが、こうとしか申し上げられませんので」

「夜っぴて考えたんでしょうな」バーナードが口を挟んだ。「昨日は、そこまではっきりとは言わなかったんだから」

「お疲れのところへ、がっかりなさるようなことを申してはと思いまして。一晩、お休みになりました今は、事情もよくおわかりでしょう」

「ああ、ちょっと」コンウェイは迷わず言った。「そういう曖昧（あいまい）な弁解はもう結構です。ご存じのとおり、われわれ、いつまでもここにいるわけにはいきません。その一方で、自分たちだけでは動けないこともまた事実です。問題は、じゃあ、どうするかですよ」

張はにやりと笑った。明らかに、コンウェイ一人を相手にする態度だった。「そのようにおっしゃるのでしたら、私も喜んでお話しいたしましょう。そちらの方の気短なご注文には応じかねますが、あなたのように思慮がおありなら、いかようにも、そこは相談です。昨日、これもそちらの方からですが、私ども、ここにこうしておりましても、時には外の世界と連絡の機会があるだろうという話が出ましたね。はい。それは、そのとおりです。私ども、おりおり必要なものを遠方の保税倉庫（アントルポ）に発注いたしまして、いずれは品物がここへ運ばれて参ります。輸送の手段や、細かい手続きについては、今は省きますが。肝心なのは、近々、そうした貨物が届くはずになっていることです。配達に携わる業者は、用が済めば帰ります。ですから、その人たちと話をなさってはどうでしょう。正直、それ以外はなかろうと思います。荷物が届いたところで……」

「いつ来るんですか？」マリンソンが性急に割りこんだ。

「はっきり、いつ、とは申せません。みなさんもご苦労なさって、このあたりを移動する難儀はご承知でしょう。途中、何があるか、不測の事態が遅延の原因ともなりましょうし、天気が荒れて……」

ここでまた、コンウェイが話を引き取った。「これは、確認です。近いうちに注文の品物を届けてくる運送業者を強力に雇えという話ですね。それはそれで悪くないと思いますが、もう少し詳しく聞かせてください。第一に、すでに出た質問ですが、配達の予定はいつですか？　それと、もう一つ。その業者は荷物持ちと道案内を引き受けてくれますか？」

「さあ、その点は、当の業者に聞いていただきませんと」

「インドまで、連れていってくれますか？」

「私には何ともお答えしかねます」

「そうですか。なら、前の質問に戻ります。運送屋が来るのはいつですか？　日付までとは言いませんが、おおざっぱなところを答えてください。来週なのか、それとも、来年か」

「だいたい、今から一月後でしょうか。二ヶ月より先にはならないと思います」

「それが、三月、四月、五ヶ月先と、どんどん延びたりしてね」マリンソンはかっとした。「自動車隊だか、隊商だか何だかが、はるか遠い先のいつか、どことも知れないところへ連れてってくれるまで、じっと待ってろっていうんですか？」

「お言葉ですが、遠い先とおっしゃるには当たりません。よほどのことがない限り、今、申し上げたより遅くはなりますまい」

「それだって、二ヶ月でしょう！　こんなとこで、二ヶ月！　冗談じゃない！　そんなのってあるか、コンウェイ！　ぎりぎり二週間が限度だよ！」

張は、話はこれまでという思い入れで僧衣の襟をかきあわせた。「どうか、お気を悪くなさいませんように。みなさん、心ならずもの長逗留でいらっしゃいましょうが、その間、当僧院はできる限りのお世話をいたします。私から申し上げることはこれだけです」

「世話をしてくれとは言ってません」マリンソンは声を荒らげた。「このまま、こっちが泣き寝入りすると思ったら大間違いだ！　何が何でも人手を集めるから、ご心配なく。こっちその時になって、揉み手をして頭を下げて謝ったって……」

コンウェイはそっとマリンソンの腕を押さえた。癇癪を起こした時のマリンソンはまるで大人げなく、時と場所をわきまえずに、勝手放題、出るままに悪態をつくから気を許せない。この情況で、一本気な性格を考えれば無理もないことながら、どこやら陰があって感じやすい張を傷つけてはと、それが心配だった。幸い、張が絶妙の間で場をはずして、最悪の事態にはいたらずに済んだ。

第五章

一同は、ほんの雑談に毛の生えたほどの話し合いで午前中を過ごした。普通なら、ペシャワルのクラブか伝道所で寛いでいるはずの四人にとって、向こうふた月、チベットの僧院で暮らす破目になった衝撃はただならなかったが、それ以前に、見えない糸に引かれてここにいたったことで心が萎え、この成りゆきを慨嘆し、あるいは驚愕に目を瞠るだけの気力を余していないというのが偽らざるところだった。マリンソンすらが、最前の勢いはどこへやら、困惑まじりのあきらめ顔でふさぎこみ、ただ忙しなく煙草を吹かすばかりだった。「もう、何だかんだ言う気もないよ、コンウェイ。わかるだろう、この気持。だいたい、ここははじめから怪しげなんだ。どうもいんちき臭い。今からでも、さっさと抜けたいよ」

「そう言うのも無理はないな」コンウェイはうなずいた。「ただ、残念ながら、どうしたいかの問題じゃあない。何を堪えなくてはならないかだ。早い話、僧院が強力の世話はできないと言うなら、運送屋を待つしかないだろう。こっちの無力を認めるのはくやしいけれども、やむを得ないものは、やむを得ない」

「二ヶ月、ここで足止めか？」

「ほかにどうしようもないじゃないか」

マリンソンはわざとらしく無頓着を装って煙草の灰をはたいた。「わかったよ。じゃあ、二ヶ月だな。みんなで、万歳するか」

コンウェイは言葉を継いだ。「どこかほかの遠隔地より、よほど悪いとも思えないしね。私ら役人は、始終、辺地へ飛ばされるけれども、民間人にしてもそれは同じだろう。たしかに、家族や知人がいたら辛いだろうがね。その点、私は幸いなことに、心配する人間は一人もいない。仕事についていては、何であれ、誰が代わりを引き受けようと支障はないはずだよ」

水を向けるように、コンウェイはみんなの顔を見た。マリンソンは口をつぐんだままだったが、イギリスに両親と許嫁がいることはわかっている。心中は察してあまりあった。

一方のバーナードは、コンウェイが理解している持ち前の楽天主義で、不自由に甘んじる態度だった。「まあ、そこへ行くと、私は運が強い方だろう。二ヶ月やそこら、食らいこんだって死にゃあしない。私がどうなろうと、国じゃあみんな知らん顔だ。筆無精はもともとだしね」

「新聞に名前が出ているはずだよ」コンウェイは見逃せないところを指摘した。「行方不明と書いてあるだろうから、当然、惨事の噂になるね」

バーナードは一瞬はっとしたが、にんまり笑って答えた。「ああ、なるほど。それはそうだ。でも、私には何のかかわりもない。心配無用だって」

コンウェイはひとまず安堵したものの、何が心配無用なのか、首を傾げずにはいられなかった。ミス・ブリンクロウは頑なに沈黙を守り、最前、張が顔を見せたおりにも、自分からは何も言おうとしなかった。思い煩う係累もないのだろうか。コンウェイと目が合って、ミス・ブリンクロウはこともなげに言った。「バーナードさんのおっしゃるとおり、ここにふた月いるとなったところで、おろおろすることはありません。主にお仕えする限り、どこだって同じです。神の意志で、私、今ここにおります。すべては神の摂理です」

この情況には都合のいい考え方で、コンウェイは意を強くした。「あなたが無事に帰ったら、伝道会はさぞかし大喜びでしょう。それも、役に立つ情報がお土産ですからね。その意味で、われわれ、いい体験をしていますよ。せめてもの慰めです」

それから話はあちこちへ飛んだ。バーナードとミス・ブリンクロウが先の見通しに苦もなく気持を整理したのは意外だったが、おかげでコンウェイは救われた。世話の焼ける憤懣居士は一人でたくさんだ。そのマリンソンも議論に疲れた反動か、不機嫌ながらも、ものごとをいい方に考えるようになっていた。「これから、どうすればいいんだ、いったい」捨て鉢な態度とはいえ、こうした言葉が出ること自体、自制に努めている証拠だった。

「何よりもまず、お互い、神経に障らないようにすることだな」コンウェイは言った。「うまいことに、ここは広いし、人気もない。雑役の男衆を別とすれば、これまでに会ったのはたったの僧一人だ」

バーナードはほかに安穏の根拠を見出していた。「ともあれ、ここにいれば、腹を空かせて死ぬことはない。ずっとこれまでくらいの食事が出るならばさ。なあ、コンウェイ。ここでは現金がほとんど動いていないな。あの浴室だって、かなりの金がかかっているはずなんだ。ところが、こう見る限り、誰も金を稼いじゃあいない。谷の住人が働いているなら別だろうが、それだって、輸出するほど生産高があるとは思えないな。鉱物資源は出るんだろうか」

「もともと、ここは謎のかたまりだよ」マリンソンが口を挟んだ。「イエズス会みたいに、どっかに金の入った甕が隠してあるんだ、きっと。浴室の設備は、誰か億万長者が寄進したんだろうな。でも、どうだっていいじゃないか、そんなこと。いずれこっちは引き揚げるんだから。それはともかく、景色はいいねえ。地の利を得たら、絶好のウィンタースポーツ・センターだよ。あのスロープをスキーで降りたら痛快だろうな」

コンウェイは揶揄を含んだ目つきで探るようにマリンソンの顔を見た。「昨日、エーデルワイスを見つけた時、君は私に、ここはアルプスじゃあない、と言ったな。今度は私がそれを言う番だ。この高山地帯をヴェンゲンシャイデックふうのスキー場にしようというのは薦められない」

「ここでは誰も、スキージャンプなんて見たことがないんじゃないかな」

「アイスホッケーもな」コンウェイは調子を合わせた。「チームを作るといいぞ。紳士対ラマ僧なんて、どうだ？」

「仏門も、勝負ということを学びますでしょうね」ミス・ブリンクロウがこれ以上はない真面目一途の顔色で言った。

　この発言をめぐって議論を尽くそうとすればなかなかむずかしいところだろうが、昼食の支度がととのって、その必要はなくなった。手まわしよく丁寧なもてなしはありがたかった。その後、張がふたたびやってきた時も朝方のぎくしゃくした空気が尾を曳くことはなかった。張は気持の行き違いなどあろうはずもない態度で如才なくふるまい、他郷の四人もそれをよしとして、希望なら僧院を案内しようという張の申し出に快く従った。「ほう、それは結構」バーナードは言った。「こうやっている間に、ざっとひとわたり見て歩くのは悪くないな。ここを出たら、当分、また来ることはないだろうから」

　張の後に続いて部屋をでしなに、ミス・ブリンクロウは誰にともなく感慨深げに声を落とした。「あの飛行機でペシャワルを立った時、このようなところへ来ようとは夢にも思いませんでしたのに」

「どうしてこういうことになったのか、今もってわからないままなんだ」マリンソンはこだわりを捨てていなかった。

コンウェイはもとより人種偏見を懐かず、肌の色で人間を差別する意識もなかった。社交クラブや鉄道の一等車で、日除け帽の下のロブスターのように真っ赤な顔に白人の特権をひけらかすことはしばしばながら、これはあくまでも見せかけである。傍目にそういう白人と映っていればいざこざは起きない。とりわけ、インドではこの態度がものを言う。コンウェイは念の入ったことなかれ主義である。中国では、そうまでする必要を感じない。友人知人は多くいて、仮にも中国人を劣等人種と思ったことはない。それゆえ、張と向き合うに当たっても先入観には邪魔されず、わきまえがあって品のいい古風な紳士が往々にして食わせ者だとは知りつつも、その高い知性を認めるに吝かではなかった。それにくらべて、マリンソンは目に見えない檻の金網を透かして張の一挙一動を窺い、ミス・ブリンクロウは無知な異教徒を相手にするとでもいった、あっけらかんとして頭ごなしな態度だった。軽口が絶えないバーナードの愛嬌は人を使いこなす中で身につけた個性に違いない。

シャングリ・ラ見学はそうしたいっさいの情理を超越する興味深い体験だった。コンウェイはこれまでにいろいろな場所を訪ねている。僧院と名のつく霊域に足を踏み入れるのもはじめてではなかった。地球上のどこに位置しているかは別として、何よりもまずシャングリ・ラの壮麗な規模に声を失った。境内を抜けて堂宇を経巡るのは食後の腹ごなしにちょうどよかったが、案内すると言っておきながら、素通りする部屋や建物が少なくないことにコンウェイは気づいていた。とはいえ、一同は見るだけのものを見てそれまでの印象に確信を深めた。バーナードはますます、ラマ僧は大金持ちと思いこみ、ミス・ブリンクロウは不道徳の証拠を次から次へ見つけ出した。マリンソンは驚嘆が色褪せて疲労もおさまり、低地の観光旅行とさして変わらない気分になると、ラマ僧をありがたがることもなかろうと言い捨てた。

一人コンウェイは知るほどに奥行きを増す芳醇な陶酔に身を任せた。とりわけて何が心を引くというのではなく、徐々に匂ってくる雅（みやび）や、控えめで翳りのない情趣や、そうしたすべてが調和して醸す香気が表立たずに見る目を喜ばせた。自身、画工や陶芸家の意識に傾かず、心して目利きの視点に立つことで、コンウェイははじめて美術館や裕福な蒐集家が喉から手が出るほどほしがるであろう逸品の数々に気づいた。真珠色がえも言われず玄妙な宋磁の壺や、千年は経ていようぼかしの巧緻な水墨画、妖精の不可思議国を無造作に、それでいてきめ細かく、描いたというよりも按排（あんばい）したような蒔絵細工などである。磁器や漆の表面に洗練を極めた粋然の気が揺れただよい、一瞬の情動を誘って思考の彼方に霧消する。これ見よがしに奇をてらって人におもねるあくどさは微塵もない。完成の域に達した古美術の繊細な風姿は、散り落ちてそれと知れる花びらの閑雅を思わせた。これが手に入るものならと、蒐集家はあらぬことを考えて悶々とするのだろうが、コンウェイは金もなし、所有欲もなし、そもそも蒐集という発想が馴染まない。中国美術が好きなのは悟性のなせる業で、何もかもがむやみにけたたましく大きくなっていく世の中にあって、一人密かに、静謐と、精緻と、細微を志向した結果である。部屋から部屋を覗いてこもごもの感慨に打たれながら、そうした儚い純美の背後にのしかかるように聳えるカラカルの圧倒的な大きさを思ってコンウェイはそこはかとなく哀れを催した。

それはともかく、僧院には中国趣味のほかにも目を瞠ることが数々あった。その一つが汗牛充棟の図書室である。広々として天井の高い一室の壁面と、奥まった壁龕のすべてを埋めて整然と隙もなく並ぶ群書は、学問よりも叡智で、生真面目な堅苦しい空気よりはゆったりと明朗な精気であたりを満たしているふうだった。何と驚くなかれ、東西の古典がずらりと揃っているばかりか、背表紙を見ただけでは内容を察しかねる晦渋な書名があり、かと思えば、取りようによっては怪しげな本も棚を占めている。英語、フランス語、ドイツ語、ロシア語の文献は数知れず、漢籍をはじめ東洋各国語の書物もさまざまあって多岐にわたっているところは壮観である。チベット学と言ってもよさそうな一角で何点か稀覯書がコンウェイの関心を捉えた。アントニオ・デ・アンドラーダ『契丹チベット王国新発見（リスボン、一六二六）』、アタナシアス・キルヒャー『支那（アントワープ、一六六七）』、テヴノー『グルーバー、ドルヴィル両師の支那紀行』、ベリガッティ『チベット旅行未刊手稿』……。ベリガッティを手に取ったところで、張が興味ありげにそっと尋ねた。「コンウェイさんは、学者先生ですか?」

さて、何と答えたものだろうか。一時期、オックスフォードで教鞭を執ったのは事実だから、学者を名乗って偽りではない。とはいいながら、張は尊敬をこめたつもりでも、イギリス人の耳にその言葉はどこか見くびるところがあるように響いた。仲間の手前も考えて、コンウェイは答をはぐらかした。「読むことは好きですがね、この何年かは勤めの都合で、学究の暮らしとはとんと縁がありません」

「本当は、それがお望みで？」

「いや、そこまでは言いません。たしかに、引かれるものはありますが」

マリンソンが棚を漁って横合いから言った。「学究生活に向いてるのがあるぞ、コンウェイ。この国の地図だ」

「地図は何百通りも所蔵しております」張は胸を張った。「どうぞ、ご自由にご覧ください。ただ、みなさん無駄骨になりませんように、あらかじめお断りしておきますが、シャングリ・ラはどの地図にも出ておりませんから」

「ほう」コンウェイは聞きとがめた。「どうしてです？」

「これには深いわけがありますが、私からお話しできるのはここまでです」

コンウェイは声なく笑い、マリンソンは例によって口をとがらせた。「また秘密か。これまで見たところ、隠すほどのことは何もないだろうに」

黙りこくって後に控えていたミス・ブリンクロウがついと進み出て、キャプテン・クックの部下もふるえあがるであろうような声で言った。「仕事中のラマ僧に会わせてくださいませんの？」ミス・ブリンクロウもまた国へ帰って土産話の種になる手工芸や、礼拝用の敷物を織る場面や、未開社会を絵に描いたような風物を漠然と思い描いて頭がいっぱいだったに違いない。何があろうと驚かず、いつも軽い腹立ちを覚えているようにふるまうこつは一流の特技で、張の返事を聞いても陰のある無表情はいささかも変わらなかった。「あいにくですが、それはできかねます。ラマ僧は決して……、いえ、極く稀にしか、在家がたとは会いません」

「なら、まあ、会わずにおくか」バーナードはあっさりうなずいた。「しかし、残念だな。おたくの一番偉い人と握手できたら、どんなに嬉しいか」

張はかしこまった口つきでこれに答えたが、ミス・ブリンクロウは引き下がらなかった。「ラマ僧は何をするのですかしら?」

「瞑想三昧、ひたすら智慧を探究いたしております」

「それでは何もしていないのと同じじゃありませんの」

「そうですか。では、何もしていないと申し上げましょう」

「そんなことだろうと思っていました」ミス・ブリンクロウは得たりとばかりに言った。「ええ、ええ。こうしていろいろ見せていただいて、そのことについては感謝しております。ですが、この場所が本当に世のためになっているとは、どうしても思えません。何か、もっと実際の役に立つことがありませんと」

「この辺で、お茶にいたしましょうか?」

コンウェイはこれを狙いすました皮肉と取ったが、じきに、そうではないとわかった。

午後は瞬く間だった。張は驚くほど小食だが、中国人の例に洩れず、何かにつけて区切りごとに茶を一服しないことにはものごとが先へ進まない。ミス・ブリンクロウはといえば、画廊や美術館にしばらくいると頭痛を催すと、今しがた打ち明けたばかりだった。そんなこともあって、ここで一休みは悪くない。誘われるままに広場を横切って、僧院にもこんなところがとうっとりするような場所に出た。回廊から石段を下りきった先の庭園で、中央の蓮池は艶やかな楯状の葉が水面を覆って緑のタイルを敷きつめたようだった。青銅のライオン、龍、一角獣などが約束の型通りに猛り立って池を囲んでいるのだが、それはあたりの静寂を乱すより、いっそう深くしていた。完璧と言える全体の調和が見る目に心地よく、視線の移動を急かすことがない。ものみなすべてがおさまるところにおさまってかち合わず、青瓦の向こうに抜きんでて雲に聳えるカラカルの頂さえが計算を尽くした造園の妙に感服して遠景のあしらいに甘んじているかと思われた。

「こぢんまりして、なかなかいいところだね」バーナードは満足げに言った。張は一同を別棟の大広間に案内した。コンウェイにとってはいよいよ嬉しいことに、ハープシコードと、見た目にも新しいグランドピアノがあった。午後中、応接に遑がなかった驚きに、これこそは止めを刺す驚嘆と言ってよかった。張は何ごとによらず、あるところまでは隠さず質問に答えた。一門は西洋音楽を高く評価し、特にモーツァルトを敬愛している。当院では、ヨーロッパの名だたる作曲家すべての楽譜を取り揃えている上、各種の楽器に熟達した奏者も中にはいる……。

バーナードはもっぱら運搬の問題に関心を寄せた。「するというと、このピアノも、昨日われわれが歩いた、あの道を運んできたんですか?」

「ほかに道はありませんから」

「へえ! こいつは驚いた! うん、これで蓄音機(フォノグラフ)とラジオがありゃあ、まるっきり下界と変わりないぞ! まあ、今流行の新しい音楽はまだここまで伝わっていないだろうけれども」

「はい、いろいろと耳にしてはおりますが。何ですか、ここは山が邪魔をするせいで、ラジオは届かないとも聞きました。蓄音機については、置くように薦める向きもありますが、当院の長老衆は、急ぐことではないという考えでして」

「それは、聞かずとも知れているな。なにしろ、悠々閑々、急がず慌てずが宗旨だそうで」バーナードは、あはは、と笑ってさらに言った。「だとしてもさ、上の方の偉い人たちも、いつかは蓄音機を入れようということになるでしょうって。さあ、その時は、どうします? 製造元がじかに届けてくるはずはないですね。北京なり、上海なり、どこか代理店をとおさないことには埒が明かない。となると、えらく高いものにつくんだな、これが」

張はそれまでと変わらず、眉一つ動かすでもなかった。「よくご存じで、恐れいります、バーナードさん。ですが、私は何を言う立場でもありません」

またか、とコンウェイは思った。張と話せばいつの場合も、あり得ることと、あり得ないことの間に目に見えない一線を画してそれきりだ。遠からず、自身の想像でその境界を見極めるようにもなるだろうと思う傍から、またしても驚きに打たれて、それどころではなくなった。香りの立つ茶碗を運ぶ給仕役のチベット人たちは、いずれも鍛え抜いた柔軟な体で、流れるように機敏な動作が涼やかだったが、中に混じっておよそ目立たず、静かに控えめな中国服の少女が登場したのである。少女はまっすぐハープシコードに向かってラモーのガボットを弾きはじめた。出だしの幽婉な数小節は驚嘆を超えてコンウェイの心を揺すった。銀鈴の澄んだ音色を思わせる十八世紀フランスの舞曲は、宋磁の雅、蒔絵の繊美、蓮池の景趣によく似合う。それでいながら、形を離れて風化を知らぬ旋律はきららかに永遠の意志を歌っていた。少女は鼻筋がとおって頰骨の高い、満州人特有の色白な顔だった。黒い髪をひっつめに結って背中に長く垂らしている。ととのった容姿には完成された細密画の趣があった。小さな口は薄紅の昼顔に似て、鍵盤に躍るすんなりとした先細りの指を除いてはほとんど動きが目立たない。ガボットを弾き終えると、少女は軽く一礼して立ち去った。

張は慈しむような眼差しで後を見送り、心なしか得意げに向き直った。「お気に召しましたか？」

「誰です、今のは？」マリンソンがコンウェイをさしおいて突っかかるように尋ねた。

「羅珍（ロー・ツエン）と申しまして、西洋の鍵盤楽器に長じております。私と同じで、まだ正規のラマ僧位は許されておりません」

「それはそうでしょう！」ミス・ブリンクロウが甲高い声を発した。「まだほんの子供じゃありませんか。すると、ラマ僧には、女性もいるんですのね？」

「私ども、男女の別はありません」

「いやいや、何とも不思議な世界だな、ラマ教というのは」一拍おいて、マリンソンはぞんざいに言った。それきり話は跡絶えて緩慢な時間が過ぎた。ハープシコードの余韻はなお消えやらず、陶酔を誘う空気を醸しているかと思われた。やがて休憩を切り上げて、張は一同が見学を楽しんでくれたことを願うと言い、コンウェイは仲間のみんなに代わって負けず劣らず、丁寧に礼を述べた。張は、自身、案内役を幸せに思う言葉を重ね、滞在中は音楽室も図書室も出入り自由と心得て好きに利用するように言った。コンウェイはこれをありがたく思ったが、一つ気になることがあって尋ねた。「しかし、ラマ僧も修行僧もいるでしょう。蔵書や楽譜、楽器に用はないんですか？」

「当院では、賓客のみなさんに喜んで場所をお譲りするのです」

「ほう、それは結構」バーナードは大きくうなずいた。「立派というだけではなしに、つまり、僧院は少なくとも、われわれの存在を承知しているということで、これは一歩前進だ。その分、こっちも肩身が広い。なあ、張。ここは素晴らしいところだ。さっきの女の子のピアノも、実によかった。歳は、いくつかな？」

「さあ、それは」

バーナードは声を立てて笑った。「女の歳は、言うものではない、か。え？」

「おっしゃるとおりでして」張はいくらか寂しげに笑い返した。

夕食後、コンウェイは一人、月の明るい中庭に出た。壮麗の底に謎を秘めるシャングリ・ラは月を受けてなおのこと森厳だった。冷たい空気はそよとも動かず、カラカルの尖峰は昼間よりもずっと近く見えた。コンウェイは体調に不安なく、気も衰えず、心は平静だった。が、そうした心身の状態とは別に、意識の片隅で何かが微かに疼いていた。どうにも気持が片付かない。かなりはっきりしてきた秘密の境界線も、しょせんはその向こうに不可解の壁が立ちはだかっているだけである。たまたま一緒になった三人と、わが身の上に打ち重なった変事の数々が収斂(しゅうれん)して焦点を結びかけてはいるものの、まだ理解できずにいる。いや、やがては理解にいたるはずだ、とコンウェイは信じて疑わなかった。

回廊に沿って、谷を見降ろすテラスに出た。チュベローズの香がただよっていた。この花を中国語ではいかにも似つかわしい形容で「月下香」と呼ぶ。月の光に音もあるなら、最前ゆくりなく聞いたラモーのガボットといったあたりか、と思う途端に満州人の少女が記憶に甦った。シャングリ・ラに女性がいようとは夢にも知らなかったし、だいたい、僧院の禁欲生活に女はそぐわない。もっとも、あながち感心できない変革とばかりも言いきれまい。教団であれ、宗派であれ、張のいわゆる「ほどほどに異端」を自任する組織にとって、女流のハープシコード奏者は財産かもしれない。

手摺りから乗り出して暗黒の底を覗いた。考えただけで気が遠くなる落差である。一マイルはあろう。山を下りて、話に聞いた渓谷の村の風俗を観察することは許されまいか。知る人稀な山岳地帯に孤絶して、正体不明なある種の神権政治に支配されている不思議な文化のエアポケットは、歴史学徒たるコンウェイの関心を煽った。思わせぶりなラマ僧院の秘密ともどこかでつながりがあることに違いないが、それはひとまず措くとしてだ。

一陣の風が、はるかの谷底から銅鑼と喇叭の音を運んできた。なお耳を澄ますと気のせいか、大勢の歌うような、むせび泣くような声が聞こえた。物音と人の声は風のまにまに、ふくれ上がっては跡切れることをくり返した。闇の奥から伝わる生身の集団の気配は、ただシャングリ・ラの簡素な静謐を際立たせるばかりだった。人気の絶えた回廊も、暗がりの草堂も、拭い去るように現世の煩いを忘れて憩い、森閑とした中で時間さえが進むことを躊躇っているかと思われた。ふと見ると、頭上に層を重ねる高階の窓から赤みを帯びた灯火がこぼれていた。あれはラマ僧たちが智慧を求める瞑想の場で、今まさに勤行の最中だろうか？　それを知るには手近のドアから踏みこんで、片っ端から僧房を覗いてまわるしかあるまいが、その自由が認められないことはわかっていたし、行動は逐一監視されているに違いなかった。チベット人が二人、脇をすり抜けるようにして手摺りに凭れた。色合いの派手な民族衣装の肩をはだけて、気の合う同士らしかった。銅鑼と喇叭がまた遠く聞こえ、一人が何か尋ねて、相手が答えた。「タルは埋葬した」コンウェイはチベット語に疎かったが、会話が続いてくれることを願った。ほんの短い言葉からは何も摑めない。その後、先の一人が質問を重ねる声はよく聞き取れなかったが、とぎれとぎれの返事から、コンウェイは話のあらましを理解した。

「異界で死んだのよ」

「シャングリ・ラの、偉い人に言われてさ」

「山越しに、鳥に乗って飛んできた」

「異邦人を連れて」

「タルは外の風も、寒さも恐れはしなかった」

「出ていったのはずいぶん前だが、蒼い月の谷がタルを忘れるはずはない」

コンウェイが聞いてわかるのはここまでだった。なおしばらく聞き耳を立ててから、見切りをつけて部屋へ引き揚げた。また一つ、秘密の錠前を開ける鍵が手に入ったと言える。推量を働かせればはじめからそこにあったはずではないかと、われながら呆れるほどぴったりの鍵だった。もちろん、これが意識をかすめることもないではなかったが、はじめの衝撃と、あまりの不条理に圧倒されてゆとりのないまま、深くは考えずにいたのである。こうしてわかってみれば、あんまりだろうとどうだろうと、不条理は受けいれるよりしかたがなかった。バスクルからの飛行は狂人の無意味な仕業ではない。ハイジャックはシャングリ・ラの発意で計画され、周到な準備を経て実行されたことである。絶命した操縦士はかつてこの谷にいた人物の一人として名を知られ、昔馴染みはその死を悼んでいる。すべては権威の頂点に立ってある目的のために執念を燃やす知性の存在を歴然と物語っていた。特定の意図を主桁とするアーチ構造の橋が不可解な時間と距離を跨いでいると言ってもいい。ならば、その意図とは何か？　イギリス政府が徴発した飛行機にたまたま乗り合わせた四人が、いとも無造作に、ヒマラヤ山脈の果ての秘境に運ばれたのはいったいなぜか？

そこに思いいたってコンウェイは愕然としたが、必ずしも不愉快ではなかった。難題は、唯一、コンウェイが進んで受けて立てる形で迫っていた。ひたすら手応えのある仕事を待ち望んでいる明晰な頭脳には適度な刺激である。咄嗟に思案が固まった。寒気を催す発見の真相は、当分、口外無用である。仲間の三人は恃むに足りず、ましてや僧院が耳を貸すはずがないことはわかりきっていた。

第六章

「もっとひどいところだって、いざとなれば、馴れるよりしょうがないな」シャングリ・ラで一週間が過ぎようとする頃、バーナードは言った。数ある教訓の一つには違いなかった。変化に乏しい僧院の暮らしにもだいぶ馴染んできたところで、張が何くれとなく気遣いを示すこともあって、盛りだくさんの計画で埋まった休日以上に退屈が苦になることはなかった。希薄な空気も順応すればすこぶる心地よく、激しい運動を避けている限り、体調には響かない。日中は穏やかで温かく、夜分は冷えこみが厳しいが、僧院はほとんど風のない別天地である。カラカルの雪崩は昼間に集中して起きる。渓谷では高級な煙草を栽培している。毎日とりどりの料理や飲み物が出る中には、口に合うものもあれば、あまりいただけないものもあった。日を経るにつれて、お互いの好みや癖もわかってきた。実際、四人はなぜかほかに誰もいない学校で顔を合わせた新入生同士のように、おのおの発見するところ少なくなかった。張は一同の苦労を和らげるために努力を怠らず、あちこち案内したり、暇つぶしの材料を提供したりと心を砕いた。本を薦めることもあり、食事の席が沈みがちと見れば巧みな話術で間を持たせ、いつの場合も懇ろに、人を逸らせまいとする態度は見上げたものだった。この頃には、尋ねに応じて惜しまず快く話すことと、慇懃に答を拒むことの境目がはっきりしていたから、張が言葉を濁しても、マリンソンがかっとするだけで誰も恨みには思わなかった。コンウェイはその都度、限界を見極めてデータの断片を蓄積することで満足していた。バーナードは中西部のロータリークラブ流儀で張をからかった。「なあ、張。ここはひどいホテルだぞ。新聞は取っていないのか？〈ヘラルド・トリビューン〉の朝刊が読めるものなら、ここの図書館にありったけの本と交換してもいいけどな」張がこれを真に受けたかどうかはともかく、例のとおり、返事は丁寧だった。「当院では、数年前まで遡って〈ザ・タイムズ〉を残らず保存しております、バーナードさん。あいにくと、ロンドン〈タイムズ〉ですけれども」

嬉しいことに、渓谷は「立ち入り禁止」ではなかった。とはいうものの、自分たちだけで急斜面の難路を下るのはとうてい無理である。一日、張の案内で、崖から望む豊かな緑が目にも清々しい谷に遊んだ。何はともあれ、コンウェイにとっては限りなく関心をそそられる遠出だった。竹を組んだ駕籠で、体が宙へはみ出すような絶壁を行くのだが、前後ろの担ぎ手は息を乱すでもなく、その足取りはほとんど平地と変わらない。臆病者には不向きな急坂を下りきって麓の森を抜けると、あらためて僧院の恵まれた条件に驚嘆を禁じ得なかった。渓谷は山に囲われてまたとなく肥沃な地上の天国で、数千フイートの高低差が温帯から熱帯の気候をそっくり包みこんでいる。多種多様な作物が豊かに実り、鍬の入っていない土地はほとんどない。耕地は一マイルから五マイルの幅で十数マイルにおよび、帯状のどこもかしこも日当たりがいい。空気は穏やかに澄んで心地よく、雪解の水が土地を潤す小さな流れは冷たいが、木立の日陰も暖かである。壁を築いてそそり立つ山を仰ぎ見ながら、コンウェイはまたしても、この景観の背後に微妙な平衡で、途方もない危険が潜んでいることを意識した。地殻変動で生じたに違いない自然の堤防がなかったら、渓谷は氷河の水を集めて湖底に没するはずである。それがそうはならずに、幾筋かの細い流れが溜め池を満たし、衛生工学技士も顔負けの厳密な精度と秩序で耕地や農園を灌漑している。地震か地滑りが破壊を働かない限り、渓谷は至福の別世界である。

漠とした将来の不安は、なおのこと現在の充足をたしかなものにした。コンウェイは眼前の景観に、かつて任期を勤めてどこよりも居心地のよかった中国と同じ、侮り難い力を感じた。目の限り四囲を取り巻く大山塊と、林間のささやかな緑地、除草の行き届いた庭園、河畔に彩りを添える茶房、吹けば飛ぶほどの玩具のような小家などの際立った対比は何に譬える術もない。渓谷の住民は、中国人とチベット人の血がちょうどよく混じり合っていると思われた。誰もみな清潔な印象で、双方の人種の平均よりととのった顔立ちを見れば、狭い社会では避けようのない同系交配の弊害は免れていると知れる。村人らは駕籠の異邦人に笑いかけ、張と親しく言葉を交わした。老いも若きも明朗闊達。

で、好奇心はかなり旺盛ながら鬱陶しいほどではない。礼儀をわきまえてふるまいは丁寧だが、堅苦しいところは少しもない。それぞれ仕事に精を出している割りには、忙しなく追い立てられているようでもない。コンウェイは、そうしたすべてをひっくるめて、ここ以上に心の安らぐ場所を知らなかった。異教の頽廃をあげつらう気で鵜の目鷹の目だったミス・ブリンクロウさえが、「外から見た限りは」何もかも上等と認めざるを得ず、現地人が身なりをきちんとととのえていることも満足の理由だった。女性は踝を括る中国式のズボンで、これはあまり感心できないとしてもである。ある仏教寺院で、ミス・ブリンクロウは思いきり想像をたくましくして隅から隅まで視線を這わせたが、男根崇拝を意味すると言えば言えないこともない仏具がほんのいくつか見つかったにすぎない。この寺にも高僧がいて、教派は別ながら即かず離れず、シャングリ・ラの監督下に住持していることを張は話した。谷にはほかに、道教や儒教の寺院もあった。「宝石は多面体です。さまざまある宗教はいずれもみな、それなりに正しいと申せましょう」

「賛成だな」バーナードは力んで言った。「宗教間の対立は愚かしい。あなた、哲学者だね、張。今のはいい。〝さまざまある宗教はいずれもみな、それなりに正しい〟か。そこまで考え抜いたとすれば、シャングリ・ラ一山は揃って賢者に違いないな。ああ、そのとおりだ。絶対だよ」

「いえ、私どもは」張は遠くを見る目つきで答えた。「ほどほどに考えているだけのことでして」

ミス・ブリンクロウにしてみれば今さらでもない話で、これは怠け者のやりとりでしかなかった。それよりも、自分のことで頭がいっぱいのブリンクロウは歯を食いしばるようにして言った。「国へ帰ったら、ここへ宣教師を派遣するように、伝道会に掛け合いましょう。伝道会が財政難を楯に渋るようなら、脅しをかけてでも、うんと言わせなくては」

どうしてなかなか頼もしい精神だった。外国伝道にはあまり理解がないマリンソンですら、これには感嘆を禁じ得なかった。「そうなったら、来るのはあなただね。もちろん、ここが好きならば、だけれども」

「好きかどうかの問題ではありません」ミス・ブリンクロウはぴしゃりと言い返した。「だって、そうでしょう。こんなとこ、誰が好きになるものですか。問題は、何を自分の務めと考えるかです」

「思うに」コンウェイが口を挟んだ。「私が宣教師だったら、あちこちあるうち、どこよりもここを選ぶでしょうね」

「それでは何の功徳にもなりませんでしょう」ミス・ブリンクロウは声をとがらせた。

「功徳をほどこそうなんて、思いもしませんよ」

「ますます残念ですことね。好きだからという理由で何かをすることに意味はありません。ここの人たちを見てごらんなさい！」

「みんな、実に幸せそうですね」

「問題はそこです」ミス・ブリンクロウは息巻いた。「とにかく、言葉を覚えることからはじめませんとね。本を貸していただけますかしら、張さん？」

張はとっておきの愛想を示した。「もちろんですとも。喜んで。こう申してよければですが、言葉からとおっしゃるのは素晴らしいお考えです」

日暮れてシャングリ・ラに戻ると、張は何よりもこれを最優先と心得てミス・ブリンクロウに本を渡した。十九世紀のドイツ人学者が編纂した恐ろしく大部な一巻で、「復習・チベット語初歩」式の安直な教科書を考えていたに違いないミス・ブリンクロウはたじたじとしながらも、張とコンウェイに励まされて意欲をかき立て、やがて自身に課した艱難に満足を見出すまでになった。

コンウェイもまた、胸一つに畳んでいる宿題を離れて興味の種は尽きなかった。昼間はもっぱら図書室か音楽室に入り浸ったが、知れば知るほど、ラマ僧衆の並みならぬ教養に頭が下がった。蔵書は総じてカトリックを意識した選定と言えそうだった。ギリシア語のプラトンとオマル・ハイヤームの英訳が隣り合い、ニーチェとニュートンが並んでいる。トマス・モアがあって、ハンナ・モアがある。トマス・ムーアとジョージ・ムーアを揃えた棚には『オールド・ムーアズ・オールマナック』まで置いてある。全部で三万点はあろうかという本を、誰がどういう判断でどこから取り寄せたのか、興味あるところだった。新しい本をいつ頃まで集めているかも調べたが、『西部戦線異状なし』の廉価版より若い奥付は見当たらなかった。もっとも、張の話では、一九三〇年の半ばに刊行された本でめぼしいものはあらかた僧院が手に入れて、遠からず棚に並ぶはずだという。「ここも、せいぜい時代に後れないように努めているのでね」今ではすっかり打ち解けて、お互いに砕けた口をきくようになっている。

「そうは思わない向きもあるだろうな」コンウェイはじわりと笑った。「この一年、世界ではいろいろなことが起きている」

「といっても、一九二〇年には思いも寄らなかったこと、あるいは、一九四〇年になってもなお理解がおよばない、というほどのことは何もないよ」

「じゃあ、危機的な局面にある世界が今後どうなっていくか、およそ関心がないか」

「いやいや、大いに関心をいだくようになるだろうね……、ゆくゆくは」

「ねえ、張。だいぶわかってきたと思うよ。あなたは精神構造が違う。つまり、そういうことだな。世間一般とくらべて、時間はさして意味がない。これがロンドンなら、私もつい一時間前の新聞にしつこくこだわったりはしないだろうが、ここシャングリ・ラでは、一年前の新聞がそれと同じで、読まずもがなのだね。どっちも、それなりの見識には違いない。ところで、最後にほかから人が来たのはいつかな？」

「あいにくだけれど、コンウェイさん。その点は答えにくいのだよ」

いつものことで、話はそれまでだった。どんなに対話を拒んでも相手が一向に切り上げようとせず、いらいらするのとは逆で、この方がコンウェイにはありがたい。けじめのはっきりした張の態度も手伝って、会うたびごとに親しみが増した。一方、僧院にいながらほとんど誰とも顔が合わないのは今もって不気味だった。高位のラマ僧はおいそれと人前に姿を見せはしないにしても、張と同じ修行僧はほかにもいるはずではなかろうか。

現に、あの満州人の少女がいる。音楽室でちょくちょく会う。少女は英語を解さず、コンウェイは中国語ができることをまだ人に知られたくなかったから、言葉を交わすまでにはいたっていない。ただ趣味で楽器をいじるのか、志すところがあって勉強中なのかは知る由もないが、演奏はたちいふるまいそのまま、細やかで、どこまでも上品である。バッハ、コレルリ、スカルラッティなど、もっぱら形式のととのった古典を得意とし、時たま、モーツァルトを弾く。ピアノよりはハープシコードを好む様子だが、コンウェイがピアノを弾けば、襟を正す態度で一心に耳を傾ける。何を考えているのかはともかく、容姿風貌から年齢を推定することはむずかしい。コンウェイは、まだ三十を出てはいまいし、十三以下でもなかろうと察したが、不思議なことに、この範囲を超えて上下にかけ離れた想像はいずれも、まったく不可能と切り捨てるわけにはいかなかった。

ときおり音楽を聞きにくるマリンソンも同じで、どうにも理解に苦しみ、コンウェイを前にしてくり返し言った。「いったい、こんなとこで何をしてるんだろうか。ラマ教は、張みたいな年寄りにはいいかもしれないが、あんな女の子には面白くもおかしくもないじゃないか。ここには長くいるのかな？」

「私もそれが気になっているのだがね。しょせん、聞かせてはもらえないことだろう」

「あの子はここが好きなのか？」

「嫌いではないらしい、としか言えないな」

「それどころか、まるで感情がないみたいじゃないか。あれじゃあ生きた人間というより、象牙の人形だよ」

「どうであれ、人形なら可愛くていいよ」

「その限りではね」

コンウェイはにやりと笑った。「考えてみれば、どうしてなかなか捨てたものでもないぞ、マリンソン。だって、そうだろう。君の言う象牙の人形は、行儀がいいし、着ているものの趣味もいい。ご面相も悪くないし、ハープシコードは、タッチが実にきれいだ。それに、ホッケーをするように部屋中を飛んだり跳ねたりしない。こう見たところ、西欧の女の大多数はその種の徳目に欠けているよ」

「女に関しては、相当な皮肉屋だね、コンウェイ」

コンウェイはこの非難には馴れっこだった。抜き差しならない深間に嵌ったことはなし、インドの夏期駐在地（ヒル・ステイション）で休暇を過ごしたおりにも、皮肉屋の評判は苦にならなかった。何人か親密になった相手はいて、コンウェイが言い出せば結婚を承諾するところまで行ったのだが、いつも手前で思い止まった。一度は〈モーニング・ポスト〉に婚約を発表するばかりとなっていながら、先方が北京暮らしを厭がり、コンウェイはタンブリッジウェルズを嫌って、互いに頑として譲らず、ついに溝は埋まらなかった。そんなこんなで、女性体験はおよそ殺風景である。気まぐれで、どこか煮えきらない。とはいえ、皮肉屋の評は当たらない。

コンウェイは声を立てて笑った。「私は三十七だ。君は二十四。要はそれに尽きるな」

ややあって、マリンソンは思い出したように言った。「それはそうと、張はいくつだと思う?」

「さてね」コンウェイは軽く受け流した。「四十六から百四十六の間だろう」

日の浅い余所者でさえ知り得ることはいろいろあるのにくらべて、これほど頼りない推量はまたとない。時として好奇心が満たされないばかりに、張が躊躇なく話して聞かせる多くのことも、何やら要領を得ないところがあった。例えば、渓谷の風俗習慣について張はいっさい隠し立てしなかったし、コンウェイも興味の赴くままに充分、学位論文が書けるだけのことを聞き出した。とりわけ、社会学の徒でもあるコンウェイは渓谷の統治機構に強い関心をいだいていたが、調べてみると、これが僧院のほとんど無計画とも取れる博愛主義の実践で、ゆるやかな上にも融通のきく独裁体制と言えそうだった。しかも、肥沃な地上の楽園を訪れるたびに目のあたりにするとおり、この体制は安定して揺るぎない。コンウェイは法と秩序の根底を支えるものは何かを考えてはたと首を傾げた。軍隊も警察もここにはない。しかし、暴虐や犯罪を抑止する何らかの備えが必要なはずではなかろうか? 張はこの問いに、犯罪は極めて稀である、と答えた。一つには、よほどのことがない限り犯罪とは見なされないためであり、また一つには、谷の住民がみな正当な要求は満たされて不自由を感じていないためであるという。それでも、不幸にして犯罪が発生することもないではない。そうした場合の方便で、僧院の雑用に従事する下層の衆徒は犯罪者を谷から放逐する権限を与えられている。放逐は厳罰であり、極刑であって、これを科すことはめったにない。張はさらに説明を補った。「蒼い月」の規律の核心は人に礼節を教えこむ徳育である。これによって人は何が非礼かを知る。非礼を働けば信用を失って、世間に顔向けができない。「イギリスのパブリックスクールでも同じように教えるね。ただ、まったく同じことを教えているかというと、必ずしもそうではないらしい。例えば、この谷では、知らない相手に冷たくすること、乱暴な口をきくこと、人を押しのけて上に立とうとすること、みな非礼だ。イギリスの校長先生が言う運動場の戦争ごっこを楽しむなどは、この谷の住民から見れば野蛮そのものだろう。それどころか、下等な本能を剝き出しにしたらんちき騒ぎだよ」

女性問題で揉めることはあるのだろうか。

「まったくないとは言わないけれど、まずないね。人の女に手を出すのは行儀が悪いことだから」

「行儀が悪かろうと何だろうと、思いこんだら命懸け、となったら？」

「その時は、先の男が身を引くのが礼儀だよ。女性の方も、それを快く受けいれなくてはいけない。まさかと思うだろうがね、コンウェイ、そうやってほんのちょっとした好意を示すことで揉めごともすべて丸くおさまるのだよ」

以来、渓谷の村を訪れるたびに好意と満足の生きた見本に出会ってコンウェイはいよいよこの土地が気に入った。人間の行いで、政府が弄ぶ術策ほど不完全なものはないことをこれまでの経験から知りつくしているからだ。コンウェイの褒め言葉に答えて、張は言った。「いやね、完全な政治を目指すなら、なるたけ政治はしないことだよ」

「しかし、選挙や、議会や……、民主的な制度はないのかな?」

「ああ、そんなものはない。ある政策が絶対に正しくて、それ以外は完全に間違っているかどうか、判断を迫られたら村の衆は愕然とするだろう」

張の態度に村人に寄せる不思議な共感を見て、コンウェイは無言で笑った。

その間、ミス・ブリンクロウはチベット語の学習に打ちこんで徐々に張り合いを感じ、マリンソンは相変わらず不平不満で明け暮れた。バーナードは一流の呑みこみ顔で、本心か見せかけかはともかく、達観しきった様子だった。

「正直な話」ある時、マリンソンは言った。「あの空元気は神経に障ってかなわないんだ。腹の太いところを見せたい気はわかるがね、ああのべつ幕なしに下手な冗談を聞かされるとうんざりだ。用心しないと、みんな、あの男に食われることにもなりかねないぞ」

コンウェイもバーナードの情況に甘んじて屈託のない気色を何度か不思議に思った。

「バーナードがめげずにいるなら、みんなにとっては幸いだよ」

「個人的には、ちょっと普通じゃないと思う。あの男について、どこまで知っている、コンウェイ？　だいたい、何者だ？」

「君と同じで、ほとんど知らないよ。ペルシャで石油の試掘をしていたそうだね。度胸がすわっているように見えて、実は鈍感なのかもしれない。飛行機で避難するに際しても、説得には一苦労だったよ。アメリカのパスポートも弾除けにはならないからと言い聞かせて、やっと乗る気になったのだからね」

「そういえば、そのパスポートは見たのかな？」

「見たろうけれど、憶えていないな。それが、何か……？」

マリンソンは歪に笑った。「こう言うと、人のことを嗅ぎまわっているように思われるかもしれないけど、いや、それは違うだろう。二ヶ月ここで鼻を突きあわせていると なれば、仮に秘密があったとしても、どうせみんな知れわたるじゃないか。断っておくがね、こいつはまったくの偶然で、もちろん、いっさい誰にも話していないよ。あなたにだって黙っているつもりだったんだ。でも、ここまで言ったら、もう話したも同じだな」

「ああ、それはそうだとして、何の話だ、いったい？」

「だから、バーナードは偽造旅券を使っているのだよ。名前も、バーナードじゃあない」

コンウェイは懸念には遠い、ふとした関心から眉を寄せた。バーナードに対して多少なりと好意をいだいているのは事実だが、正体が何者であろうとなかろうと、知ったことではなかった。「ほう。じゃあ、誰だっていうんだ？」

「チャーマーズ・ブライアント」

「まさか！　何を証拠に？」

「今朝方、紙入れを落としたんだ。張が拾って、私のだと思って、こっちへ寄越したよ。中は、新聞の切り抜きがいっぱいだ。いじくる拍子に、それがまた、ばさりと落っこちてね。そうなれば、厭でも目が行くだろう。新聞の切り抜きは個人の秘密ではなし、読んで悪いはずはないもの。記事は全部、ブライアント捜査の経過だよ。顔写真もあって、これが、髭を落とせばバーナードそっくりなんだ」

「そのことを、バーナード本人に言ったのか？」

「いや、黙って財布を渡しただけだ」

「ということは、断定の根拠は新聞写真だけだな？」

「まあ、今のところはね」

「それだけで人に罪を着せるのは考えものだな。もちろん、君の言うとおりかもしれない。ブライアントであるはずがない、とは言わないよ。事実、ブライアントだとしたら、あの満足しきった様子も充分うなずける。世を忍ぶのにここ以上の場所はないだろうからね」

　マリンソンはさぞかし仰天することと期待したコンウェイの冷ややかな反応に拍子抜けの体だった。「で、これからどうする？」

コンウェイは思案げに答えた。「そうだなあ。これといって考えもないし。まあ、放っておくんだな。しょせん、どうしようもないじゃないか」

「しっかりしてもらいたいねえ。あれが間違いなくブライアントなら……」

「なあ、マリンソン。あの男が暴君ネロだとしたって、今のわれわれには何ほどでもないぞ。相手が聖者だろうと、悪党だろうと、ここにいる限りは折り合いよくやっていくしかないんだ。なまじ、この場でことを構えるのが得策とは思えない。バスクルで怪しいと睨んだら、当然、私はあの人物についてデリーに照会したはずだよ。公務のうちだから。が、今は、いうなれば非番の身だからね」

「それは、ちょっと生温いのではないかな？」

「生温くたって、無理のない方がいいじゃないか」

「つまり、つかんだ事実は忘れろ、ということだね？」

「なかなか、そうはいかないだろうけれど、これはここだけの話にしておこう。バーナードだか、ブライアントだか、何者だかのためではない。いずれ国へ帰るとして、その時、こっちが面倒な立場にならないようにだよ」

「見逃すのか？」

「いや、それとはちょっと違うな。逮捕の快感はほかへ譲る、と言っておこうか。ほんの一時期ではあれ寝食をともにした仲間に、手錠は見るに忍びない」

「賛成できないなあ。あいつ、とんでもない悪党だぞ。多数の人間が莫大な損をこうむっている」

コンウェイは肩をすくめた。何ごとも単純に黒白をつけて割りきらなくては気が済まないマリンソンの判断基準は恐れいる。パブリックスクールの道徳は狭量だが、明快には違いない。誰かが法を犯したら、司法の手にひきわたすのが周囲の責任である。断じて犯してはならない法である限りはだ。小切手や、株式や、貸借対照表に関する法律がまさしくこれに当たる。ブライアントは法律に違反した。コンウェイは事件にとんと関心がなかったが、かなり悪質な犯罪だったように記憶している。わずかに知っているのは、ニューヨークに強大な勢力を誇っていたブライアント・グループの破綻が一億ドル規模の損失を招いたことだけである。記録ずくめの世界でも、記録的な大暴落だった。金融事情に疎いコンウェイですら、ブライアントが何らかの手法でウォール街を食いものにしていたことは理解できる。逮捕状が出て、ブライアントはヨーロッパに高飛びし、数カ国に逃亡犯人引き渡し命令が送達されている。

ややあって、コンウェイは言った。「私の意見に耳を貸す気があるなら、ここは黙っていることだな。バーナードのためではなくて、ほかのみんなのためだ。もちろん、どう考えようと君の自由だよ。ただ、バーナードが逃亡犯とは別人である可能性は、あくまでも忘れないように」

だが、バーナードが逃亡犯ブライアントであることはまぎれもない事実だった。秘密が露見したのはその夜、食事が済んで後である。張は僧房へ引き取り、ミス・ブリンクロウはチベット語の学習に戻って、異郷の男ども三人はコーヒーと葉巻で座を囲んだ。会話が跡絶えがちだった食事の席を当意即妙の話術で取り持った張はその場にいず、バーナードも常になく諧謔が影を潜めて、重苦しい空気が垂れこめた。コンウェイの見るところ、マリンソンはバーナードを前に何食わぬ顔でとおす機略などあろうはずがなく、バーナードもまた敏感に異状を察している様子だった。

　バーナードはふいに葉巻を投げ捨てた。「どうやら、諸君、私が何者か知っているな」

　マリンソンは若い娘のように顔を赤くしたが、コンウェイは少しも慌てなかった。

「ああ。マリンソンと私はわかっているつもりだよ」

「切り抜きを見られたのは迂闊だったな」

「不注意は誰にだってあることだ」

「いやあ、そうやって顔色一つ変えないあたりは、出来が違う」

　ふたたび沈黙が長引きかけたところで、ミス・ブリンクロウが甲高い声をふるわせた。

「どなたか存じませんが、バーナードさん。前々から、私、あなたがお忍び（インコグニト）で旅をしていらっしゃるらしいことにうすうす気がついておりました」一同が色めきたつ中で、ミス・ブリンクロウは言葉を続けた。「コンウェイさんが、新聞に名前が出るはずだとおっしゃった時、あなたは、自分には関係ない、心配無用、とお言いでしたね。それで、私、バーナードは本名ではないな、と思いましたの」

　逃亡犯はじわりと笑って新たに葉巻を吸いつけ、深々と一服して言った。「これはこれは、女伝道師にしては、どうして、あなた、腕ききの刑事も顔負けだね。私の今の立場をずばりと、しかも敬意をもって言い当てているところは立派だよ。お忍びの旅ねえ。これはいい。ああ、そのとおりだ。そっちの両兄については、こうやって本性を知られたことを怨みには思わない。誰も気がつかずにいれば、みんな一緒で、どうにかなっていたろうけれどもさ。しかし、ことここにいたったからは、年嵩ぶるのは水臭い。諸君は実によくしてくれたから、私としても、なるたけ厄介はかけまいつもりだよ。どうやら、まだ当分は苦楽をともにする仲だ。そこは考えようで、お互い、せいぜい力になる心がけが肝心だろう。先々のことは、まあ、なりゆきに任せるほかはないな」

いかにも危なげない正論で、コンウェイは大いにバーナードを見直した。この場にいささかそぐわないかもしれないが、進んで評価する気持さえ意識のどこかにあった。大柄で押し出しもよく、磊落で、父性を感じさせるバーナードが世界を股にかける希代の詐欺師とは、なかなかもって信じ難い。これでいくらか教養が加われば、パブリックスクールの名物校長でとおりそうな人柄である。明朗闊達な気性の背後にこのところの心労辛苦の影が見え隠れしているが、断じて付け焼き刃の闊達を装ってはいない。バーナードは見たとおり、世に言う好漢である。心は羊、ただ、生業の修羅場に限っては鮫なのだ。

コンウェイは言った。「ああ、たしかにそれが一番だ。私もそう思う」

バーナードは声を立てて笑い、まだまだ元気の貯えは豊かでいくらでも引き出せるとばかり、どっかり椅子に体を預けて愉快げに言った。「いやいや、それにしても奇々怪々だな。だから、このごたごたがさ。ヨーロッパを突っ切って、トルコからペルシャ。それから、あの何もない小さな町だ。その間、ずっと警察に追っかけられて……、ウィーンでは危うく捕まるところだったっけ。追われる身も、はじめのうちはわくわくしてまんざらでもないが、だんだん神経が参ってくるんだな。その点、バスクルではゆっくりできた。革命が続いている間は安全だと思ってね」

「それはそうだ」コンウェイは小さく笑ってうなずいた。「流れ弾の危険はあるけれども」

「うん、最後に悩んだのがそこだ。どうしたものか、さんざん考えたよ。バスクルで革命軍に撃たれて死ぬか、イギリス政府の飛行機で脱出して、行った先で手錠をかけられるか。正直、どっちも気が向かない」

「説得に苦労したのを憶えているよ」

バーナードは重ねて笑った。「と、まあ、そんなわけだから、ひょんな風の吹きまわしでここへ連れてこられて、内心、これ幸いと思ったのはわかるだろう。まるででたらめな筋書きかもしれないが、私としては、これほどありがたいことはなかったよ。そこで満足した以上、もう何も言わないのが私の流儀だ」

コンウェイは親愛を隠さず破顔一笑した。「ああ、よくわかるとも。ただ、それが少し目立ちすぎる嫌いがあるのだね。どうしてあんなに満足そうにしていられるのか、われわれ、首を傾げたほどで」

「どうしてもこうしても、事実、満足しているから。ここも、馴れてみれば悪くない。空気が薄いのは応（こた）えたが、贅沢は言えないやね。たまにはこうやって静かなのも、気分が変わっていいもんだ。毎年、秋にはパームビーチで休養するのだが、なかなかこうはいかない。どこへ行っても騒々しいのは同じでね。ここでは万事、医者に言われたとおりで体調もいいようだよ。食生活が違う。株式相場のテープを見ることもないし、ブローカーが電話を寄越そうといったって、できやあしない」

「連絡が取れずに、じりじりしていることだろうね」

「そうよ。あの大騒ぎを始末しなくてはならないんだからな。わかっているとも」

こともなげな口ぶりに釣られて、コンウェイは言った。「いわゆる大型金融取引（ハイファイナンス）について、私はまったくの素人でね」

これが呼び水で、バーナードは悪びれる気色もなくあけすけに答えた。「大型金融取引というやつは、だいたいがまやかしだよ」

「そんなことだろうと思っていたけれども」

「なあ、コンウェイ。わかりやすい話をしよう。私もこれで、この道は長い。まわりも同じで、みんな、さんざん鍛えられて裏も表も知っているよ。それが、ある日突然、相場が下落する。こっちは手の打ちようがない。何とか強気の構えで持ち直すのを待つのだが、どういうわけか、それまでと違って一向に下げ止まらない。あっという間に一千万ドルの損失だ。新聞を見ると、スウェーデンの某教授が世界の終わりだと言っている。だいたい、市場がこれを好感材料と取るか？　私も参ったが、どうする術もない。ぐずぐずしていれば警察がやってくる。それを待ってはいられない」

「つまり、すべては運が悪かったと言うのだね？」

「なにしろ、大枚の金を注ぎこんでいるから」

「人の金も預かっていたはずだろう」マリンソンは声を怒らせた。

「ああ、そうさ。なぜか？　みんな、懐を痛めずに大儲けしたくて、自分ではその知恵がないからだ」

「それは違うな。人はあなたを信用して、預けた金は安全だと思ったんだ」

「どういたしまして。何が安全なものか。安全なんていうものはどこにもない。あると思うのは、コウモリ傘で台風を除けようという間抜けばかりだ」

　コンウェイがなだめるように割って入った。「まあ、あなたが台風を除けきれなかったことは認めようか」

「土台、除けようとして除けられるものではないからね。バスクルを立ってからこっちの行きがかりと同じで、いうなれば、不可抗力だ。飛行機で、マリンソンがおたおた狼狽(うろた)える傍で沈着冷静な君を見て、それを思ったよ。やきもきしてもはじまらないのを君は知っていたし、どうとでもなれと開き直った態度だった。市場が暴落した時の私と同じだな」

「それはおかしいよ!」マリンソンは声を張り上げた。「誰だろうと、詐欺は許されない。規則を守って正々堂々の勝負をすることが大事なんだ」

「今しも目の前で、世界が音を立てて崩れようとしている時に、そいつは無理な注文だな。第一、君の言うその規則とは何か、知っている人間がいるものならお目にかかりたい。ハーヴァードとイェールの教師連れが束になってかかったって、これこれ、こうと、言えるもんじゃあないぞ」

マリンソンは蔑みをあらわに嚙みついた。「もっと身近な、日常の行為行動の規則を問題にしているんだよ」

「そうか。君の日常とやらに、信託会社の経営なんぞ、ありゃあしまい」

コンウェイはすかさず留めに入った。「議論はやめよう。お互い、似たような事情を抱えているというのは、まったくそのとおりだよ。みんな、先が見えない中で、手探りで動いていることも事実だ。が、今現にわれわれはここにいる。たしかなのはそれだけだ。文句を言いだしたらきりがない。しかし、考えてみると、たまたま一緒に攫われて遠く運ばれてきた四人のうち、三人までがこの境遇に何らかの慰めを見出しているのは不思議だね。バーナードは雲隠れして命の洗濯だ。ミス・ブリンクロウは異教徒のチベット人に福音を説くことを使命と考えている」

「もう一人は、誰だ?」マリンソンは動揺を隠さなかった。「まさか……?」

「私自身を言っているのだよ」コンウェイはさらりと答えた。「それも、他愛ない理由でさ……。私はここが嫌いじゃあないんだ」

みんなと別れて後、今では毎夜の習慣で、回廊や蓮池の畔を歩きながらコンウェイは心身ともに潤びるような安寧に浸った。シャングリ・ラが嫌いではないと語った言葉に嘘はない。僧院の清閑は心を慰め、謎は頭を刺激する。その両方が一つに重なった効果は快い。ここ数日の間に、僧院と未知の僧衆について徐々に、漠然とながら、ある考えが形をなしつつある。今も頭でその想念を弄んでいるのだが、それによって心が乱されることはない。難問に取り組む数学者と同じで、意識は片時もそこを離れず、なおかつ冷静で、いたずらに先を急ぐでもない。

ブライアントのことは今さら理解を改めるまでもなし、呼び名もバーナードのままでいい、と考える途端に犯罪の構図や人物像に関する疑問は遠く背景に霞み、ただ「世界が音を立てて崩れようとしている」の一言だけが印象に残った。気がついてみれば、コンウェイはバーナードが意図したであろうよりも広く大きな視野でこの言葉を反芻していた。アメリカの信託銀行役員が言わんとした以上に、これは本質を穿っているとさえ思う。バスクル、デリー、ロンドン。どこを取ってもバーナードの一言は当たっているではないか。戦争挑発、帝国建設、領事の権限、通商特権、総督官邸の晩餐会。記憶にある限りの場面に崩壊の臭気が濃く立ちこめている。バーナードの破滅はコンウェイの閲歴よりも劇的だっただけのことである。世界は間違いなく崩壊に向かっている。だが、世人一般は幸いにも、崩壊を防げなかったかどで裁判にかけられはしない。その点、金融業者は気の毒だ。

ひるがえって、ここシャングリ・ラでは何もかもが深い静寂に包まれている。月のない空は星をちりばめて、カラカルの円頂を灰白く染めている。予定が変わって運送屋が明日にもやってくるとしたら、ただ待つほかはない無為の快楽を奪われて義理にも喜べない。バーナードも同じだろうと思うとコンウェイはこみ上げる笑いを禁じ得なかった。この想像が愉快なのは今なおバーナードに好感をいだいているからであることに、コンウェイははっと気づいた。そうでなかったら愉快であろうはずがない。どういうわけか、一億ドルの損害は大きすぎて人を憎む理由にはならない。これが、時計を一個、盗んだだけなら話は簡単だ。だいたい、一億を失うというのは誰にでもできることではあるまい。思うに、その心境は「インドを拝領した」と発表する閣僚の夢見心地にでも譬えるしかなかいだろう。

コンウェイはここでまた、配達を終えた運送屋に頼ってシャングリ・ラを去る時のことを考えた。危険と道連れの長い旅になるだろう。それでも、やがてはシッキムか、バルチスタンあたりの農園主のバンガローにたどりつく。安堵と快哉で、一瞬、気が遠くなるほどだが、同時に軽い失望は否み難い。際限もない握手攻めと自己紹介。クラブハウスのベランダで、まずは乾杯だ。取り囲むブロンズ色に日焼けした顔また顔は半信半疑の驚嘆を隠そうともしていない。デリーでは副王と軍司令官がお待ちかねで、ここでまたターバンを巻いた現地の下級官僚や兵士らの歓迎を受ける。報告することは山とある。どこまで行ってもきりがない。その挙げ句、ホワイトホール政府から呼び出しがかかってイギリスへ戻ることになるだろう。帰国の船はP&O海運で、甲板を歩けば人が放っておかない。政務次官が生白くふやけた手を延べて出迎える。記者会見は質問の土砂崩れだ。世間の女性たちは男に餓えたようなきんきん声で何だかんだと噂する……。「本当ですか、コンウェイさん？　チベットでは……？」一つ、たしかなことがある。体験談を披露していれば、当分は食うに困らない。だが、それで満足できるだろうか？　コンウェイはイスラム教徒の反英勢力に包囲されてハルツーム陥落が目前に迫った日々のゴードン将軍の手記を思い出した。「毎晩、ロンドンで会食するくらいなら、イスラムの托鉢僧（たくはつそう）デルビーシュのように、救世主を名乗る反乱の指導者マフディに従った方がいい」そこまで頑なにロンドンを忌避する理由はないが、自分の体験を過去形で語るのは思っただけで退屈の極みだし、いくらか残念な気がしないでもなかった。

　と、そこへ張がやってきて、コンウェイは妄想の糸を断った。「あのね……」張はおもむろに声を落とすつもりが、気が急いて早口になった。「吉左右を伝える役目は身の誉れで……」

　運送屋の予定が早まったか。コンウェイは真っ先に思った。ついさっき、そのことを考えていたのは暗合か。だが、これでは早すぎる。まだ気持の準備ができていない。

「どうした？」

　張は興奮を堪えかねる様子だった。「いやあ、よかったよかった。私も多少は役に立ったと思うと嬉しくてね。私から何度も強く言って、やっと大ラマはその気におなりだから。すぐにもお会いなさるそうだよ」

コンウェイは面食らった。「いつもの張とも思えない。まるでしどろもどろだな」

「導師がお呼びだよ」

「それはわかった。でも、何をそう慌てているんだ？」

「なにしろ、異例のことだから。面会をうるさく薦めた私でさえ、こんなにすぐとは思いもしなかった。あなたはここへ来て、まだ二週間。それが、もう面会がかなう！　本当に、いまだかつてないことだよ！」

「まだよくわからないな。導師に会う……。それはそれでいいけれど、ほかに何か？」

「それだけでは不足かな？」

コンウェイは呵々と笑った。「ああ、そうさ。いや、くれぐれも悪く取らないでもらいたいのだがね。実は、話を聞いて咄嗟に別のことを考えたものので。でも、それはもういいんだ。ああ、もちろん、導師に会えるならありがたい。喜んでお会いしよう。で、いつの約束かな？」

「今すぐだよ。それで、こうして迎えに来たのだから」

「こんな時間に？」

「それはどうでもいいのだよ。ねえ、コンウェイ。これからいろいろわかってくる。ついでながら、私自身、この辛い時期が終わってほっとしているよ。話を拒まなくてはならないことがままあって、本当に苦しかった。もう、それがなくなると思うと晴々とした気持でね」

「不思議な人だなあ、張」コンウェイは眉を開いた。「ようし、わかった。この上は、何を聞くこともない。親切には感謝するよ。じゃあ、案内してくれないか」

第七章

　コンウェイは平静を装ったが、張の案内で人気のない中庭を行く間、その穏やかな表情が次第に強くなりまさる胸中の期待を隠していた。張の言葉に多少とも意味があるならば、今が発見のとば口である。未完成ながらも自分なりに打ち立てたつもりの仮説が果たしてどこまで実際に即しているか、いよいよこれではっきりする。

　その点は措くとしても、意味深い会見になることは疑いない。これまでにも並はずれた人物とは数多く対座している。先入観をいだかず、透徹した目で相手を観察し、評価するのがはじめて人と向き合う時の鉄則である。自分でそれと意識するわけではないが、よくしたもので、コンウェイはほとんど知らない言葉でも礼儀正しく丁寧な口をきくこつを心得ている。が、それはともかく、今回はもっぱら聞き役にまわるしかないだろう。張は先に立って提灯の小暗い無人の堂塔をいくつも抜け、螺旋階段を昇りつめて戸を敲いた。待ち受けていたに違いないチベット人の寺男が即座に扉を開けた。高層の一階を占めるその部屋は僧院のどこにも劣らず垢抜けした内装だったが、何よりもまず、肌がひりひりするほど熱く乾いた空気が充満して、押し戻すばかりの勢いにコンウェイはたじろいだ。窓を閉めきって特殊なスチーム暖房を最強度で稼働させているかと思うようである。奥へ進むほど空気はますます息苦しくなった。突き当たりのドアは、この体感を信じるなら、トルコ風呂に通じていたところで不思議はない。

「導師は差し向かいをお望みだから」張は声を落としてコンウェイを促し、背後でドアを閉じて音もなく立ち去った。コンウェイはその場を動かず、熱く乾いた空気を呼吸しながら暗がりに目が馴れるのを待った。厚地のカーテンを引いた天井の低い一室にテーブルと椅子があるだけで、キアロスクーロ画法の明暗を思わせる小柄な人物がひっそりと、古びた肖像のように趺坐していた。現実から遊離した存在というものがもしあるなら、それは目に見える影形とは別の、自ずからこぼれ出る霊気を身にまとったこの姿であろう。コンウェイは鋭敏になっている自分の感覚を信じていいものか、薄闇に籠もる暖気が神経を騒がせているのか、判断がつきかねた。遠い過去から時間を超えて射すくめるような視線に軽い眩暈を感じながら摺り足で進み出ると、闇の奥の人影はいくらか輪郭がはっきりしたが、生身の息吹が伝わってはこなかった。枯れ木のような痩軀に襞の波打つ中国衣装をゆったりはおった小さな老人だった。「ミスター・コンウェイだね？」そっとささやきかける英語は完璧と言ってよかった。

その声は耳に優しく、そこはかとない愁いを帯びて無上の陶酔を誘った。コンウェイの懐疑はこれをしも室温のせいとする考えに傾いていたけれどもだ。

「はい、私です」

穏やかな声が続いた。「会えて嬉しいよ、ミスター・コンウェイ。話ができたらお互いのためと思って、それでご足労を願ったのだがね。どうぞ、こっちへ。恐れることはない。私はこのとおりの年寄りだ。人に危害を加えたりはしない」

コンウェイは会釈した。「お会いいただけて、望外です」

「ありがとう、コンウェイ君。ああ、お国の習わしに従って、こう呼ばせてもらうよ。今も言ったように、こうして会えるのをとても嬉しく思っている。私は目が悪いけれども、心眼で、肉眼と同じにものを見ることができるのだよ。シャングリ・ラへ来てから、不自由な思いをしてはいないだろうね？」

「大変、心地よくいたしております」

「それはよかった。張はよくやってくれているのだね。当人も、それを大きな喜びとしているよ。この僧院の成り立ちと、来し方について、君はいろいろと熱心に尋ねるそうだね」

「大いに関心があるものですから」

「しばらく時間をもらえたら、喜んで創建のあらましを話して聞かせよう」

「願ってもないことです」

「きっと、そういう言葉が出るだろうと思っていたが……。ああ、いや、話に入る前に……」

老師はほとんどそれとわからないほどわずかに合図の手を上げた。待つほどもなく、何ごとも心得きっているらしい寺男がやってきて静かに茶を点て、卵の殻ほどの華奢な茶碗を塗りの盆で差し出した。茶の嗜みがあるコンウェイは作法をおろそかにはしなかった。老師は言った。「ほう、茶の約束ごとをご存じか？」

コンウェイは何を考えるでもなく、隠し立てをする気もなく、心のままに答えた。

「中国に何年かおりましたから」

「それを、張には話していない？」

「はあ」

「にもかかわらず、私には？」

自分の意志を説明しかねて思いあぐねることはめったにないコンウェイだが、この時に限ってはどう話していいかわからず、束の間、言葉に窮した。「正直、自分でも言いようがありません。ただ、尊師にはお話ししたかったのでしょう」

「これから近づきになる間では、それが何よりだよ……。ああ、どうかな？　いい香りだろう。中国の茶は、種類も多いし、芳ばしい。だが、これはこの谷で特別に育てている品種でね。私に言わせると、中国の茶に劣らない」

コンウェイは茶碗を口に運んだ。えも言われず玄妙な味と香りが、舌に残るよりはほんのりと口中に広がった。「結構ですね。これは、はじめてです」

「ああ。この谷で栽培している数多い薬草と同じで、珍しい上にも高級な品種だよ。ゆっくり味わわなくてはいけない。珍重するというだけではなしに、本当の滋味を引き出すためだ。これについては今から十五世紀ほど昔の哲人、顧倍之（クーカイチヨウ）に学ぶべきところ少なくないのだね。この先覚は、砂糖黍をかじっても、いきなり汁気の多い髄をしゃぶろうとはしなかった。歓楽の郷に入るを急がず、だ。中国の古典はお読みかな?」

　コンウェイは、いくらかは親しんでいると答えた。あちこちへ逸れる話も、一服の茶が済むまではつきあうのが礼儀だから、シャングリ・ラの歴史を聞きたい気持は強かったが、横道は少しも苦にならなかった。顧倍之の慌てることを嫌う感性は自身も持ち合わせているところだ。

　やがて、また無言の合図で茶器を下げさせると、シャングリ・ラの大ラマは前置きを省いて本題に入った。

「チベットの大まかな歴史は知っているだろうと思うがね、コンウェイ君。足繁く図書室へ通っていることは張から聞いているから、とびとびながらも極めて興味深い事実を記述した年代記なども、時には目にしているのではないかな。いや、それはともかく、知ってのとおり、中世にはネストリウス教派のキリスト教信仰がアジアに広く普及して、衰亡の後もその記憶は長いこと消え残った。十七世紀に入ると、ローマ・カトリック教会がキリスト教復興を主唱して、運動の先鋒をになったのがイエズス会の意気盛んな宣教師たちだ。言わせてもらえば、イエズス会士らの行状記は聖パウロの『使徒行伝』よりも読んではるかに面白い。そうして、キリスト教は徐々に、広い地域に根を降ろしたのだね。ここに一つ、注目すべきことがある。今のヨーロッパではほとんど知られていないけれども、拉薩にキリスト教の伝道所があって、実に三十八年間、そこが布教活動の拠点だったのだよ。ところが、一七一九年に拉薩ではなく、北京からカプチン会の修道士が四人、当時なお辺境に生き延びていたかもしれないネストリウス教派の末裔を尋ねて探索の旅に出た。

　蘭州から青海湖を経て、何ヶ月もかけて南西に向かう旅の苦労は君も想像に難くないだろう。三人までが旅の途中で落命して、残る一人も放浪の果てにたまたま、現在、唯一この蒼い月の谷に通じている岩場の谷戸に迷いこんだ時には半死半生のありさまだった。それが、思いがけずもありがたいことに、実に闊達で心優しい現地人に迎えられて、手厚い介抱だ。常々私が言っているここの伝統の原点で、歓待の精神だね。修道士はみるみる元気を取り戻して、説教をはじめた。土地の住人はみな仏教徒だったが、拒まず耳を傾けて、伝道の成果は上がった。当時、この山上には古いラマ寺があったけれども、見る影もなく寂れ果てて、とても霊場とは言えないありさまでね、件のカプチン会士は努力が実っていることにたしかな手応えを感じて、由緒ある土地にキリスト教の修道院を建立しようと思い立ったのだよ。そして、自ら現場を指揮して、古寺を大々的に建て替えて移り住んだ。それがすなわち今あるこの僧院で、時に一七三四年、五十三歳だ。

「この人物について、少し話すとしよう。名はペローと言って、ルクセンブルクの生まれだよ。東アジアで布教活動を志す以前には、パリ、ボローニャ、その他、あちこちのいないのだが、この年代の宣教師としては、とりたてて変わったところもない。音楽と絵が好きで、語学にかけては非凡の才に恵まれていた。伝道を天職と心得て専念するまでに、ありとあらゆる世俗の快楽を味わっている。スペイン継承戦争で、若いペローはマルプラケの戦いをじかに体験して、戦争と侵略の悲惨を知った。生まれつき体が丈夫で、ここで暮らすようになったはじめの頃も、人と同じに労働することを厭わなかった。庭の手入れをしたり、野良仕事をしたりと、教えを説く一方で、土地者から多くを学んだのだな。谷沿いに金鉱を発見したが、これにはあまり欲がなかった。土地の植物や薬草の方に関心が強かったのでね。もともとが慎ましく控えめな人柄で、偏屈なところはかけらもない。重婚には反対だったけれども、土地者がタンガーツェの実を好む風習をとやかく言うことはなかった。薬効があるとされているが、人がこれを好むのは害の少ない麻薬効果のためで、ペロー自身、軽い中毒にかかったくらいだよ。つまりはこれがペローのやり方で、何であれ、無害で理にかなうと思えば土地の習慣に学ぶ。対して、西欧精神の至宝をもって報いるということだね。ペローは禁欲主義者ではないよ。世俗の快楽を認めるに吝かでない。教理を説くばかりではなしに、改宗者に料理を教えたりもした。こんなことを言うのはね、真面目一途でよく気がついて、学があって、単純で熱心な人物を思い描いてもらいたいからなのだ。説教の傍ら、石工の作業着でこの建物の造築に進んで汗を流した人物だよ。それはそれは、生易しいことではない。誇りと、信念があってはじめて乗り越えられる労苦だろう。誇り、と今あえて言ったのは、これこそが修道院建立の何よりも強い動機だったに違いないからだ。自身の信仰を誇る心がペローを駆りたてた。釈迦牟尼、ゴータマ・シッダールタがシャングリ・ラの岩棚に寺を建てるように衆生を奨めたのであれば、ローマ・カトリックにだって同じことができないはずはない。

「だが、歳月人を待たずだ。この動機も次第に穏やかな願望に場所を譲って不思議はなかった。それはそうだろう。対抗意識とは、すなわち若さであって、修道院が完成間近となった頃、ペローはすでに高齢に達していたからね。その上、厳密に言うと、ペローは必ずしも修道会の規律に忠実ではなかった。ただ、遠い距離よりも長の年月を隔てて修道会の監督に従っている立場を考えれば、そこはいくぶん大目に見なくてはならないだろうがね。その意味で、谷の住人や修道士たちは疑いをいだかず、ペローを慕って、よく言うことを聞いた。年とともに、尊敬は深まる一方だ。ペローはときおり、北京の司教に活動報告を送るようにしていたのだが、これが司教に届かないことがしばしばあった。報告書を携えて難路を旅する使者は命懸けだよ。それを知っているペローは使者を危険にさらすことがだんだん苦になって、十八世紀の半ばにこの習慣を打ち切った。ところが、前に送った報告には届いたものもあって、それがために修道会からペローの活動に疑念が生じてね、一七六九年に見ず知らずの人物が手紙を届けてきた。ペローを召還する文面で、十二年前の日付だった。

「召還状が間をおかずに届いたにしても、ペローは七十を超えていたろうが、実際はこの時すでに八十九だ。野を越え山を越えの長旅は思いもおよばない。外界の荒野の、耳もちぎれるほどの風や凍てつく寒さはとうてい耐えられないだろう。それで、そうした事情を書き添えて丁寧な返事を認めたのだがね、その手紙が山岳地帯の境域を越えて運ばれたことを今に伝える記録は残っていない。

「そんなわけで、ペローはシャングリ・ラを出なかった。修道会の意向に背いたというよりも、弱った体で、動くに動けなかったというのが偽らざるところだね。どのみち、余命いくばくもない。世を去れば、規律違反の不埒もそれまでの話だ。この頃には、ペローがはじめた教派に微妙な変化が兆していた。嘆かわしいことのように思われるかもしれないが、その実、驚くには当たらない。たった一人の余所者が徒手空拳で、長い歴史を負った風俗習慣を根こそぎ改革しようというのが、土台、無理ではないか。支配力が衰えても、支えてくれるヨーロッパ人の同志はいないし、考え方も感じ方もまるで違う人々の記憶が深く染みこんでいる土地に修道院を建てたこと自体、おそらくは間違いのもとだったよ。もってのほかとはこのことだ。が、九十に手が届く白髪の老兵にその間違いを知れと言うのは、それ以上にもってのほかではないかな。事実、ペローは自分の間違いに気づいていなかった。年を取って恍惚の境に近かったからね。弟子たちは教えを忘れて後もペローを大切にしたし、谷の住人たちも敬愛して尽くしたために、周囲が古い昔の習慣に後戻りするのをペローはだんだんこだわりなく許すようになったのだよ。活動を停止したわけではない。頭はまだ驚くほどしっかりしていてね、九十八の歳で先住の僧衆がシャングリ・ラに残していった仏典を読みはじめた。キリスト教神学の立場から仏教批判を書くことに余生を費やす意志だった。この仕事は完成して、厖大な手書きの原稿がそっくり残っているよ。ただ、批判は極く穏やかだ。それもそのはずで、この時ペローは百歳ちょうど、圭角がとれて人格が円満になるところへさしかかっていたからね。

「そうするうちにも、察してのとおり、初期の弟子たちは次々に物故して、後を埋める入信者は多くないために、旧来のカプチン会の流れを汲む修道士は減る一方だ。一時は八十人を超えていたのが、二十人になり、わずか十数人になりで、それもみな高齢に達している。ペローは心静かにじっと最後を待つばかりだが、ここまで年を取ると病気の方で寄りつかず、心に逆らう何もない。もとより、永遠の眠りに入ることを恐れようはずもない。谷の人々はペローを敬う気持から、衣食の世話を欠かさなかった。書庫にいれば時間を持てあますことはない。ほとんど骨と皮になっていながら、典礼にのっとって儀式を掌る(つかさど)だけの体力をペローはまだ残していた。それを除いては、書見と、回想と、軽い麻薬の陶酔に浸る静かな日々だ。意識は非常に明晰で、何とその歳でインドの神秘的瞑想法、ヨガの修行をはじめたよ。特殊な呼吸法にもとづいて心身の統一を目指す鍛錬だが、高齢者にこの苦行はいささか負担が大きすぎる。果たせるかな、ヨガをはじめて間もなくの一七八九年、とうとうペローも最期は近いという噂が谷中に広まった。

「ペローは自室に横たわって……、そう、この部屋だよ、コンウェイ君。自室に横たわって、窓から遠くカラカルを見て毎日を送った。もう目が悪いから、カラカルはぼんやり白く霞んでいるのだが、心眼には半世紀前にはじめて見た山の姿そのままが鮮やかに甦った。それればかりか、生涯の体験が絵巻を繰り広げるように、それからそれと記憶に浮かぶ。何年にもおよんだ砂漠と高地の旅。ヨーロッパ各地の街の賑わい。マルプラケの戦いにおけるマールバラ公の軍勢、甲冑（かっちゅう）の輝き、武器の音。意識は白雪のように冴えわたって、思い残すことはない。いつなりと従容として死につく心の準備はできている。そこで、弟子一同を枕元に呼んで別れを告げると、一人きりにしてくれと言った。肉体は衰弱して、意識は至幸の宙に遊ぶ孤独のうちに、ペローは死を切望したのだが……、これが、そうはいかずにね、ものも言わず、身じろぎもせず、仰臥すること幾週間、いつしかペローは精気を取り戻した。百八歳だった」

ささやきかける声が跡絶えて、コンウェイは薄闇を透かし見た。大ラマは人知れぬ遠い夢から自在に語りの糸を紡ぎ出すふうに、間合いをとって言葉を継いだ。

「長いこと死と間近に向き合った人間の例に洩れず、ペローはある深い理念を現世に持ち帰ることを許された。この理念については後でまた触れなくてはならないが、ここではそれからのペローに話を限るとしよう。言行、生きざま、ことごとくペローならではだ。普通なら、ゆっくり養生するところだが、起き上がったその場から厳しい自己鍛錬に打ちこんだのだね。それも、不思議なことに麻薬漬けの状態でだ。麻薬と深呼吸を取り合わせた修行が死を拒む秘法とも思えないが、事実、年老いた最後の修道士が亡くなった一七九四年、ペローはまだ生きていた。

「シャングリ・ラにひねくれた諧謔精神の持ち主がいたならば、苦笑を禁じ得なかったろう。十何年も前とほとんど変わらない皺だらけのカプチン会士が、自分で編み出した秘法を守って生き延びているのだからね。谷の住人から見れば、すでにペローは神秘をまとって嶮崖の高みに一人住む異能の隠者だが、敬慕の心は忘れ難い。いつか、シャングリ・ラに登って、ささやかな供え物をしたり、その時時の求めに応じて軽い手仕事をしたりすることが功徳とされるようになった。そうやって訪れる参詣者一人一人にペローが祝福を与えたのは、おそらく、人は誰しも群れにはぐれて迷った羊であることを忘れていたためではないかな。この頃には、谷にある寺院のうち、讃美歌『テ・デウム・ラウダームス――われら神をたたえまつる』を歌うところと、真言『オム・マニ・メム・フム――蓮華宝珠』を唱えるところが半々だった。

「世紀の変わり目が近づくにつれて、ペローにまつわる伝説はますます広く深く浸透して、古くから語り継がれた民間伝承と区別がなくなった。ペローが生き神になったり、奇蹟を働いたり、満月の夜、カラカルの頂に飛翔して蠟燭を掲げるなどという話もある。なるほど、満月の夜、カラカルが仄白く光るのはそのとおりだが、ペローに限らず、いまだかつて誰もカラカルの頂上を極めてはいない。言わずもがなだとは思うがね、ペローが何をした、かにをしたと、とうていあり得ないことを伝える話があまりに多いので、あえてこれを言うのだよ。例えば、空中浮揚の術を使うなどもその一つだ。仏教説話にはよく語られている法力だが、ペローの場合はもろもろ実験を試みはしたものの、どれもまったく成功しなかったというのが正直なところでね。ただ、ある種の感覚を遮断すると、代わって別の感覚が発達することを知ったのは事実だよ。それによって人間業とは思えない精神感応（テレパシー）の能力を身につけた。自分から癒しの力を誇りはしなかったけれども、時にはペローがそこにいるというだけで病人がよくなることもあった。

「いうなれば前人未踏の年月を、ペローがどう生きたか知りたいだろうね。かいつまんだ話、死んでもおかしくない歳に死ななかったところから、将来、ある特定の時点で死ぬにせよ、そこをすぎてなお生きるにせよ、なぜそうなるのか、そのわけはしょせん知る由もないと考えるようになった。不可知論の立場だね。すでに自分で自分の異例を証明したから、その異例がずっと続くと思うのも、どこかでふっつり断たれると思うのも同じことで、どっちだろうと楽なものだ。そんなわけで、ペローは長らく卑近のことばかりにかまけて思うに任せなかった本来の生き方を探求した。有為転変は世の習いながら、静かな学究心はついぞ忘れたことがない。記憶力は実に驚異的で、体力の限界も何のその、ほとんど広大無辺でね、何でも吸収できた学生時代とくらべてさえ、ありとあらゆることを楽々と覚えられると思うほどだった。当然、本を読まずにはいられない。ところが、もともと私物の蔵書はなきに等しいのだね。数少ない中に、君にとっては面白かろう、英文法と英語の辞書、それに、フローリオの手になるモンテーニュの英訳があった。これらによってペローは英語の複雑微妙な表現を会得したのだが、今ここの図書室に、ペローが言語学習の成果を自ら問うた初の試み、モンテーニュ『随想録』のチベット語訳が残っているよ」

コンウェイはにこやかな表情を浮かべた。「できたら、いつか拝見したいですね」

「喜んでお見せしよう。およそ現実離れした仕事と思うかもしれないが、そもそも当のペローがおよそ現実離れした歳になっていたのだからね。孤独を慰めるには、そんなことでもするしかなかったろう。それが、十九世紀に入って四年目に、この僧院の歴史上、一つの節目とも言うべき出来事があった。二人目の見知らぬヨーロッパ人がここ蒼い月の谷にやってきたのだよ。ヘンシェルという若いオーストリア人で、イタリアでナポレオンと戦ったことがある。家柄の生まれで、教養のある、なかなかの好青年だった。戦争で家が没落して、名誉を回復しようという漠然とした考えで、ロシアからアジアへ流れてきたという。どうやってこの高原にたどりついたか興味あるところだが、本人も記憶が曖昧でね。かつてのペローと同じで、ここへ来た時はほとんど瀕死の状態だった。そこでまた、シャングリ・ラの歓待精神で谷の衆が親切にして、ヘンシェルは元気になったのだが、ペローと同じなのはそれまでだ。ペローは宣教の目的があったのに対して、ヘンシェルはたちまち金鉱に目をつけてね。何はともあれ富をつかんで、早いところヨーロッパへ帰りたいと、それればかり考えていたのだよ。

「ところが、ヘンシェルは帰らなかった。不思議なこともあればあるものだね。もっとも、以来、不思議なことはたびたび起きているから、そもそも、不思議なことなどというのはないと考えた方がいいのかもしれないな。ヘンシェルは、平和そのもので世俗の煩わしさには縁のない谷がすっかり気に入って、思い立ってはその都度、出発を見合わせた。と、そのうちに土地の伝えを聞き知って、シャングリ・ラを訪れてペローとはじめて対面したのだよ。

「二人の出会いは、本当の意味で、歴史的だった。ペローはすでに、友愛、親愛、といった人間感情を超越していたかもしれないが、それでもまだ人に情けをかける豊かな心はあって、若いヘンシェルにとって、これこそはまさに干天の慈雨だ。二人の間に芽生えた友誼について、くだくだしい話は余計だろう。ヘンシェルは崇敬を惜しまなかった。ペローは持てる限りの知識と、法悦、それに、その頃には今生で唯一の現実となっていた奔放な夢をふんだんに分かち与えたよ」

話の合間を見て、コンウェイは遠慮がちに言った。「途中で申し訳ありません。そこが、私には少しわかりかねますが」

「そうだろうとも」静かな声は思いやりを伝えていた。「わかるとしたら、それこそ意外だよ。この先は、追々ゆっくり話すつもりだがね。ここは待ってもらうとして、もっと単純なことに話題を限るとしよう。そこで、これは君も興味が湧くはずだが、ヘンシエルは中国の美術工芸を多く集めたほか、ここにある書籍も楽譜も、あらかたはヘンシエルの蒐集によるのだよ。遠路はるばる北京まで行って、向こうから発送した最初の荷物が届いたのが一八〇九年。それきり二度と谷を出ることはなかったが、ヘンシェルは知恵を働かせて、物品の購入から託送にいたる極めて複雑高度な仕組みを作り上げたから、以来、僧院は何なりと必要なものを外界から取り寄せることができるようになったのだな」

「その支払いを賄うのに、谷で金が採れるのは願ったりかなったりですね」

「左様。世界中が高い価値を認めている金属が、掘れば出てくるのはありがたい」

「その価値を考えたら、ゴールド・ラッシュに見舞われずにいるのはもっけの幸いではありませんか」

老師は微かにうなずく気配だった。「いや、コンウェイ君。ヘンシェルも、何よりそれを恐れていた。本や絵画彫刻を届けてくる運送業者がみだりに近づかないように、谷から一日のところに荷を置かせて、そこからは住民の手で運ぶ決まりにしたほどだ。谷の戸に見張りを立てるまでして、目配りは怠りなかった。が、そうこうするうちに、もっと容易で間違いのない安全策を思いついたのだね」

「と言いますと?」コンウェイはいくぶん身構える声になった。

「そもそも、軍隊が攻め寄せてくる気遣いはない。地理条件を考えれば、あり得ないことだ。極く稀に、道に迷った放浪者が転がりこんでくることはあるかもしれないが、仮に武器を帯びていたにしても、すっかり弱っているだろうから、恐れるにはおよばない。というわけで、以後は誰彼の別なく、来たる者は拒まず、ということになったのだよ……。ただし、これには一つ厳しい条件がある。

「ともあれ、それから何年もの間に、少なからず余所から人がやってきた。高原を越えようとして、ほかにいくらでも道はあるだろうに、なぜかこの谷へ足を踏み入れた中国商人。集団を離れて、くたびれきった家畜のように迷いこんだチベットの遊牧民。誰だろうと大歓迎だ。中には、谷の民家に引き取られて、その場で息絶えるという気の毒な例もあったけれどもね。ワーテルローの戦いがあった一八一五年にはイギリス人の宣教師が二人、陸路、北京に向かう途中、山岳地帯を跨ぐ名もない峠道をたどってきたが、何とも運のいいことに、ちょっと挨拶に寄りましたとでもいう、あっけらかんとした顔だったよ。一八二〇年にはギリシアの商人が、病んで餓えた下男たちに付き添われながらも、尾根越えの道で死んでいるのが見つかった。それから、一八三〇年。スペイン人が三人、雲をつかむような話に金のことを聞きつけて、長い放浪と、たび重なる失望の果てにここへ来た。一八三〇年にはその種の外来者がさらに数を増してね。ドイツ人二人と、ロシア人、イギリス人、スウェーデン人が難所で知られる天山山脈の踏破を企てた。その後、ますます盛んになる科学的探険という動機に駆りたてられた登山家たちだ。この頃になると、見知らぬ人々に対するシャングリ・ラの姿勢にいくぶん変化が生じていた。たまたま何らかの事情でこの谷へ迷いこんだ外来者をただ親切に迎えるのとは違って、どこの誰であれ、ある半径内に立ち入ったら進んで応対する習慣になったのだよ。その理由は後で詳しく話すけれども、ここで重要なのは、僧院はもはや外来者に対して好意ある無関心ではいられなくなったということだ。新しい顔は僧院のために必要であり、かつ、僧院の待望するところだった。実際、続く何年かにカラカルを遠く仰ぎ見て歓喜した探検隊は一、二にとどまらず、その都度、使者が迎えに出たが、丁重な招待を拒まれた例しはまずないと言っていい。

「一方、僧院は現在の性格を多く具えるまでになっていた。ヘンシェルが極めて有能で才覚に長けていたことは、どれほど強調しても足りないくらいだよ。シャングリ・ラが今日あるのは、実にヘンシェルと開祖のおかげだと、私はおりふしそれを思う。ヘンシエルは、一面、厳しいところもありながら、それは懐が深くてね、いかなる組織であれ草創期には欠くことのできない存在だった。亡くなるまでに一生を上回るだけの仕事をなし遂げていなかったら、ヘンシェルの喪失はとうてい補いがつかなかったろう」

コンウェイははっと顔を上げて、問うというより、鸚鵡返しに叫んだ。「亡くなるまでに？」

「ああ。急なことだった。人手にかかったのだよ。インド暴動、そう、いわゆるセポイの反乱の年だがね、死ぬ間際に中国のさる画家が肖像を描いた。今ここにあるから、お目にかけよう」

またそれとも見えないわずかな合図で呼ばれた寺男が奥のカーテンを開け、仄暗い中に揺れる提灯を残して立ち去るのを、コンウェイは半ばよそごとにぼんやり見守った。そっと促す声で我に返ったが、体が言うことを聞かず、腰を上げるのもやっとだった。

よろめく足で、かげろう光の輪を横切った。肖像は水彩絵の具の細密画で、ほんの小幅ながら、画家は蠟人形の肌合いを思わせる筆さばきで微妙な陰翳を描き出していた。見れば見るほど、少女かと紛う美形である。ととのった容顔は、時間、幽明、虚実の隔たりを超えて不思議にコンウェイの心を捉えた。だが、賛嘆に息を呑みつつ、コンウェイの目に何よりも奇異と映ったのは、肖像が白面の貴公子であることだった。

コンウェイは向き直って首を傾げた。「これは……、死の直前……、とおっしゃいましたね？」

「そうだよ。よく描けているだろう」

「没年が、さっきのお話だと……」

「ああ、そのとおりだ」

「ここへ来たのは、一八〇三年。まだ若い時分ですね」

「ああ」

コンウェイはしばらく考えてから、勇を鼓して言った。「人手にかかった、というお話でしたね？」

「そう。あるイギリス人に撃たれたのだよ。イギリス人がシャングリ・ラへ来てからひと月足らずだった。探検隊の一員でね」

「どういうわけで？」

「何か、運搬人のことで……、諍いがあったのだな。ヘンシェルはそのイギリス人に、ここが客人を迎える際の厳格な条件を話した。これを伝えるのはなかなか気苦労な役目でね。以来、私はこのとおり弱っていながら、責任を感じて引き受けることにしているよ」

老師はもの問いたげに口をつぐんだが、長い沈黙の後に言葉を足した。「その条件とは何か、とやこう推し量っていることだろうね、コンウェイ君？」

コンウェイはおもむろに低く答えた。「それについては、すでに察しがついているように思いますが」

「ほう。ならば、とりとめもない私の長話から、ほかに何がわかるね？」

コンウェイはどう答えたものか、困惑に眩暈を催した。揺れる火影は老師の慈顔を取り巻いて輪舞した。シャングリ・ラの歴史に全神経を傾けて聞き入ったたことが、かえって真の理解を妨げているのかもしれなかった。ものを言おうとするだけで意識は驚愕にひれ伏し、いよいよ深まる確信は、言葉が喉につかえて声に出ない。コンウェイはもつれる舌で探るように言った。「まさかとは思いますが……、でも、ほかに考えようがありません……。驚くのをとおりこして、頭の中が真っ白で……、とうてい信じられないことです。にもかかわらず……、絶対に信じる力のおよばないことかというと……」

「……かというと？」

コンウェイは総身がわななく故知れぬ感情を包み隠そうとはしなかった。「現にこうしてお見受けするとおり、今なおご壮健でいらっしゃいますね、ペロー神父」

第八章

大ラマはここでまた一服の茶を所望した。長時間の物語でさぞかし喉が渇いたろうから不思議はなかったし、コンウェイにしても小休止はありがたかった。何はともあれ、香りのいい茶と、即席ながらも型にかなったもてなしは、音楽におけるカデンツァの効果で座に興を添える。単なる偶然ではないとすれば、これこそがテレパシーの証明で、老師はすかさず音楽に触れ、シャングリ・ラがコンウェイの趣味に合っていることを喜んでいると話した。コンウェイもこの場の礼にふさわしく、僧院がヨーロッパ音楽の作品を広く集めていることについて驚きを語り、充実した内容を褒めた。老師はゆっくりと茶をすすりながらうなずいた。「いやあ、コンウェイ君。幸いなことに、ここに一人、才能豊かな音楽家がいてね。それが実は、ショパンの直弟子だった弾き手だよ。音楽のことは何もかも、すべて安心して任せておけるから重宝だ。君もぜひ会うといい」

「願ってもないことです。ところで、張から聞きましたが、ヨーロッパの作曲家のうち、ここではモーツァルトが特に評価されているそうですね」

「そのとおりだよ。モーツァルトの飾らない雅はいい。家に譬えるなら、モーツァルトの建てる家は広きにすぎず、狭からず、中の造りは洗練の極みだ」

こうしたやりとりでお茶が済む頃にはすっかり気持が和んで、コンウェイは言った。

「話は戻りますが、私ども、ここにいろ、ということですね？　動かせない厳しい条件とは、そのことですね？」

「そうと知っている君は正しいよ」

「つまり、このままずっと、生きている限り(フォー・エヴァー)は」

「それを言うなら、英語独特の、もっと意にかなう表現がある。未来永劫(フォー・グッド)だ」

「一つわからないのはこの広い世の中で、なぜ、私ども四人が選ばれなくてはならなかったかです」

最前の静やかな態度に返って老師は答えた。「たってとあらば話をするが、これにはいささか込みいった事情があってね。何よりもまず、これまで当シャングリ・ラでは、できる限り一定の数で新しい人を迎えるように努めてきたことを知ってもらいたい。ほかはともかく、年齢層やさまざまに異なる時代を代表する顔ぶれを揃えることが望ましい、というのがその理由だよ。ところが、不幸にして先の欧州大戦とロシア革命以降、チベットに旅行者や探検隊が来ることはほとんどなくなった。いや、正確には、一九一二年の日本人を最後に外来者は跡を絶ったのだが、はっきり言って、この人はあまり感心できなかった。ああ、コンウェイ君。私らは、山師でも、いかさま師でもないよ。はじめから何を約束するではなし、土台、約束などできるはずがない。ここに来て何の得にもならない人間もいれば、当たり前に年を取って、病気とも言えないほどの軽い疾患で死ぬ人間も数の上では少なくない。総じてチベット人は、高度その他の条件に馴れているせいか、外界の人種にくらべておっとりしているようだね。愛すべき人々で、ここにも大勢いるけれども、ほとんどは百歳を超えるまで生きないのではないかな。その点、中国人はいくらかましだが、脱落者もまた多い。そんなこんなで、ヨーロッパの北方人種とラテン民族が最良の人選であることは間違いないのだよ。アメリカ人もきっとそれに劣らず順応性があるだろうから、君の仲間の一人として、はじめてあの国の市民を迎えることになったのを非常に喜ばしく思っている。ああ、いや、これは横道だ。君の質問に答えなくてはいけないね。すでに話しているように、当院ではここ二十年ほど、新来者を受けいれていない。その間には何人も物故して、情況はもはや放ってはおけないまでになった。と、そこで信徒の一人が思いきった打開策を持ちかけてきたのだよ。谷の生え抜きで、私らの目的に深く同調する、信頼すべき青年だ。ご多分に洩れず、この青年は遠来の客人が往々にして運よくつかむ飛躍の機会に恵まれなかった。そのせいもあってか、自分が谷を出て、近隣諸国から補充の人員を連れてこようと名乗りを上げたのだな。それも、旧い時代にはとうてい考えられなかった手段でだ。いろいろな意味で革命的な提案だったが、私らも、とくと思案の末にこれを許した。シャングリ・ラといえども、時代の流れには逆らえないからね」

「要するに、飛行機で人を運んでくる狙いで、僧院が派遣したのですね？」

「いやね、その青年は実に優秀で、知恵があって、自信に満ちていた。これは、そういう人間が自分の口から言い出したことだ。私らは、すべて当人の自由裁量に任せていいと判断したのだよ。一つだけわかっているのは、アメリカの飛行学校で訓練を受けるところから計画がはじまることだった」

「だとしても、その後はどうやってことを運んだのですか？　バスクルにあの飛行機があったのは、まったくの偶然で……」

「しかしね、コンウェイ君。世の中は偶然だらけだよ。つまりは、あれもただ、タルが期待したとおりの偶然だったというにすぎない。思ったようにならなくとも、一年、二年するうちにはまた機会が生じたろうし、もちろん、ついに機会はなかったかもしれない。正直な話、見張りから飛行機が高原に降りたと知らせがあった時はびっくりしたよ。航空技術は日進月歩だが、普通の飛行機がこの山岳地帯を飛ぶようになるまではまだ間があると思っていたのでね」

「あれは普通の飛行機ではありません。山岳飛行に合わせた特殊な設計で」

「重なる偶然とはこのことだね。思えば、若いタルは幸せだった。今ここにいたら、いろいろ話が聞けるだろうに、それができないのは残念だ。タルを亡くして、私らみな心が痛んでならない。君とも馬が合ったろうと思うがね、コンウェイ君」

　コンウェイは微かにうなずいた。そのとおりに違いない。だが、これで話が終わるわけでもなかった。「それはともかく、この背景にはどのような考えがあるのでしょうか？」

「いやあ、君のその聞き方はとても嬉しいよ。私もここにこうして長いことになるが、今のようにあっさりとものを問われたことは絶えてない。私の打ち明け話はたいてい悪く取られてね。これを聞けば人はみな、怪しんで気分を害する。腑に落ちずに、腹を立てる。疑いの果てに興奮して、常軌を逸する……。と、いろいろある中に、ただささやかな関心だけというのはこれがはじめてだ。が、ささやかとはいえ、その関心が大事なのだよ。今日、君は関心をいだいた。明日はそれが単なる関心を超えて、自身の課題になるだろう。君がその課題に専心してくれるものなら、それこそは私の願うところだ」

「そこまでは約束いたしかねますが」

「迷いがあるのはいいことだ。迷いは深く根強い信念の土台であって……。いや、これは言わずもがなだね。何はともあれ、君は関心をいだいた。それだけで充分だ。この上、含んでおいてほしいのは、私の話は今しばらく、仲間の三人には伏せておくようにということだ」

コンウェイは無言で先を待った。

「いずれ聞かせる時が来るだろうが、今のところは三人のためにも、急ぐことはない。君はよくわかっているはずだから、約束を求めはしないよ。お互いに最良と思うところでおさめてくれると信じている。さて、そこで、ざっとこれから先の話をしよう。君は世間一般の標準から言えば、まだまだ若い。先の長い身だね。このまま何ごともなく普通に行けば、二十年、ないしは三十年の寿命がある。徐々に下り坂にかかって、行動範囲が狭まるにしてもだよ。どうして、見通しは悪くない。それを私のように、せせこましくて息苦しい、ただ騒々しいばかりの幕間劇とは思うまいね。人生はじめの四半世紀は、弱年という雲に覆われていたはずだ。晩年の四半世紀は、それ以上に暗い老いの雲が垂れこめて不思議はない。二つの雲の絶え間から人生を照らす日の光の、何とか細く侘びしいことだろう。しかし、君は運に恵まれている方だよ。シャングリ・ラの基準からすれば、陽の当たる時代はやっとこれからというところだからね。十年、二十年が過ぎても、気持は今と変わらないだろう。ヘンシェルと同じで、君は長いこと溌剌とした若さを保つに違いない。ただし、言っておくが、それは早い時期の、見た目の話だ。君もいずれは人並みに老いる。ゆっくりゆっくり、自ずからなる風格を漂わせるまでになる。八十を迎えて、まだ若い者に負けないたしかな足取りで尾根越えの道を登れるかもしれない。が、その倍の歳まで人も驚くほどの達者でいられると思ったら間違いだ。われわれ奇跡は働けず、死は疎か、老衰に打ち勝つことすらできずにいる。できるのはただ、人生という儚い一幕の時間をほんの少し遅らせるだけで、ほかではとうてい不可能なことだが、ここにはそれをやすやすと可能に変える手段があるにすぎない。くどいようだが、くれぐれも言っておく。人間は死ぬる者だ。

「さりながら、先々君は豊かに報われるであろうことを、こうして話しているのだよ。

静穏は長きにおよんで、その間、外界の人々が時計台の鐘を聞くよりもなお、君は憂いも悩みもなく、安らぎのうちに入り日を眺めて暮らす。時は流れて、快楽は生身の領分から淡白な、それでいて豊饒な世界へ所を変える。体力が弱って食欲も衰える分、補ってあまりあるものを得るはずだ。人間が落ち着いて深みを増す。知恵が熟して澄みきった記憶は大きな喜びを与えてくれる。何よりもありがたいのは時間がたっぷりあることだ。時間は西欧文明が求めれば求めるほど失って省みなかった、愛おしむべき貴重な恵みだよ。考えてもごらん。時間があれば本が読める。寸秒を惜しんで斜め読みにページを繰ることもなし、引きこまれるのを恐れて本を敬遠することもない。君は音楽に造詣が深いが、ここには楽譜と楽器があるだけではなしに、音楽の深く豊かな味わいを満喫させてくれる静かな無限の時間がある。おまけに、親交の輪が広がる。知的で穏やかに肝胆相照らす長いつきあいから、せっかちな死がむやみに人を引き離すことはできないというのは考えるだに愉快ではないか。それとも、むしろ孤独を好むなら、僧院の堂塔で心ゆくまで静思にふけるのもよくはないか？」

　声が跡絶えたが、コンウェイは沈黙を守った。

「黙っているね、コンウェイ君。私の饒舌を許してくれたまえよ。なにしろ、口数が多いことを悪とはしない時代と国の人間なもので……。いや、君は塵界に残してきた妻、両親、子供たちのことを思っているのかもしれないな。あるいは、あれもしたい、これもしたいと、まだ欲があるか。だとしたら、これは信じてくれていい。辛い心の疼きははじめのうちだけで、十年もすれば、その記憶の影さえ意識に上ることはなくなるよ。とはいうものの、私の読みに間違いがなければ、君は何も悩んでいないね」

　これは図星で、コンウェイはたじろいだ。「おっしゃるとおりです。独り身で、親しい友人もほとんどいませんし、欲などはかけらもありません」

「欲はない？　というと、世にはびこる病弊を、君はどうやって免れたね？」

　コンウェイはここではじめて、対等に会話していることを自覚した。「私の職分で手柄とされていることの多くは、思いのほかに努力を必要とした点を別とすれば、必ずしも本意ではありません。領事官はしがない属吏ですが……、私はそれで満足です」

「ではあっても、精魂を傾けることはない？」

「精魂も何も、力半分だって傾けていません。根が怠け者ですから」

　顔の皺が深くよじれるのを見て、コンウェイはようよう老師が笑っているらしいことに気づいた。間をおいて、ささやく声が続いた。「愚かしいことをするのに、怠惰は優れた美徳かもしれないよ。どのみち、私らが愚行を強いることはまずないと思ってくれていい。中庸の原則については、張から聞いているだろうが、何よりも中庸を徳とするのが人の行いだ。例えば、私は十ヶ国語を学んだ。歯止めをかけなければ二十ヶ国語を修得することも無理ではなかったはずだが、そこまではしなかった。これが中庸ということで、何につけても考え方は同じだよ。放埒も、禁欲も、ほどほどがいい。摂生が望ましい歳までは、食い道楽、大いに結構。若いうちが花だ。それゆえ、この谷の女性はみな、貞操についても中庸の原則を喜んで受けいれている。という次第で、君は無理なく私らのやり方に馴染んでくれることと思う。その点、張は極めて楽観的だし、私自身、こうして会って意を強くしているよ。ただ、君にはこれまでの外来者についぞ見られなかった不思議な一面がある。既存の価値を疑う犬儒学派の偏屈とは違うし、ましてや、ただ世の中を見下してせせら笑う態度でもない。幻滅の果ての諦念に近いとも言えようが、それでいて……、そう、百歳がらみにはまだ間のある若い人とは思えない、澄みきったものを感じさせるのだね。あえてこれをひとことで表すなら、無感動だ」

コンウェイはうなずいた。「ほぼ、そのとおりだと思います。ここへ来る人間に時代区分があるかどうか知りませんが、もしあるならば、私は〈一九一四 - 一八〉で、歴史資料館では珍しい部類の標本でしょう。一緒に来たほかの三人は、この区分には入りません。この時期に、私はほとんど燃えつきました。自分からはめったに言いませんが、以来、もっぱら世間に要求しているのは、放っておいてくれ、ということです。ここには引かれるものがあります。この静かさは性に合っています。先ほどおっしゃったように、きっとここに馴染むと思います」

「それだけかな、君?」

「中庸の原則はきちんと守るつもりです」

「君は頭がいい。張も言っていたが、実に如才ない。が、それはともかく、私が話して聞かせた将来の展望に、そそられるものは何もないか?」

コンウェイは、束の間、思案して答えた。「シャングリ・ラの歴史には非常に感銘を受けました。ですが、正直に言って、先のことについては実感が湧きません。私の頭は遠い将来を考えるようにできていないものですから。もちろん、明日なり、来週なり、あるいは来年のこととしても、シャングリ・ラを去らなくてはならないとなったら実に残念です。しかし、百まで生きた心境を今から語るわけにはいきません。何がどうあれ生きていく気はありますが、将来に期待をいだくには、それなりに意味がなくてはなりません。今までにも、果たして人生に意味があるだろうかと疑問に思うことしばしばでしたが、何の意味もないとしたら、長生きはそれ以上に無意味です」

「君はそう言うがね、仏教とキリスト教の伝統を継ぐこの建物は意味があることのたしかな証だよ」

「そのとおりかもしれません。だとしても、百を超す長寿を羨むには、もっとはっきりした理由がほしい気がします」

「理由はある。それも、極めてはっきりした理由だよ。偶然が選りすぐったこの異邦人集団が、寿命を過ぎて生きているのもそのためだ。私らは安閑と気まぐれの実験を続けてはいられない。私らには夢がある。洞察がある。一七八九年に老ペローがこの部屋で死に臨んで瞼に描いた光景がその中身だ。前にも話したように、自身の長い人生をふり返ったペローはそこで、美しいものが儚く滅び去る無常を感じたのだね。戦争、物欲、蛮行が、やがてはすべてを破壊して、この世に残るものは何もないのではなかろうか。

ペローは自分の目で見たこと、心眼に映ったことどもを思い出した。世界の国々は知恵を深めずに、粗野な欲心と破壊の意思ばかりが先に立っている。機械力はますます強大になって、ついには武器を帯びた男一人が、グラン・モナルク、ルイ十四世の軍勢に匹敵することにもなりかねない。人類は陸と海を荒廃に満たしてなお飽きたらず、空に破壊を広げるであろう……。と、ペローは考えたが、この洞察は間違っていたろうか？

「少しも間違っていません」

「が、それで済む話ではなかった。ペローはさらにその先を考えたのだね。殺戮の技術に狂喜した人類は勢いに乗って乱暴を働くだろうから、価値あるすべてが危険にさらされる。書物、絵画、音楽。二千年の歴史が蓄積した文化の至宝。小さくて、繊細で、無防備なもの……。そうしたすべてが、散逸したリウィウスの文献や、あるいはイギリスが破壊した北京の頤和園（イーホーユアン）のように失われることになるだろう」

「それは、私も同意見です」

「そうだろうとも。しかし、道理をわきまえた人間の機械文明や戦争に反対する意見についてはどうかな？　見ていたまえ。老ペローの予感はきっと当たる。私がこうしているのも、君が今ここにいるのもそのためだ。身辺に破滅が迫っている。ここを乗りきって生き延びることができるように、私らは祈らなくてはならない」

「生き延びられるでしょうか？」

「希望はある。すべては君が私の歳になる前のことだろう」

「シャングリ・ラは破滅を免れるとお思いですね？」

「うまくすればだ。憐れみは期待できないが、わずかながら、見向きもされずにながらえる望みはある。私らはここで、本と音楽と思索を糧に、滅びゆく時代の儚い風雅を惜しみつつ、情熱が燃えつきた時に必要な知恵を求め続けることになろう。ここには大切に守って後世に伝えるべき歴史遺産がある。いよいよという時まで、許される快楽を享受したらいいではないか」

「その時が来たら、どうなりますか？」

「いいかね、君。強者が滅ぼし合って、はじめてキリスト教の倫理は日の目を見る。その時、柔和な者が地を継ぐのだよ」

心なしかささやく声に力がこもって、コンウェイはその奥深い響きに敬服した。あたりの闇がまたもや急に濃くなったのは、すでに外界に迫っている嵐の先触れかと思われた。シャングリ・ラの大ラマはゆるゆると腰を上げ、現れかけて躊躇っている亡霊のように目の前に立った。当然の礼儀で手を貸そうとしたコンウェイはふいの衝動に襲われ、これまで誰に頭を下げたこともない驕慢はどこへやら、思わず跪いていた。

「おっしゃることはよくわかります、尊師」

いつどうやって部屋を出たかほとんど記憶がなく、夢の底から浮かび出るのに長い時間がかかった。蒸し風呂のような暑さの後で夜気が凍みとおるほどに冷たかったことと、常に変わらずもの静かな張と肩を並べて星明かりの中庭を歩いたことをおぼろげに憶えている。シャングリ・ラがこの時ほど澄明な美しさに満ちて見えた夜はかつてない。崖の端からはるかに望む谷の景色は水も動かぬ淵に沈潜したようなコンウェイの意識にしっくり馴染んだ。驚愕は背後に遠のいた。過去、現在、未来の三世に跨る物語にはほとんど放心したが、感情に劣らず理性をも高揚させる満足が虚脱を埋めて精気を呼び覚ました。懐疑すらがもはや悩みの種ではなく、心身の微妙な調和に一役買っていた。張は何も言わず、コンウェイも黙して語らなかった。夜も更けて、仲間の三人はすでに寝ているのがありがたかった。

第九章

翌朝、記憶をふり返ってコンウェイは、前夜の会見が果たして覚めた意識で描いた空想か、または夢うつつの妄想か、判然としなかった。

もっとも、それはほんのしばらくで、食事の席へ顔を出すとたちまち質問の雨が降りそそいだ。「昨夜はお偉方と、ずいぶん遅くまで」バーナードがまっさきに口を切った。「みんなで帰りを待つつもりだったがね、待ちくたびれて、お先に失礼したよ。で、どんな人だった？」

「運送屋の話は出たのかな？」マリンソンは気ぜわしく尋ねた。

「宣教師派遣のこと、おっしゃってくださいましたかしら」ミス・ブリンクロウはほかに関心がなかった。

コンウェイは例のとおり、予防線を張って質問攻めに備えた。みんなに調子を合わせるのは造作もない。「残念ながら、期待に添えないだろうな。布教のことは話題にしませんでした。運送屋については何の話もなかったよ。どんな人物かと聞かれても、完璧な英語を話す大変なご老体で、ずばぬけて頭がいいとしか言えないね」

　マリンソンは苛立ちを隠さなかった。「一番の問題は、その長老が信用できる相手かどうかだよ。われわれを裏切る気だろうか？」

「不誠実な人とは思えないけどな」

「どうして運送屋のことを頼まなかったんだ？」

「考えもしなかったよ」

　マリンソンは信じられない顔でコンウェイを見た。「わからないなあ、コンウェイ。バスクルではあれだけ立派だったのに。同じ人とは思えない。まるで人間がぼろぼろになったみたいで」

「ごめんよ」

「謝ったってしょうがないよ。しゃんとして、思慮のあるところを見せてくれなきゃあ」

「誤解しないでくれよ。君たちをがっかりさせて申し訳ないと言っているんだ」

　そっけない声は感情を隠すためだったが、複雑な胸中は傍から察しがつくはずもなかった。コンウェイ自身、そこを苦もなく言い抜けたことに軽い驚きを感じた。大ラマの言葉に従って秘密を守る意思は固い。だが、その一方で、無理からぬことながら仲間の三人が見なしているであろう裏切り者の役割を引き受けて痛くも痒くもない自分がいくらか不思議だった。マリンソンの言うとおり、これは人から仰がれる身にふさわしくない態度である。半ば不憫と思いつつも、若い同僚を擁護する気持が起こったが、英雄崇拝に幻滅は付き物と覚悟しなくてはならないことを考えてコンウェイは心を鬼にした。バスクルにおけるマリンソンはただ男前の主将を尊敬するだけの未熟な青年だった。そのマリンソンの目に、今はまだ主将の座から転落してはいないものの、コンウェイは足場がぐらついていかにも危うげである。たとえ贋者であろうとも、落ちた偶像は哀れを誘う。マリンソンの尊敬は、本来とは違う姿を装っているコンウェイにとって苦痛を和らげるせめてもの慰めかもしれなかった。とはいえ、どのみち自分を偽りきれるものではない。シャングリ・ラの空気には海抜のせいか、見せかけの感情を許さないものがある。

「なあ、マリンソン。ことあるごとにバスクルのことをくどくど言ったところで、どうなるものでもないぞ。そりゃあ、あの時と今で私は違う。そもそも、情況がまったく違うんだから」

「言わせてもらえば、情況はずっと健全だったよ。少なくとも、目の前で何が起きているかわかっていたものな」

「具体的には、殺戮と掠奪だ。それを健全というのは君の勝手だけれども」

若いマリンソンは声をとがらせて言い返した。「そうさ。ある意味で、よっぽど健全だよ。あの情況なら自分から立ち向かえる。何が何だかまるでわけがわからないことと違ってさ」はっと思い出したように、マリンソンは言い足した。「例えば、あの中国人の娘。どうしてここにいるんだ？　昨夜、そのことは話に出たのかな？」

「いいや。それがどうかしたか？」

「どうしたもこうしたも、向こうから言わないなら、聞けばいいじゃないか。多少とも興味があるならさ。修道士だらけの中に若い娘が一人なんて、普通にあることだろうか？」


これまでそんなふうには考えてもみなかったコンウェイは、間の抜けた返事をするのがやっとだった。「ここは普通の修道院と違うから」

「ええ、違うどころの騒ぎじゃあないよ」


話が行きづまって沈黙がわだかまった。コンウェイにしてみれば、羅珍の過去などは問題とするに価しない。満州人の娘は意識の片隅に潜んだきり、めったにその存在を思い出すこともなかった。ところが、羅珍の話が出る途端に、ミス・ブリンクロウは食事の席でも手放さないチベット語の文法書からはっと顔を上げた。コンウェイにはそれが、なぜか語学だけに打ちこんでいるわけではないことを見せびらかそうとする態度に思えた。若い娘と修道士の話題はミス・ブリンクロウに、宣教師が妻に語って未婚女性の間に広まったインドの寺にまつわる噂を想起させた。食いしばった歯の間から、ミス・ブリンクロウは言った。「そうですとも。ここの道徳の乱れは目にあまります。こんなこともあろうかと思っておりました」ミス・ブリンクロウは支持を求めるふうにバーナードをふり返った。バーナードはにったり笑ってそれとなく逃げを打った。「私が道徳を云々したって、諸君は耳も貸さないだろう。だけどなあ、口喧嘩だって似たようなもので、あんまり感心できないぜ。われわれ、まだ当分はここにいなきゃあならないんだから、いがみ合うのは止めて、お互い、気持よくやろうじゃないか」

コンウェイはこれを良識ある発言と受け取ったが、マリンソンはおさまらず、嫌みたっぷりに言った。「ここにいれば、ダートムアよりよっぽど気が楽だものな」

「ダートムア？　ああ、イギリスの刑務所か。うん、うん、なるほど。たしかに、長期刑囚を羨ましいと思ったことはない。それと、もう一つ。そうやって当てこすりを言われたって、腹は立てないよ。このとおり面の皮は厚いが、これで結構、人がいいところは私の取り柄だ」

コンウェイは敬服の色を浮かべてバーナードを見やり、マリンソンには軽い非難の目を向けた。と、その刹那、自分たちは今だだっ広い舞台で芝居をしているのだという意識が頭を擡げた。そもそもの背景を知っていながらとうてい語る術もないことを思うと急に一人になりたくなり、コンウェイはそっと小さく会釈して中庭へ出た。カラカルの姿を見れば胸のもやもやは晴れ、仲間に事情を秘している後ろめたさも、三人の想像が遠くおよばない新しい世界を受けいれる達観のうちに霧消した。気がついてみればコンウェイは、何もかもが不思議なために、とりたてて一つことを不思議とは感じなくなるところへさしかかっていた。自分と同じで、誰にとっても驚愕は退屈だろうというだけの理由で、何を見ても驚かなくなる段階である。コンウェイはシャングリ・ラでそこにいたった。先の大戦中も、はるかに不愉快ながらこれに似た情態で冷静を保ったことを憶えている。

　強いられた二重生活に適応するだけのためにも冷静でなくてはならなかった。シャングリ・ラで流離の仲間と行動をともにする限り、やがてやってくる運送業者に協力を頼んでインドへ帰ることがすべての前提だが、仲間の三人を離れれば、地平線は幕が上がるように無限の彼方に遠ざかり、時間は伸長して空間は収縮した。「蒼い月（ブルー・ムーン）」という地名は象徴的な意味を帯び、儚くも情趣に富む幽玄の未来は極く稀にしかないことを暗示するかのようだった。コンウェイは時に二つの生き方の、果たしてどちらが本当か思い惑ったが、だといって焦慮するほどのことではなかった。その都度、甦るのは戦場の記憶である。激しい砲撃の最中に、命はいくつもあって、死がつけ狙うのはそのうちの一つにすぎないと考えれば、それでたいてい気持が安らいだ。

　張はもはや何も隠さず、僧院の決まりや習わしについていくらでも自由に語った。コンウェイは当初の五年間、いっさい規律に縛られることなく、普通に暮らしていればいいという。「体がこの高さに馴れるまで。それと、頭と心に澱んでいる痛惜を散らすためだよ」

　コンウェイはにやりと笑った。「つまり、人間感情が五年を超えて持続することはあり得ないという考えだね？」

「どうしてどうして、そんなことはない」張は答えた。「感情は尾を曳くに違いないけれども、いずれは郷愁を誘う残り香だけになるのだね」

修行はじめの五年が過ぎる頃から年を取るのが遅くなることを張は話した。うまくいけばコンウェイはかれこれ半世紀ほど、見かけは四十のままだろう。人生のその時期、年を取らずに過ごすのは悪くない。

「張自身は？」コンウェイは尋ねた。「どういうところをとおってきた？」

「ああ、私はね、ここへ来たのが若い時分で、運がよかったよ。やっと二十二だった。意外に思うかもしれないけれど、兵隊でね。あれは一八五五年。騎兵中隊を指揮して山賊集団と戦っていたのだよ。部隊へ帰って上官に報告すれば、偵察任務、と胸をはれたろう。それが、実際はというと、山の中で迷ってしまってね。百人を超える部下の大半が厳しい気候に耐えきれずに、生き残ったのがわずか七人。私もやっと助かって、シャングリ・ラへかつぎこまれた時はすっかり弱って虫の息だったよ。若い盛りの体力で、どうにか一命を取り止めた次第で」

「二十二！」コンウェイは暗算して叫んだ。「と、今、九十七かな？」

「そう。遠からず、尊師がたの承認が得られれば、正規に僧位を許されるはずだ」

「なるほど。百歳ちょうどを待ってだね？」

「いや、年齢について厳密な決まりはないけれども、なるほど、だいたい百を境に人間の情念や情動は消滅すると考えられているね」

「そのとおりだろうな。で、それから？　その先はどうなるのかな？」

「ラマ僧の身で、シャングリ・ラなればこその明日を願うにはそれだけの筋がある。まだまだ先は長いのだから。おそらくは、向こう百年、いや、もっとになるかもしれないよ」

コンウェイはうなずいた。「おめでとうと言っていいかどうか……、でも、両方の世界で最良のものを与えられているのだね。過去は喜びに満ちた長い青年時代、行く末もまた、喜びに満ちた長い老年期だもの。張はいつから見た目に年を取りはじめたんだ？」

「七十過ぎかな。まあ、そのあたりが普通でね。ただし、今もまだ実際より若く見えるつもりでいるけれども」

「それは間違いない。ところで、今ここで谷を出たら、どうなると思う？」

「死ぬね。ほんの何日か谷を離れただけで」

「空気の問題だろうか？」

「〈蒼い月の谷〉はここしかない。ほかにもあると思うのは、自然を相手にないものねだりをすることだよ」

「じゃあ、青年時代が延長されていた三十年前に谷を出たとしたら？」

張はこともなげに答えた。「死ぬことに変わりはなかったろうね。いや、死なないまでも、たちまちにして実年齢そのままに老いさらばえたはずだ。少し前にも似たようなことがあってね。長い間には、稀ながら、何度か例のある話だけれども。旅行者の一団がこっちへ向かっているらしいことを伝え聞いて、私らの代表が迎えに出たのだよ。これが、若い盛りにここへ来たロシア人で、すっかり僧院に馴染んで、八十近くでまだ四十前後としか見えなかった。谷を空けるのはせいぜい一週間が限度だし、何ごともなければそれでよかったはずが、不幸にして、遊牧民に攫われて、遠くへ連れ去られてしまった。私らは事故に遭ったものと諦めていたのだが、三ヶ月後に逃げ出して、ここへ戻ってきたよ。見ればまったくの別人だ。面差し、たちいふるまいに寄る年波は隠せない。いくばくもなく、老いて死ぬ定めのとおり息を引き取った」

コンウェイはしばし言葉もなかった。話を聞く間もずっと図書室の窓から、外界へ通じる尾根道を見つめていた。雪煙かと紛う雲の流れが山の端をかすめた。ややあって、コンウェイは言った。「悲惨な話だね、張。時間は非情な魔物で、小癪にも難を逃れていたスラッカーをひねりつぶそうと、谷の戸で待ちかまえているみたいに聞こえる」

「スラッカー？」張は眉を寄せた。完璧な英語を話すとはいえ、砕けた話し言葉がわからないこともある。

「怠け者だよ」コンウェイは説明した。「ろくでなし、役立たずを言うんだ。もちろん、深い意味で使ったわけじゃあない」

張は軽く頭を下げた。言葉には敏感で、新しく知った単語は哲学的に吟味しないことには気が済まない。「それは、つまり」しばらく思案して、張は言った。「イギリス人は怠惰を悪と考える含みだね。私らは逆で、緊迫よりよほど好ましい。今の世の中はあまりにも緊張が高まりすぎているのではないかな。もっと怠惰な人間が多くていいように思うけれども」

「賛成だな」コンウェイは胸のうちで笑って真顔でうなずいた。

大ラマと会ってからしばらくの間に、いずれは同衆となるはずの何人かと知り合った。張は進んで紹介するでもなく、かといって紹介を拒むでもなかったが、コンウェイは急がず慌てず、延引も苦にならない自然の成り行きをむしろ珍らかに快く思った。張は心得顔だった。「中にはまだ当分、何年も先まで会えない導師もいようけれど、気に病むことはないのだよ。いずれも、その時が来れば会う心づもりだし、先延ばしは仮にも忌避ではないからね」コンウェイは在外領事館に新任の職員を迎える時によく似たような気持をいだいた経験から、これは理解に難くなかった。

そんなふうにして少しずつ先達と知り合い、その都度、何かと得るところがあった。これがロンドンやデリーなら、三倍も年嵩の相手と話をするのはさぞかし気づまりにちがいないが、ここでは歳のへだたりもいっさい対話を妨げない。はじめて近づきになったのはマイスターと名乗る気のいいドイツ人で、遭難した探検隊の生き残りとして八〇年代に僧院に身を寄せたのだという。訛りは強いが、英語は達者だった。次いで紹介されたのが、大ラマもそれと意識して話題に上せた人物で、コンウェイは生面の会話を楽しんだ。ショパンの直弟子を自称するフランス人、アルフォンス・ブリアクは短身痩軀ながら、さほど年寄りとも見えなかった。ブリアクも、ドイツ人も、コンウェイとは馬が合いそうだった。密かな観察に加えて、さらに何人かと会った印象から、コンウェイはおおよそ二つの結論に達した。高僧たちがそれぞれに際立った個性の持ち主であることはもちろんだが、不老ばかりは共通で、もっとましな言い方はないものかといくら考えても知恵が浮かばない。おまけに、いずれも円満な知性を備えていることは偏らずに思慮深い言葉の端々からも窺える。そういう相手と言葉を交わすとなれば、コンウェイは的を射て過不足ない受け答えをする自信があったし、それが先方に通じていることもありがたかった。総じてほかで出会ったかもしれない知識集団と、おそらくは勝手が違う気遣いのない面々である。ただ時として、遠い過去の追憶をつい昨日のことのように聞かされて奇異に感じる場面もあった。例えば、中の一人で善意のかたまりのような白頭の老人は、知り合って間もなく、ブロンテ三姉妹に関心があるかと尋ねかけた。多少は関心があると答えたコンウェイを相手に、老人は言った。「実は、私、四〇年代にウエストライディングで牧師をしていまして、ホーワースを訪ねて牧師館に泊まったことがあるのです。ここへ来てから、ブロンテにのめりこんで、今、本を書いているところです。そのうちお目にかけましょう。原稿を挟んでお話がしたいものですが、いかがですか？」

コンウェイは願ってもないと喜んで応じ、張と二人になったところで、ラマ僧たちが生き生きと語るチベット以前の回想に賛嘆を表した。張はこれに答えて、要は訓練であると語った。「つまりね、精神の透徹を図る第一歩は、過去の全景を視野におさめることだよ。それこそは何よりも正確にものを見る方法だ。しばらくここで私らといるうちに、望遠鏡の焦点を調節するように、自分の過去が次第にくっきり見えてくる。何もかもが鮮明な輪郭で、配置よく、正しい意味合いをもって視野に浮かび上がるのだね。例えば、新しく紹介したあの道士も、若い頃、ホーワースの老牧師が三人の娘と暮らす家を訪ねた時が人生の一大転機だったと認識しているよ」

「私も、一大転機を思い出すことになるから、そのつもりでいろということだね？」

「努力して記憶を手繰るまでもない。その〝時〟は向こうからやってくるから」

「あまり歓迎できそうもないな」コンウェイは浮かぬ顔で言った。

顧みて記憶の視野に何が甦るかはともかく、コンウェイは現在に満足を覚えていた。読書にふけり、あるいはモーツァルトを弾きながら、深い感動に酔うことも稀ではなかった。シャングリ・ラは永遠の神秘から蒸溜され、時間と死を超えて奇跡的に保存された芳醇な酒にも譬えるべき澄んだ霊気で心を洗うようだった。大ラマとの会見を印象鮮やかに思い出すのもそんな時である。度量の大きな知性が高いところからある限りの悦楽を優しく見守り、絶えずささやきかけて、耳と目に励ましを与えていることをコンウェイは意識した。そのせいもあって、羅珍が複雑なフーガを巧みに弾きこなす間、花びらがほころびるように唇を微かに開くあの無表情に近い片笑みの背後に、果たして何が隠されているだろうかと考えずにはいられない。羅珍は、今ではコンウェイが中国語を話すことを知っていながらめったに口をきかず、ときおり音楽室を覗きにくるマリンソンと言葉を交わすことはまずなかったが、コンウェイはその沈黙に包みきれぬ床しさを感じていた。

　張はコンウェイの尋ねに応じて、羅珍が満州族の王家の血筋であることを話した。

「トルキスタンのさる王子と婚約がととのって喀什（カシュガル）を旅する途中、輿が山で道に迷ってね。例によって当院から迎えに出た使者とめぐり合わなければ、花嫁の一行は残らず命を失うところだった」

「いつのことかな？」

「一八八四年。羅珍、十八歳のみぎりだよ」

「十八？」

　張は深々とうなずいた。「ああ。ごらんのとおり、いい塩梅に年を重ねている。実に目覚ましいばかりの成長ぶりで」

「ここへ来たはじめは、どんなふうだった？」

「それは、少なからず悲しい思いをしたろうね。自分から何を言うこともなかったけれど、悩んでいる様子は傍目にもよくわかった。なにしろ、婚礼の場へ向かう若い娘を途中から引き取るというのは、普通ではないことだし……、私らみな、幸せになってほしいと、ずいぶん心を痛めたよ」張はここで破顔一笑した。「愛の炎（ほむら）は、そうやすやすと消えるものではなかろうに。まあ、その意味では、はじめの五年で充分だったけれども」

「羅珍はひたすらその結婚相手を慕っていたはずだね？」

「いやいや、どういたしまして。土台、見ず知らずだから。昔ながらの仕来りでね。愛はあっても、恋とはまるで別物だよ」

　コンウェイは羅珍にいささかの同情を覚えてうなずき、飾り立てた輿に揺られてしずしずと高原を行ったであろう半世紀前の面影を想像に描いた。蓮池のある手入れのいい庭園を遊び場に育った令嬢の目に、風すさぶ最果ての砂漠はさぞかし索漠たる風景と映ったに違いない。「気の毒になあ」若い身空で、幽閉にも等しい年月をどんな思いで過ごしたろうか。事情を知った今、寡黙な羅珍が醸す静謐はますますいとおしい。その愁いをふくむ風情は半透明の生地に影さしてこぼれる微かな光のほかは何の紋様もない白磁の壺の連想を誘った。

　ブリアクがショパンを語り、耳馴れた曲を超絶技巧で弾くことも、コンウェイに忘我の陶酔とは質の違う喜びを与えた。ブリアクは出版されていないショパンの作品をいくつか譜面に書き起こし、コンウェイはそれを復習（さら）って飽くことを知らなかったが、名演奏家のコルトーもパハマンもこの幸せを味わってはいまいと思うと感激ひとしおだった。ブリアクの記憶もまた際限がなく、作曲家が未完のままに打ち捨て、あるいは即興で弾き散らした断片をそれからそれへ思い出しては譜に書いた。中には珠玉の名に恥じない小品もあり、甘美にして華麗な響きはいずれもショパンならではだった。張は言った。

「ブリアクは僧位を許されてまだ日が浅い。とかくショパンの話に偏りがちなところは大目に見なくては。若いラマ僧が過去を引きずるのは無理もないことでね。それもまた、将来を見とおすためには必要な一歩だよ」

「先のことを考えるのが徳のある上長の務めだね」

「そのとおり。大ラマは深い洞察で行く末を読む瞑想三昧だ」

コンウェイはふと思い出したように言った。「それはそうと、また会うとしたらいつだろうか？」

「確実なところで、最初の五年が過ぎたあたりだろうね」

思わせぶりな張の予言ははずれ、シャングリ・ラに滞在してやっとかれこれひと月という頃、コンウェイはふたたびあの息苦しいほど暑い高階の一室に招かれた。大ラマは絶えて部屋を離れず、暖房は肉体の維持に欠かせないのだと張から聞かされて気持の備えをしていたから、蒸し暑い室内も前のようには応えなかった。丁寧に一礼して、落ちくぼんだ老師の目に生気が点るのを見るとそれだけで呼吸が楽になるようだった。皺に埋もれてなお炯々たる目の奥の霊知にはかねてから親しみを感じている。間を置かずに再度の会見は異例の光栄と知りつつも、固くはならず、威圧にすくむでもなかった。コンウェイにとって歳の差は位階や肌の色と同様、人間関係を阻害するものではない。相手が高齢だろうと弱年だろうと、親疎にはかかわりのないことである。大ラマに対する敬愛は人一倍だが、だといっていたずらに謙るいわれはない。

ひとしきり型どおりのやりとりがあって、コンウェイは問われるままに礼儀正しく、シャングリ・ラは性に合い、すでに何人かの知己を得たことを語った。

「仲間の三人には秘密を明かさずにいるのだね？」

「はい、今のところは。時に気まずいこともありますが、話せばもっとやりにくくなるでしょう」

「思ったとおりだね。君は自身で最善と判断するところに従っている。気まずいことがあるというが、なに、しばらくの辛抱だ。張の見るところ、二人はまず心配ないそうだがね」

「それは言えます」

「もう一人は？」

コンウェイはこれに答えた。「マリンソンは若いこともあって、すぐかっとなる質でです。帰心矢のごとしですし」

「君はその青年が好きかな？」

「はい。大いに好感を持っています」

ここでお茶になり、香りのいい一服を挟んで話は気がおけない筋をたどった。口に上る言葉さえがほんのりと茶の香りを帯びるかと思う間のいいあしらいで、それがひときわコンウェイの気を引き立てた。大ラマはコンウェイにとってシャングリ・ラ体験がさぞや特異であろうことを踏まえた上で、西欧世界に多少とも似通ったところがあるだろうかと水を向け、コンウェイは笑ってこれに答えた。「ええ、そうですね……、実を言うと、ほんの微かながら、前に講義をしたことがあるオックスフォードを思い出します。景色はくらべものになりませんが、学問研究の主題はおよそ現実離れしていまして、最年長の教授にしたところで、さほど高齢ではないものの、見た目にはどうやらここと同じように年を取っている印象でした」

「どうしてなかなか、笑いの心があるのだね、コンウェイ君」大ラマは莞爾としてうなずいた。「われわれ、この先それを非常にありがたく思うことになるだろう」

第十章

「いやあ、大変なことだ」コンウェイがふたたび大ラマと会ったことを知って張は目を丸くした。日頃めったに仰山なことを言わない張の口からこの言葉が出た意味は大きかった。例のないことと、張は力をこめて言った。僧院の組織が固まって以来の不文律で、新参者は五年の修養を積んで俗心を去るまで大ラマに再度の目通りはかなわない。「それというのも、凡愚の新人と口をきくのは老師にとって非常な負担だから。そこに感情を持った人間がいるというだけで、高齢の身に不快は耐え難い。もっとも、今度のことで老師の考えをいぶかるわけではないのだよ。これも貴重な教訓だ。この共同社会の規律もほどほどで、何が何でも規則ずくめのがんじがらめではないということだからね。それにしても、いやあ、大変なことだ」

コンウェイにしてみれば、もとよりそれほど大袈裟な話ではなかったし、その後さらに、三度、四度、と回を重ねるうちに大ラマに会うことは何でもなくなった。いかにも自然な心の交流はつとに予定されてでもいるかのようである。胸底にわだかまっていた緊張はいつしかほぐれ、僧房を辞するときっと豊かな静穏に気が安らいだ。時には知の本尊の深い奥行きに魂を奪われて立ちすくみ、薄緑の茶を喫みながら交わす言葉は軽やかに、細やかに、生命の躍動を伝えて、脳裡に去来することどもは色なく一編の十四行詩(ソネット)に溶けこんでいくかと思われた。

話題は広汎におよび、お互いに何を遠慮するでもなかった。哲学の全体系が思想絵巻を展開し、歴史の大路は手加減なしの検証を経て、そこに新たな解釈が加わった。コンウェイはこれを無上の喜びとしながら、批判的な態度を忘れることはなかった。あるところで議論を仕掛けると、大ラマは答えて言った。「君はまだ若い。が、それでいて、知恵は老成しているようだね。思うに、何か異様な体験をしたためではなかろうか」

コンウェイは苦笑とも見える表情を浮かべた。「異様というほどではありません。私の世代はみな多かれ少なかれ同じところをとおっていますから」

「これまで、君と同年代には会ったことがないものでね」

コンウェイはしばらく思案してから言った。「何も不思議はありません。老成しているとおっしゃる私の一面は、早すぎる時期に過酷な条件を強いられたことで疲弊した部分です。十九から二十二までは最高の教育期間だったに違いありませんが、あれは消耗でした」

「戦争中は不幸だった、ということかな?」

「いえ、とりたてて不幸だったとは言いません。かなり興奮して、自暴自棄になったのは事実です。恐怖もありました。後先見ずで、腸が煮えくり返ることもちょくちょくでした。これも、私に限らず、みな同じです。酒に溺れて、戦場で人を殺して、英雄気取りで色にふけったりもしました。つまりは感情が荒むに任せた自虐行為です。そこから抜け出すと……、仮にも抜け出したとすればですが、後に残るのは底なしの倦怠と不機嫌でしかありません。そのせいで、しばらくは苦しみました。いえ、何も自分を悲劇の人物に見立てるつもりはないのです。大戦後、私は概して運に恵まれたと思っています。ただ、言ってみれば、校長の質が悪い学校にいるようなものでした。そのつもりなら、いくらでもいい思いができるでしょうが、時として神経をすり減らすことにもなりますし、本当の満足は得られません。それを私は人よりはっきり知ったと思います」

「その意味で、教育は続いたというのだね？」

コンウェイは肩をすくめた。「諺に謙虚は知恵のはじまりと言いますが、これをもじるなら、感情の枯渇は知恵のはじまりでしょうか」

「それもまた、シャングリ・ラの教義だよ、君」

「わかっています。居心地がいいのはそのためです」

コンウェイの言葉に偽りはなかった。日数が経ち、週が過ぎていくにつれて、コンウェイは心身一体の満足を疼くほどまで覚えるようになった。ペロー、ヘンシェル以下、多くの先達と同じく、今や根が生えた境地である。蒼い月の呪縛にかかっては逃れる術もない。四囲を取り巻く銀嶺は聖俗を分かって人を寄せつけぬ結界である。その輝きから目を転ずれば足下の谷は緑濃く、無辺の景観は何ものにも譬え難い。蓮池を渡ってくるハープシコードの澄んだ調べは、目に映り耳に響くものみなすべてがこれに和す天上の音楽だった。

自分の胸に聞けば知れることで、コンウェイは満州族の見た目にはまだうら若い可憐な娘にそこはかとなく思いを寄せていた。恋の情けにはほど遠く、何を求めるでもなし、ましてや色よい返事を期待しようはずはない。ただ、持ち前の感性がいささかの親愛を加味した心延え（こころば）である。コンウェイにとって羅珍は繊細なもの、儚いものの象徴だった。その控えめで上品なたちふるまいと、鍵盤に躍る形のよい指は巧まずして愛憐の情を誘う。たまにコンウェイが砕けた会話に発展する糸口を作っても、返ってくる言葉が微妙な心の陰翳を明かすことはなく、コンウェイもまたそれを望みはしなかった。ふと見る先に、磨けば光る宝石の小面（ファセット）が覗いていたのである。時間は果てしない。望む限りのことが起きてなおあまりある時間、願望それ自体が達成の確信にかきけされるだけの時間が許されている。今から一年、いや、十年が過ぎてもまだ時間はあるだろう。行くほどに展望が開ける予感をコンウェイは楽しんだ。

おりふし、もう一つの生活圏に顔を出すと、待ち受けているのはマリンソンの焦慮と、バーナードの威勢と、ミス・ブリンクロウの執念だった。コンウェイは三人が自分と同じように先のことを知ったならさぞかし愁いも晴れようにと思ったが、それはできない相談で、ただ張の顰みに倣い、アメリカ人と女流宣教師は心配ないと割りきるしかなかった。実際、バーナードは何かにつけて余裕のあるところを見せた。「なあ、コンウェイ。ここは、案外、腰を落ち着けたって悪くないかもしれないぞ。はじめは新聞だの、映画だのが恋しかったがね、どこだろうと、人間、馴れれば馴れるもんだぁね」

「そう。そのとおりだよ」コンウェイはうなずいた。

話によれば、張はさんざんせがまれて峡谷の盛り場を案内し、バーナードはこの土地で許される限りの夜遊びを存分に楽しんだという。それを知ったマリンソンは蔑みをあらわに、コンウェイに耳打ちしてからバーナードに向き直った。「酔ってるな……。何をしようとこっちの知ったことじゃあないけどね、今は長旅に備えて、体力をつけなくては駄目だ。二週間後には運送屋が来る。いざ帰るとなったら、遊山の旅とはわけが違うんだから」

バーナードはこともなげにうなずいた。「わかってるって。体力がどうだこうだ言うが、私はこの何年か、これほど元気だったことはないな。毎日、運動しているし、心配事は何もない。谷の酒場はどこだって、深酔いするまでは飲ませないしさ。ほら、中庸、ほどほど。ここの謳い文句だろうが」

「ああ。それで、ほどほどにお楽しみなんだ」マリンソンは当てこすった。

「そうともさ。ここでは各人各様、勝手に楽しめばいいんだからな。あのピアノを弾く中国人の女の子が好きな誰かだっているだろう、え？　趣味は論ずべからずよ」

コンウェイはびくともしなかったが、マリンソンは小学生のように赤くなった。神経を逆撫でされて黙ってはいられない。「そうは言っても、人の財産をかすめたら刑務所行きじゃないか」

「ああ、そうさ。捕まればな」バーナードはにったり笑った。「話が出たから、ここで諸君に言っておこう。私はね、運送屋は見送るつもりだよ。どうせまた、決まった時期に来るだろう。次か、その次の機会を待つとしよう。宿賃はちゃんと払うということを、寺の方で聞き入れてくれればだけれども」

「じゃあ、一緒には行かないって？」

「そういうことだ。しばらくは、ここいることにしたのでね。諸君はいいさ。国へ帰れば鳴り物入りの歓迎だもの。ところが、私の場合は警察が手ぐすね引いて待っているだけだ。考えれば考えるほど、喜べた話じゃあない」

「つまり、身から出た錆の報い（ミュージック）を受ける覚悟がないんだ」

「ああ、もともと音楽は苦手でね」

「それは個人の問題だから、一生ここにいる気だと言うなら、誰も反対はできないけどさ」マリンソンは突き放すように言いながらも、加勢を求めて左右を見た。「普通には、あり得ない選択だよ。でも考え方は人それぞれだから。どう思う、コンウェイ？」

「そう。考え方は人それぞれだ」

マリンソンの視線を感じて、ミス・ブリンクロウはチベット語教本からきっと顔を上げた。「実は私も、ここに残るつもりでおります」

「え？」男たちはいっせいに驚きの声を発した。

内側から輝きがこぼれるというよりは、取ってつけたような薄笑いを浮かべてミス・ブリンクロウは言った。「それと申しますのはね、私たち四人がここへ来ることになった経過をふり返りますと、考えられる結論はただ一つですから。この背後には、人知を超えた意志の力が働いています。そうお思いになりませんか、コンウェイさん？」

コンウェイは答に窮したが、それには構わず、ミス・ブリンクロウは気が急くように言葉を続けた。「私のような者が神慮に疑いをさしはさんでどうなりましょう？　私、はっきりとした目的でここへ送られてきたのです。後戻りはできません」

「じゃあ、ここで布教をはじめたいという希望ですか？」マリンソンは聞き返した。

「希望ではありません。決心です。土地の人たちにどう接したらいいかはわかっています。私には私なりのやり方がありますから、どうぞご心配なく。ここの人々は、まるで信念がありません」

「根性をたたきなおそうというんですね」

「そうですとも、マリンソンさん。私、何かにつけて聞かされる中庸の精神にはとても賛成できません。寛容と言えば聞こえはいいかもしれませんが、煎じ詰めれば困った無規律です。諸悪の根源です。私、あるだけの力でその寛容と戦うつもりでおります」

「それを許すのも、寛容の精神ですね」コンウェイはにやにやしながら言った。

「あるいは、強固な意志に恐れをなすか」バーナードは喉を鳴らして笑った。「だから、言ってるだろう。ここでは各人各様、みんな好きにすればいいんだ」

「それは、たまたま牢屋が好きな人間の言うことだよ」マリンソンは声をとがらせた。

「ほう。けどな、それだってふたとおりの見方ができるぞ。そうだろうが。世の中には今いる生き地獄から抜け出したいと思っている人間がわんさといる。ここみたいに静かなところで暮らせるものなら全財産を投げ捨ててもいいというやつらだ。ところが、どう足掻いたところで抜け出せない。してみると、牢屋にいるのはどっちだ？　われわれか、それとも、その手の凡俗か？」

「檻の猿には都合のいい考えだね」マリンソンはおさまらなかった。

コンウェイと二人きりになった中庭で、マリンソンは言った。「どうしても、癪に障るなあ。バーナードが一緒に帰らなくたって、それは構わないさ。ただ、感じやすいやつだと思うかもしれないけど、あの中国人の女の子のことで当てこすりを言われたのは面白くない」

コンウェイはマリンソンの腕を取った。何週間か一緒に過ごして、たびたび衝突はあったものの、いよいよこの青年が好きになっていることは否むべくもなかった。「あれは私に対する当てつけだよ。君じゃあない」

「いや、それは違う。バーナードは私があの子に引かれているのを知っているからね。

だって、そのとおりだもの、コンウェイ。いったい、あの子はどうしてこんなところにいるのかな。ここで幸せなんだろうか。ああ。あなたぐらい言葉ができたら、どんどん聞き出すんだけどな」

「さあ、どうかな。羅珍はほとんど人と話さないから」

「聞きたいことは山ほどあるのに、あなた、どうして質問攻めにしないのか、そこが不思議だな」

「根掘り葉掘り、尋ねる趣味はないのでね」

もっと言いたいところだが、同情と、揶揄をふくんだ親愛が淡い靄のようにコンウェイの意識を閉ざした。若いマリンソンは一本気で、ともすれば深刻に考えすぎる嫌いがある。

「私はそれほど気にしない。羅珍は充分、ここで幸せだよ」

バーナードとミス・ブリンクロウがシャングリ・ラに居残る気になったのはいいとして、コンウェイは当面、マリンソンと組んで表向き二人とは行動を別にするしかなかった。何とも厄介な情況で、どう対応したものか、コンウェイは途方に暮れた。

幸い、今はまだ摩擦が生じるまでにはいたっていない。向こうふた月はさしたることもないだろう。問題はその先だ。覚悟はできているつもりだが、一悶着あることは目に見えている。それやこれやでコンウェイは、どのみち避け難い成りゆきなら思い煩うまでもないという心境だった。一度だけ、張に話したことがある。「実はね、張。若いマリンソンのことを考えると頭が痛いよ。足留めされるとわかったら、さぞかし気を悪くするに違いないんだ」

張は心得顔でうなずいた。「そう、本人にとってどれほどの幸運か、納得させるのは骨だろうね。もっとも、辛いのはほんのしばらくだ。二十年もすれば、マリンソンもすっかりここの空気に染まるよ」

コンウェイにしてみれば、これはあまりにも高踏的な見方だった。「ここをおいてほかに将来はない現実をどう切り出すか、問題はそこだ。マリンソンは運送業者が来る日を指折り数えて待ちかねているから、来ないとなったら……」

「業者は来るよ」

「ほう？　運送業者が来るというのは衝撃を和らげる気休めの作り話だと思っていたがね」

「どういたしまして。私ら、凝り固まった考え方はしないけれども、何ごともほどほどに本当を言うのがシャングリ・ラの約束だから、あの話もほぼ正確だよ。多少のずれはあるとしても、だいたい私の言った頃に来るはずだ」

「となると、マリンソンが合流するのを止めるのはむずかしいな」

「留め立ては無用だよ。マリンソンは身をもって知ることになろうから。あいにくながら、運送業者は誰であれ、人を連れて帰るわけにはいかない」

「なるほど。そういう決まりになっているのだね。で、それから、どうなるのかな？」

「いったんは失望して塞ぎこむだろうけれど、もともとが若くて明るい質だから、九ヶ月なり十ヶ月なりしてやってくる次の一隊に望みをつなぐようになると思う。その望みを傍からくじくのは賢明でないね」

　コンウェイは語気を強めた。「マリンソンがそんなことでおさまるとは思えない。運送屋は当てにできないとわかれば、何が何でも逃亡を図るだろうな」

「逃亡？　それはちょっと言葉が違うのではないかな？　だって、そうだろう。尾根道は通行自在で、いつなりと、誰でも行き来できるのだからね。それに、自然条件を別とすれば、ここには獄吏もいない」

　コンウェイはにやりと笑った。「たしかに、自然が充分な働きをしていることは認めざるを得ない。ただ、そうは言っても、すべて自然に任せておけばいいわけでもないだろう。例えば、かつてここへ迷いこんだ探検隊はどうかな？　引き返そうとしたら、尾根道はいつもいつも通り抜け自由だったろうか？」

　今度は張が笑う番だった。「特殊な情況で特段の配慮を要することはままあってね」

「結構。つまり、愚かにも逃亡を企てる向こう見ずに機会だけは与える、ということだな。でも、それにしたって、中には無分別なのがいるだろう」

「そう、極く稀にではあるけれども。しかしね、〝無断外泊者（アブセンティー）〟は高原で一夜を明かせば、まずたいていは迷わず戻ってくるよ」

「避難小屋もなし、着の身着のままではな。なるほど、ここの穏便なやり方は厳格な規律に劣らず有効だというのは理解できるよ。とはいうものの、なおかつ稀有なこととして、もし逃亡者が戻ってこなかったら?」

「その質問が、すなわち答だよ。戻らなければそれきりだ」張は間をおかずに言い足した。「正直な話、悲惨な末路をたどった例も少なくない。マリンソンが若さゆえの短慮からその数に入ることはないと思うけれども」

これで安心できるはずもなく、マリンソンの行く末は依然として頭痛の種だった。マリンソンが僧院の承諾を得て帰国できるなら、幸いこれに越したことはない。操縦士タルの例もあることで、とうてい考えられない話でもないだろう。僧院の長老集団は何であれ賢明と判断するところに従ってものごとを進める権限を与えられているはずではないか。それは張も認めている。「そのとおりではあるけれど、マリンソンの謝恩の念に将来のすべてを託すことが果たして賢明だろうか?」

コンウェイは張の危惧をもっともと思った。マリンソンの態度を見ていれば、インドへ帰ったらすぐさま何をするつもりか、手に取るようによくわかる。マリンソンは気が逸る様子で、口を開けばその話だった。

だが、当然ながら、それはシャングリ・ラの豊かな香気がコンウェイの意識から徐々に稀釈しかけている俗世界のことである。マリンソンを気遣わずにいる限り、コンウェイはほとんど満足しきっていた。新しい環境に馴染むには時間がかかったが、その構造が自身の必要や好みと複雑微妙に調和していることを思うと今もって驚きを禁じ得ない。

張に尋ねてみたことがある。「ところで、ここの人たちは生涯を設計するに当たって、恋愛感情はどう位置づけるのかな？　時には愛情問題が起きることだってあるだろう？」

「ああ、よくあるよ」張は顔中で笑った。「もちろん、ラマ僧はこの限りにあらずだし、私ら、年配の者もそれは同じだけれど、そうなるまでは修道士にしたところで生身だから、多少は慎んでいるというだけで、世間一般の男と変わりないのだよ。いい機会だから言わせてもらうと、コンウェイさん、シャングリ・ラはその点、懐が深い。包容力があるのだね。お仲間のバーナード氏はいちはやくそこを理解して、うまくやっているよ」

コンウェイはそっけなく笑い返した。「それはそれは。バーナードなら不思議はないな。私は今のところ、さほど不自由は感じていない。ただ聞きたかったのは、肉界を離れた感情についてだよ」

「その二つは、そんなに簡単に分けられるものだろうか？　ひょっとして、羅珍に気があるのではないかな？」

コンウェイはぎくりとして、顔に出ていないことを祈った。「何でそんなことを？」

「いやね、もし羅珍が好きだったら、いかにも似つかわしいと思うから。もちろん、中庸を越えてはならないけれどね。羅珍は間違っても情にほだされない。まして自分から心を割ってみせることもない。それでいながら、貴重な思い出の一時期になるだろうことは私が請け合うよ。こう言うからには、それなりにわけがある。私自身、若い時分には羅珍を憎からず思っていたのでね」

「本当に？　で、羅珍は靡いたのかな？」

「私の褒め言葉を親しげに、それは素直に喜ぶだけの形でね。以来、年を経るほどに、お互いますます大切に思っているのだよ」

「つまり、相手にされなかったということだね？」

「そう言いたければ言ってもいい」張はいくらか開き直る態度だった。「求愛者に盈（み）ちれば虧（か）ける幻滅を与えまいというのが羅珍の真心だから」

　コンウェイは声を立てて笑った。「あなたはそれでいいだろう。たぶん、私も同じだよ……。しかし、若くて血の気の多いマリンソンはどうかな？」

「さあ、そこだ！　そういうことになれば願ってもない。これがはじめてではないけれど、羅珍は帰国の望みはないと知って傷心の異邦人を、きっと慰めてくれるはずだよ」

「慰める？」

「ああ。といっても、誤解のないように。羅珍は、愛撫で人を慰めはしない。ただそこにいるだけで傷ついた心を癒すのだからね。シェイクスピアはクレオパトラのことをどう言っているかな。『思うさま満足を与えることで餓えに拍車をかける』。なるほど、情炎に煽られている世界ではこれが受けるだろうけれど、ここシャングリ・ラでその手の女性(にょしょう)はおよそ場違いだよ。シェイクスピアの台詞をちょっと変えて、羅珍は〝少しの満足も与えずに飢えを癒す〟と言おうかね。この方がはるかに上品で、慰められた心の安らぎは長続きする」

「羅珍にはそれだけの天分があるというのだね？」

「そう、そのとおりだよ。これまでにも何度となくこうしたことがあった。願望の疼きを、満たされないまま心地よげな呟きに変えるところは独特でね」

「だとすると、羅珍はこの僧院で師範代を務めていると思えばいいのかな？」

「それも一つの見方ではあるけれど」張は感心できない顔だった。「もっとほかに気のきいた、絵になる譬えがありそうだよ。ガラス鉢に映る虹とか、生り木の花に置く露とか」

「おお。いいね、張。それはきれいだ」コンウェイはおりふし張が心ある批判をこめて投げ返す当意即妙の寸言を喜んだ。

だが、次に羅珍と二人きりになった時には、張の言葉の深みをしみじみ感じた。羅珍の身辺に漂う香気はコンウェイの感情と映り合い、胸中の熾火を燃えあがるほんの手前までかき立てた。思えばシャングリ・ラと羅珍は一つとして間然するところがない。何であれ、その静寂をいささかたりとも乱して余波が尾を曳くようなことはごめんだった。ここしばらくは世俗の雑事にかまけて神経がささくれ立っていたが、ようよう痛みも和らいで、憂苦でもなければ倦怠でもない情愛にすべてを預ける気になっている。夜、蓮池の畔を歩きながら、腕の中に抱いた羅珍の温もりを想像することがよくあったが、時間の観念がその幻影を追い払い、コンウェイを言いしれず懶い逡巡に引き戻した。

　コンウェイは、大戦のどさくさ以前もふくめて、今ほど自身を幸せに思ったことはない。高邁な一つの理念が支配するというよりは諧和を生んでいるシャングリ・ラの静穏は何をもってしても替え難い。感情は思考の鞘におさまり、思考は言葉にすることで詩の花と咲く温順な空気が心地よい。剛毅木訥が必ずしも誠意を約束するものではないことを体験から学んでいるコンウェイは、それ以上に巧言令色を不実の露呈とは思わない。会話が単なる習慣の域を脱して談論風発するゆとりと気品はそれだけでありがたい。ここではおよそ意味のないことが時間の無駄のそしりを免れ、儚い夢も理性がこれを歓迎する。シャングリ・ラは静謐につつまれていながら、目をやるところ、欲得ずくではない営為の盛宴である。ラマ僧たちは無限の時間を持てあましているかのようだが、その実、時間の重みは吹けば飛ぶ羽根とはわけが違う。このところ誰とも会っていないものの、僧たちが多岐にわたる分野で研究を深めていることは知っている。語学に通暁しているばかりか、その真摯な態度と斬新な研究手法は、西欧世界がもしこれを目のあたりにしたら驚愕に息を呑むはずではなかろうか。少なからぬ研究者が論文の執筆にかかっているという。張の話では、極めて価値の高い数理哲学の研究もあれば、西欧文明史の文脈でギボンとシュペングラーを統一的に記述しようという壮大な企てもある。もっとも、みながみなそこまで望んでいるわけでもなく、誰しも目標が高いとは限らない。潮の満ち干がない海峡に遊ぶにも似て、ただ物好きから古い楽曲の断片を集めているブリアクや、ことあたらしく『嵐が丘』を論じようとしている牧師あがりのイギリス人がいる。もっと取り止めがない試みもあって、この二人などは序の口だろう。ある時、コンウェイがそのことに触れると、大ラマは紀元前三世紀の中国の彫刻家を引き合いに出してこれに答えた。彫刻家は久しい年月を費やしてサクランボの核に龍や鳥や馬を彫りつけ、出来上がった作品を皇子に献呈した。見た目にはサクランボの核でしかない。と、そこで彫刻家は言上した。「壁を築いて窓をば穿ち、旭さすまだきの玉響、窓より核をご覧じませ」皇子は言われたようにして、はじめて作品の見事な出来映えを知った。「含蓄のある話だろう、コンウェイ君。貴重な教訓だと思わないかね？」

そのとおりだった。シャングリ・ラの静穏は、傍目に余計とも見える、陳腐な上にも瑣末な行いを無際限に包みこんでいるのだと思うと、自身そうしたことを好む傾向のあるコンウェイは気が軽くなった。来し方をふり返ってみれば、居所が定まらず、あるいは荷が勝ちすぎたばかりに果たせなかったことだらけである。それが、今は怠惰を決めこんだままですべてうまくいく。大いに喜んでよかった。そのせいもあって、バーナードがシャングリ・ラの将来に寄せる豪儀な期待を打ち明けた時も鼻で笑いはしなかった。

このところ、バーナードはいよいよ足繁く谷へ通うようになっているが、目当ては酒と女ばかりではなさそうだった。「なあ、コンウェイ。これを言うのは、君はマリンソンと違うからなんだ。知ってのとおり、マリンソンは私を目の敵にしている。その点、君はもっと話がわかるな。おかしなもので、君たちイギリスの役人は、どうもお堅くて、他人行儀で取っつきにくいが、こうして知り合ってみると、君は信用できそうだ」

「それはどうかな」コンウェイはにやりと笑った。「何はともあれ、マリンソンも私と同じイギリスの役人だよ」

「ああ。でもな、あいつはまだまだ了見が若い。とかく僻目(ひがめ)でものを見る。君と私は世馴れているから、何ごとも、ひとまずはそのままに受け取るな。この僧院だってそうだ。ここがいったいどういうところか、どういうわけでこんなところへ放りこまれたのか、今もってとんとわからないが、考えてみれば世の中、そんなものだわな。それを言うなら、われわれ、そもそも何でこの世に生きているか、人はみんな知っているか？」

「誰もが知っていることではないだろうね。それはそうと、話というのは？」

バーナードはほとんど恍惚に近い目つきで声を落とした。「金だよ。ほかでもない、金鉱だ。谷には文字どおり、厖大な量の金がある。以前、鉱山技師をしていたから、鉱脈は見ればわかるんだ。いやあ、南アフリカのランド金鉱より埋蔵量は豊富で、採掘ははるかに楽だ。私が駕籠に揺られて谷へ出かけるのを放埒三昧と思っているだろうが、それは違うぞ。ちゃんとわけがあるんだからな。ずっと考えていたんだよ。この僧院が設備、機材、書籍、その他もろもろを外から取り寄せるには大変な費用がかかるに違いない。そいつを賄うとしたら、金、銀、ダイアモンド、といった交換価値の高い財貨の準備がなくてはならないはずだろう。理屈から言って当然だな。それで少々探りを入れてみたんだが、豊かな財政のからくりを知るのにさして時間はかからなかったよ」

「独自の調査で？」

「いや、そういうわけでもない。あれこれ考えて、こんなことではないかというところを張に質したんだ。ざっくばらんに、男と男の話でさ。いやね、コンウェイ。あの中国人はこっちが思っていたほど悪いやつじゃあないぞ」

「私個人は、一度だって張を悪い人間と思ったことはないけれども」

「ああ、君はもともと張を買っているものな。だったら、私と気心が合うと言っても驚かないだろう。それはもう、つうと言えばかあよ。金山を隈なく案内してくれてね。ここはぜひとも君の耳に入れておきたいところで、私は長老衆から、渓谷を好きに探鉱する許可をもらっているんだ。詳しい結果を報告する約束でさ。どうだ、え？　長老衆は玄人の力添えが得られるとあって大喜びだ。産出量を増やすのに知恵を貸せるだろう、と言ったのがよかったな」

「なるほど、ここはますます居心地がよくなるね」コンウェイは意を強くした。

「とにもかくにも、仕事にありついたさ。こいつはもっけの幸いだ。人間、どこでどうなるか、わからないものだな。ほとんど手つかずに等しい黄金郷を知っているとなりゃあ、国へ帰っても寄ってたかって私を牢屋にたたきこもうとはしないだろう。ただ問題は、世間がこっちの話を真に受けるかどうかだ」

「心配ないだろう。人は思いも寄らないことを信じるからね」

バーナードはしきりにうなずいた。「わかってくれて嬉しいよ、コンウェイ。そこで、取り引きだ。当然、これからはすべて山分けといこう。君は私の報告に名前を貸してくれるだけでいい。何といってもイギリス領事だからな。この重みがものを言う」

コンウェイは声を立てて笑った。「さあ、どうかな。報告書の完成が先だよ」

とうていありそうもないことに思いを馳せるのも愉快だが、同時にコンウェイは、バーナードが当面の慰みを見つけてふっきれたことを喜んだ。

ここへ来てとみに対座することが多くなった大ラマもそれは同じだった。コンウェイは夜更けて老師を訪ね、下男が茶器を片付けて引き取った後、遅くまで話しこんだ。老師は必ずほかの三人の近況に質問を向けたが、ある晩、特にシャングリ・ラへ招引されたことで中断のやむなきにいたった各人の活動について尋ねた。

コンウェイは慎重に答えた。「マリンソンはあのままいけば成功したでしょう。精力的で、意欲もありますから。ほかの二人は……」ここで肩をすくめたのは他意のない思い入れだった。「これは本当の話で、自分から留まる気になっています。少なくとも、もうしばらくは」

閉じたカーテンに稲妻が走った。今では勝手を知ったこの僧房へ来る途中の庭でも遠雷を聞いた。厚地のカーテンは雷鳴を遮って、稲妻を蒼白い閃光に和らげていた。

「ああ」老師は微かにうなずいた。「二人が思うさま意志を貫けるように、われわれも、せいぜい努力しているよ。ミス・ブリンクロウはわれわれを改宗させたい考えだ。ミスター・バーナードもそれに劣らぬ意気込みでここを有限責任会社に変えようとしている。害のない思いつきで……、当分は二人とも張り合いがあることだろう。だが、黄金も信仰も慰めにならない君の若い友人はどうかな？」

「はい。マリンソンは厄介です」

「案ずるに、厄介の荷はいずれ君のところへ降りる」

「と、おっしゃいますと？」

すぐには返事がなかった。そこへお茶が運ばれて、老師はもはや枯渇して残りわずかとなったもてなし心を呼び覚まし、こうした場面の定石で話題を逸らせた。「カラカルは毎年この時期に嵐を送ってよこす。蒼い月の住人は、山の向こうの遠い空で悪魔の群が暴れて嵐を起こすと考えているのだよ。谷の衆は山の向こうを〝異界〟と言う。すでに気がついていることと思うが、土地の言葉でこれはここ以外の世界すべてを指すのだね。谷の衆は、フランス、イギリスはもちろん、インドも知らない。人を寄せつけない不毛の高原(アルティプラノ)が果てもなく広がっていると思うからで、事実、そのとおりと言ってもあながち大きな間違いではない。温暖で、風ものどかなこの土地で安楽に生きている身分からすれば、誰であれ、谷を出たがるなどというのは信じられないことだろう。それどころか、谷の衆は不幸な〝異界人〟がみなここへ来たくて、憧れもひととおりではないと思っているよ。つまりは、ものの見方の問題ではなかろうかね？」

コンウェイはバーナードが同じように言ったことを思い出してその話をした。「ほう、それは面白いね！」老師は破顔一笑した。「おまけに、バーナードはここではじめてのアメリカ人だ……。われわれ、何と幸運ではないか」

各国の警察が血眼で追及している人物を迎えたことが僧院の幸運であるというのは、思えばひねりのきいた味な話だが、いずれ然るべきおりにバーナード自身の口から出た方がなお面白いと判断して、コンウェイはあえてその点には触れなかった。「たしかに、バーナードの言うとおりです。今の世の中には、ここへ来たらどんなにいいかしれないという人間が大勢いるでしょう」

「多すぎるよ、コンウェイ君。私らは時化の波に揉まれている木の葉船だ。たまたま生存者を何人か救助することはできても、遭難者がわれがちに群がってよじ登ってこようものなら、ひとたまりもなく沈んでしまう……。が、まあ、今ここでそれは考えずにおこう。聞くところ、君はわれらが誇るべきブリアクと親しくしているそうだね。ブリアクは、嬉しいことに私と同じ国の出だよ。ただ、ショパンを最高の音楽家と評価していて、そこは私と考えが違う。知ってのとおり、私の贔屓はモーツァルトで……」

お茶が済んで下男が引き取るのを待ってからコンウェイは、最前、聞きそびれてそのままになっているところへ話を戻した。「さきほどマリンソンのことで、厄介の荷はいずれ私のところへ降りるとおっしゃいましたが、わけても私とは、どうしてでしょうか？」

　これを受けて、大ラマはいともあっさり答えた。「なぜといって、君、私はもう長いことないからだよ」

　予期せぬ言葉で、コンウェイは咄嗟に声もなかった。ややあって、老師は言った。

「驚いたかな？　しかしね、君、生ある者は必ず死ぬ。このシャングリ・ラでも、それは変わらない。私もまだしばらくは時間が残されているかもしれないし、その意味では、何年か生きることもあり得よう。私はただ、すでに先は見えているという歴然たる事実を述べているのだよ。君がそのように気遣ってくれるのはありがたい。この歳になってさえ、死を前にして思い残すことは何もないと恬淡を装うにはほど遠いが、幸い、もはや滅ぶべき肉体は形骸でしかない。それ以外については、あらゆる信仰が一致して晴朗な楽天主義をさしかざしている。私は充分それで満足だ。とはいうものの、時間が残っているうちに、ある特別な感懐に自身を馴らさなくてはならない……。肝に銘じて、ただ一つことをする時間しか与えられていない。それが何か、わかるかな？」

　コンウェイは無言で先を待った。

「君に関することだがね」

「身にあまる光栄です」

「その上を、私は考えているよ」

　コンウェイは軽く一礼したが、口はつぐんだままだった。大ラマはもの問いたげに、少し間をおいて言葉を続けた。「私がこうしてたびたび人に会うのは異例のことで、それは君もわかっているだろう。だが、矛盾を承知で言うならば、習わしにひれ伏さないのがここの習わしでね。われわれ、頑迷固陋でもなし、枉げてはならない規則もここにはない。いくらかは過去の例に学びつつ、それ以上に現在の知恵と、将来を見とおす洞察によって至当と判断するところに従えばいいのだよ。その考えに励まされて、私はこれを決断するにいたった」

コンウェイはなおも沈黙を守った。

「コンウェイ君。シャングリ・ラの歴史と運命を君の手に委ねよう」

身を固めていた緊張の殻が砕け散り、澄明にして穏和な説得の力が波のように寄せてくるのをコンウェイは意識した。今しがたの声は谺の尾を曳いて無音の闇に溶けこみ、早鐘にも似た自身の鼓動が耳底に響くばかりだった。そのリズムにかぶせて、やがてふたたび語りかける声がした。

「年来、君を待っていたのだよ。この部屋で、私は多くの新来者と顔を合わせた。じっと目を見て、声を聞きながら、いつの日かきっと君にめぐり合うはずと、望みを捨てたことはない。同志たちはみな老いて知恵を身につけたが、君はその若さで歳に似ず老成しているね。コンウェイ君、何もむやみに骨の折れる仕事を押しつけようというのではないよ。わが宗門の規律は絹の手触りで、束縛というほどのものはない。ただひたすら、心優しく忍耐を旨として、豊かな精神の涵養に努め、外に嵐が吹き荒れる間、智慧と陰徳をもって衆生を導くことだ……。君はいとやすくこの役割を果たして、さだめし大いなる喜びを覚えることだろう」

　コンウェイはここでまた、答えようにも言葉が声にならなかった。どれほどの時間が過ぎたろうか。眩い雷光が蒼白く闇を染めて、コンウェイははっと顔を上げた。「嵐は……、そこでおっしゃる嵐とは……」

「世界がいまだかつて体験したことのない、烈しい嵐になるはずだよ、コンウェイ君。武力は用をなさない。権力は助けにならず、科学に答はない。文化文明の花という花を吹きはらい、人為のすべてを薙ぎ倒して、荒廃が地を覆いつくすまで嵐は猛り狂う。その光景は、ナポレオンがまだ無名だった頃から浮き絵のように見えていたが、今や刻一刻、現実の相を帯びて間近に迫ろうとしている。私の思い違いだろうか？」

　コンウェイは首を横にふった。「いいえ、おっしゃるとおりだと思います。前にもそれに似た破局があって、以後、暗黒時代は五百年におよびました」

「その類比は、必ずしも正しくはないな。何となれば、暗黒時代はそこまで真の闇ではなかったからだ……。いたるところにランタンの小さな火影が瞬いていたよ。ヨーロッパでは光がすっかり消え果てたにしても、ほかへ目をやれば、幽(かそ)けくも復活の口火たり得る光芒が中国からペルーにかけて、ここかしこに見えていた。だが、今より後の暗黒時代は全世界を丸ごと一呑みだ。文字どおりの秘境か、あまりに殺風景で人が見向きもしない辺地を除いては、逃げ場もなければ聖域もない。シャングリ・ラはその両方と思ってよさそうだね。爆弾を山と積んで大都会へ向かう飛行機もこの上空は通過しない。仮に針路を誤ったとしても、こんなところに爆弾を投下して何になろう、という話だ」

「私の時代にそうしたことが起きるとお思いですか？」

「必ずや、君は嵐を生き延びる。その後、長い荒廃の時代をなお生き続けて、年の功を積むだろうし、忍耐も増すことだろう。君はここで歴史の香気を大切に守りながら、かつ、君ならではの何かをそこに添えるに違いないね。君は新来の異邦人を快く受けいれて、年輪と知恵に根ざした規範を示す。おそらくその中から、君が命の暮れ方を迎えた時に後を継ぐ誰かが出るだろう。それより先となると、私も視野が霞んでいるのだが、はるか遠くに廃墟から立ち上がりかけている新しい世界が見える。動きはまだまだぎこちないものの、失われた伝説の至宝を捜し求めて希望に満ちあふれている。そのすべてが、重畳する山が異界と境を隔てるここ〈蒼い月〉の谷に隠されているのだよ、コンウェイ君。新たなルネサンスを期してこれを守り抜いたのは奇跡の業で……」

声が跡絶えて、コンウェイは間近く向き合った顔に匂いこぼれる霊知の光を見た。はっとするより早く光は失せて、そこには黒い影が隈を取ってひび割れた木彫りの面かと思う蒼顔があるばかりだった。皺んだ顔は微動だにせず、両の眼は閉じていた。なおしばらく目を凝らすうち、夢の切れ端を見るように、コンウェイは大ラマの寂滅を悟った。

何はさておき、これが現実であることを意識に刻みつけておかなくてはならない。あまりのことに、顧みて信じられない困惑を避けるためにもだ。コンウェイは思わず知らず腕時計に目をやった。真夜中を過ぎて十五分だった。小走りに戸口へ向かったものの、気がついてみれば、どこの誰に急を知らせたらいいのやら知恵も思案もあらばこそ、不案内の身は腹立たしい限りだった。チベット人たちはみな一日の務めを終えて寝についているだろう。張なり、ほかの修道士なり、頼れる相手の居場所もわからない。途方に暮れて仄暗い廊下のはずれに立ちつくした。窓から見る夜空は澄みわたっていたが、遠い山並みは今も閃く稲妻を受けてさながら銀のフレスコ壁画だった。静寂に包まれた夢幻の境地で、コンウェイはシャングリ・ラの指導者たることに思いいたった。身のまわりのすべては世俗の煩(はん)を嫌ってこのところいよいよ住みよくなっている精神世界の心の糧である。豪華な高蒔絵の金砂子が闇にきらめく中を、月下香(チュベローズ)のあるかなきかの淡い香りを標(しるべ)に部屋から部屋を抜け、ようよう蓮池の畔によろけ出た。満月がカラカルの山の端にかかっていた。二時二十分前だった。

いつの間にかやってきたマリンソンが腕を取って慌ただしく急きたてた。何を言っているのかよくわからなかったが、若いマリンソンは興奮に駆られてしゃべりづめだった。

第十一章

いつも食事をするバルコニーの張り出した部屋に行きついた。マリンソンは手を放さず、引きずるようにコンウェイを急かした。「早く、早く、コンウェイ。持てるだけ持って、明け方には出ないと。さあ、面白くなってきたぞ。バーナードとミス・ブリンクロウは朝起きて、われわれがいないとわかったらどんな顔をするかな。居残るのは向こうの勝手だけど、あの二人が一緒じゃない方がはるかに楽だから……。運送屋が尾根道を越えた五マイルばかりのところにいるんだ。昨日、本だの何だの届けてきて、明日には帰る予定だよ。これがやつらの陰険なところで、はじめからこっちの希望に添う気はなかったに違いないな。運送屋が来てるのを知らせもしないんだから。ここで置いてきぼりを食ったひにゃあ、この先いつまで足留めされるかわかったものじゃない。お、お……。どうした？　加減でも悪いのかな？」

コンウェイは椅子にへたりこんだきりテーブルに両肘をついて顔を伏せていたが、やっと大儀そうに目をこすって答えた。「ん？　いや、別にどこも悪くはないさ。ただ……、ちょっと疲れているだけだ」

「嵐のせいだな。どこへ行ってたんだ？　こっちはずっと待ってたんだからね」

「うん……。大ラマと、話があって」

「ああ、例の！　そうか。でも、どうせこれが最後だろう。よかった、よかった」

「そうだよ、マリンソン。もう、二度と会うことはない」

コンウェイのはきはきしない口ぶりと、続く沈黙がマリンソンの短気を煽った。「さあ、ぐずぐずしてはいられないぞ。これからすることは山ほどあるんだから」

コンウェイは努めて意志を奮い起こし、自分の精神状態をたしかめる心で煙草をつけた。手がふるえて、唇も痺れていた。「ごめんよ。悪いけど、何やら話がわからなくて……。運送屋が、どうのこうの……」

「そう、運送屋だよ。ほら、しっかりしてくれって」

「出迎えに行こうっていうのか？」

「出迎えに？　冗談じゃない。もう、山一つ越えたところまで来ているんだ。こうなったら早くしなくちゃあ。大急ぎだ」

「大急ぎ？」

「そうさ。当たり前だろ？」

コンウェイは今また一つの世界から別の世界へ境を跨ぐことに神経を凝らした。曲がりなりにも、ようよう気持を切りかえるには時間がかかった。「言うほど簡単なことじゃあないぞ。わかってるか？」

マリンソンはチベットふうの膝まである登山ブーツの紐を結びながら、突っ慳貪に答えた。「何だってわかっているよ。だけど、ほかに道はない。運よく間に合えば、あとはどうにかなるって」

「いったい、どうして……」

「ああ、参ったね、コンウェイ。そうやって、逃げを打つことしか考えられないか？以前と違って今はもう、勇気なんてかけらもないか？」

嘲りを含んだ難詰に、コンウェイはかえって腹が据わった。「勇気があるかどうかの話じゃあない。でもな、君がそこまでこだわるなら、私も言うだけは言おう。ことの本質にかかわる問題だ。山一つ越して、運送屋に会ったとしてもだよ、連れていってくれる保証があるか？　運送屋に、どれだけの報酬を約束できる？　期待するほど協力してくれないかもしれない、とは思わないか？　ひょっこり現れて道案内を頼んだって、それは駄目だ。こういうことは、周到に手はずをととのえて、事前に交渉して……」

「さんざん時間を無駄にしてね」マリンソンは苦々しげに声を歪めた。「何ていう人なんだ、まったく！　知恵を借りずに済んで幸いだよ。もう手配はできている。運送屋の費用は前払いで、道案内してくれることに話はついているんだ。着るものも、旅に必要な装備も、みんなここにある。尻込みする理由は何もない。さあ、行こう」

「まだ、よくわからないな……」

「わからないだろうな。でも、いいんだ、そんなことは」

「いったい、それだけの段取りを、誰がしたんだ?」

マリンソンはぞんざいに答えた。「どうしても知りたいなら、種を明かすよ。羅珍だ。もう、向こうで待っている」

「待っている?」

「そうだよ。一緒に行くんだ。文句があるか?」


羅珍の名が出て意識の中で二つの世界が融け合い、コンウェイは軽蔑しきった声を発した。「まさか。そんなはずはない」

マリンソンも負けじと声をとがらせた。「はずはないって、どうして?」

「どうしてもこうしても……、どう考えたって、それはあり得ない。信じてくれていい。ああ、そうだとも。羅珍が向こうで待っているなんて、そんな。君の話もずいぶん驚いたがね、それ以上に、羅珍がここを出ると考えること自体、とんでもない間違いなんだ」

「とうてい、そうは思えないな。私と同じで、ここから逃げ出したい気持は当然だもの」

「羅珍はどこへ行く気もない。そこが君の間違っているところだ」

マリンソンは強張った薄笑いを浮かべた。「あの子のことは誰よりもよく知っている気らしいね。だけど、それはどうかな」

「何が言いたい？」

「人を理解するには、語学に通じるだけではない、ほかの道もあるということだよ」

「こいつは恐れいった。君は何を考えているんだ、いったい？」コンウェイは思いなおして言葉を和らげた。「いや、今のはよくないな。喧嘩は止そう。なあ、マリンソン。どういうことだ？　何ともわかりかねているのだがね」

「だったら、どうしてそうやって食ってかかるんだ？」

「頼むから、本当のところをはっきり言ってくれないか」

「なに、そんな大袈裟な話じゃあないよ。あの年頃の女の子が、偏屈な年寄りばかりに囲まれて身動きもできずにいるんだろう。機会があったら逃げ出したいと思うのは当り前じゃないか。ただ、これまで機会がなかっただけだ」

「君は羅珍のことを、自分の都合だけで考えていやあしないか？　何度も言っているように、羅珍はここで何の不足もないぞ」

「なのに、どうして一緒に行くと言ったんだ？」

「そう言ったか？　本当に？　英語は話さないはずだろう」

「チベット語で聞いたさ。ミス・ブリンクロウに教わって。そりゃあ、淀みない会話とはいかないよ。でも、わかり合うにはあれで充分だ」マリンソンはうっすら赤くなった。

「ああ、コンウェイ。そんな目で睨まないでくれないか。人が見たら、こっちが他所の庭を荒らしていると思うじゃないか」

「誰がそんなふうに思うものか。もっとも、今のひとことは君が言おうとした以上に多くを語っているな。ここは私が謝るしかない」

「とはまた、どうして？」

コンウェイは指の間から煙草が抜け落ちるのもそのまま、視線を空に泳がせた。疲労が重くのしかかって、何もかもが億劫だった。根深い矛盾を孕む心情はそっとしておきたいところだが、かきおこされてはそうもいかず、せめて冷静に努めるほかはなかった。

「こうやって、ことごとに食い違うのもいい加減にしたいね。羅珍が極めて魅力的なのはわかるよ。だったら、そこで言い合うことはないじゃないか」

「魅力的？」マリンソンは蔑みをこめて鸚鵡返しに叫んだ。「あの子はそんな生易しいものじゃあないよ。人はみんな自分と同じ情なしだと思ったら大間違いだ。羅珍は博物館の標本といったあたりがせいぜいと高をくくっているだろうけど、私はもっと現実を考えるからね。好きな誰かがひどい目にあっているのを見たらじっとしていられないんだ」

「それが軽はずみだということだって、なきにしもあらずだろう。仮にここを出たとして、羅珍は行く当てがあるか？」

「中国かどこかに知り合いがいるのではないかな。いずれにしろ、ここよりはよほどましだよ」

「どうして、そう言いきれるね?」

「だから、誰も面倒を見ないなら、私の責任でどうにかするよ。だって、そうだろう。地獄みたいなところから人を助け出そうという時に、行く当てがあるかどうか考えている暇はないじゃないか」

「シャングリ・ラは地獄だと言うのか?」

「ああ、言うね。ここには何かおどろおどろしい、邪悪の影がある。そもそものはじめから、ずっとだよ……。わけもわからず、素性も知れない狂人に拉致されて、何の説明もないまま拘禁されて。だけどね、私にとって何よりも我慢がならないのは、このことが、あなたに与えた影響なんだ」

「私に?」

「そう、あなただよ。まるで何ごともなかったような顔で安閑として、いつまでここにいたって構わない態度だね。それどころか、ここが好きだとさえその口で言っている……。ねえ、コンウェイ。どうしたんだ、いったい? もとの自分に返る気はないか? バスクルでは、お互い、あんなにうまくいっていたじゃないか。今のあなたは、どう見ても、同じ人とは思えない」

「仲よくしよう」

コンウェイは片手を差し出し、マリンソンは感きわまって力いっぱい握りかえした。

「気がついてはいなかったろうと思うけれど、この何週間か、孤独で心細いことといったらなかったよ。みんな、ただ一つ本当に大事なことを考えようともしない。バーナードとミス・ブリンクロウはそれぞれ理由があって、やむを得ないさ。でも、あなたと意見が合わないとわかった時は、泣くに泣けない気持だったな」

「謝るよ」

「しきりとそれを言うけれど、謝られたって何の足しにもならないんだ」

コンウェイは咄嗟の思案で言った。「ならば、いくらか足しになるように、私からひととおりの話をしよう。これを聞けば、不条理と見えること、無理無体と思うことも、あらかたは納得がいくのではないかな。少なくとも、羅珍が一緒に行かれない理由はうなずけるはずだ」

「どう言われようと、わからないものはわからないだろうがね。手短に願うよ。もう時間がないんだから」

コンウェイは大ラマが語り、その後の対話に加えて張の説明からも聞き知ったシャングリ・ラのすべてをかいつまんで話した。これだけは人に言うまいと心に決めていたが、情況の然らしめるところ、今ここで話すことが何にもまして必要と思われた。マリンソンの焦燥が、適宜の判断に従って解決しなくてはならないコンウェイ自身の問題であることも間違いなかった。努めて無駄なくわかりよく、およその筋を話すうち、いつかまた時間を超越した不思議の世界に引きこまれて言いしれぬ快美が胸に兆した。記憶のページを拾い読むように、自ずから知恵のある巧みな言葉が口を衝くこともたびたびだった。ただ、今もって気持の折り合いがつかないところから、この夜、大ラマが息を引き取って、後を託されたことだけは言わずにおいた。

やがて話も終わりに近く、コンウェイはすっかり気持が楽になった。思いきって話して胸のつかえが下りたのは救いだが、どのみち、ほかにどうする術もない。語り終えてコンウェイはわれながら上出来と、おもむろに居ずまいを正した。

マリンソンは指先で小刻みにテーブルをたたくばかりで、長いこと押し黙ったままだった。「どう言ったらいいのかな、コンウェイ……。正直、気がふれているとしか思えない」

沈黙がわだかまり、二人はかけ離れた気持で目を見合った。コンウェイは失望して自分の殼に閉じこもり、マリンソンはやり場のない鬱憤を持てあまして荒々しく肩で息をした。ややあって、コンウェイは言った。「私は頭がおかしいか？」

マリンソンは引き攣った声で笑った。「だってねえ、今の話を聞いたら、そう言うしかないだろう……。ああ、でたらめもいいところだ。話にも何にもなりゃあしない」

コンウェイは呆れ返って目を丸くした。「でたらめ？」

「んーん……、ほかに、どう考えろっていうんだ？　ごめんよ、コンウェイ。少し言葉はきついがね、でも、まともな人間だったら、ほかに取りようがないはずだよ」

「つまり、君はいまだに、われわれがここへ連れてこられたのは、まったく無目的な人為の帰結だと理解しているんだな。どこかの狂人が損得ぬきの面白ずくから綿密に計画して、飛行機を乗っ取って、一千マイルの距離を飛んだと、君はそう言うんだな?」

コンウェイの勧めでマリンソンは煙草をつけた。お互いのためにありがたい束の間の小休止だった。一服して、マリンソンは言った。「あのね、細かいことをいちいち議論したって意味がないよ。そもそも、この僧院が漠然と誘拐を指示して、人を送り出してだよ、その人物がわざわざ操縦技術を習って、乗客四人を乗せた注文どおりの飛行機がバスクルを発つことになるまで、気長に時節を待ったという筋書きからして……、そりゃあ、絶対にあり得ないとは言わないまでも、あまりに話ができすぎで眉唾だよ。そのことだけが独立した伝説なら解釈の余地もあろうけれど、ほかのいろいろと考え合わせたら、どうしたって支離滅裂じゃないか。ラマ僧はみんな何百年も生きていて、不老不死の霊薬(エリキサ)があって、どうのこうのと……、だいたい、その頭、よほど質の悪い虫に食われているのではないかとでも言うほかはないね、ああ」

コンウェイはにやりと笑った。「たしかに、なかなか信じられないだろうな。私もはじめはそうだったかもしれない。よく憶えていないがね。なるほど、摩訶不思議な話には違いない。でも、そもそもここが摩訶不思議な世界であることは、君がその目で見て知っているはずだろう。現に、お互い、何を見たか考えてもみろよ……。人跡未踏と言ってもいい山岳地帯の隠れ谷、図書館にヨーロッパの本がぎっしりの修道院……」

「そうそう。集中暖房に、近代的な上下水道。午後のお茶。その他、あれやこれや。実に、驚くことばかりだよ」

「ああ。で、それを君はどう理解するね？」

「どうもこうもないさ。何が何だかさっぱりわからない。でも、だからといって、現実にはあり得ない話を信じることにはならないよ。実際に入浴して熱い湯が出ることを信じるのと、自分から何百歳だと言う相手の口先を信じるのとは別だからね」マリンソンはまた歪に笑った。「ねえ、コンウェイ。神経をやられているんだよ。この場所のせいだ。無理もないな。荷物をまとめて、さっさとここを出よう。デリーへ帰って、メイデン・ホテルでゆっくり食事をして、ひと月かふた月も経てば、こんな議論はすっかり片付くんだから」

コンウェイは穏やかに答えた。「ああいう暮らしに戻りたいとは思わない」

「ああいう暮らし？」

「君の考えている、食事だの、ダンスだの……、ポロだの何だので明け暮れる生活だよ」

「ダンスやポロのことなんてひとことも言ってないじゃないか！　でも、それだって、どこが悪いんだ？　じゃあ、一緒に行く気はないか？　ほかの二人と同じで、ずっとここにいるって言うのか？　だったら、私は出ていくからね。引き止めないでもらいたい！」マリンソンは席を蹴って立つと、目を怒らせて叫んだ。「狂ってる！　精神を病んでいるね、コンウェイ。問題はそこだ！　そう、あなたはいつも冷静で、私は騒々しいばかりさ。でも、少なくとも、こっちは正気だからね。そこが違うんだ。バスクルに駐在することになった時、まわりから警告されて、そんな、とは思ったけれど、こうしてみると、まんざら間違いでもなかったな……」

「何を警告されたって？」

「コンウェイは戦争で負傷して、以来、人が変わったと……。責めるつもりは毛頭ないよ。どうしようもなかったろうからね。でも、これを言うのがどんなに辛いことか……。おっと、もう行かないと。ここで別れたらそれきりになるかと思うと、胸が痛むし、残念でならないけれども、行くしかないんだ。約束しているから」

「羅珍と？」

「ああ。聞かれたから答えるとね」

コンウェイは片手を差し出した。「達者でな、マリンソン」

「もう一度だけ。行かないか？」

「駄目なものは駄目だ」

「じゃあ、これまでだな」

握手を交わして、マリンソンは立ち去った。


コンウェイは一人、ランタンの火影も小暗い中で思いに沈んだ。記憶に刻まれている言葉そのまま、美しいものはすべてみな、いつか儚く消え果てる。二つの世界はもはや和合の望みもないほど遠くへだたり、片方は今もなお糸一本で吊られている。時刻は三時十分前を指していた。

　テーブルを離れず、最後の煙草をくゆらせているところへ、マリンソンが立ち戻った。動転した様子でやってきたマリンソンは、コンウェイを見て暗がりに踏みとどまり、気を静めるふりを装った。しばらく待って、コンウェイは声をかけた。「よう、どうした？　忘れ物か？」

　いかにも何げない口ぶりがへだてを払って、マリンソンは進み出ると、羊革の厚いコートをかなぐり捨てて腰を降ろした。顔は土気色で、全身のふるえが止まらなかった。「おれ、意気地なしだな」叫ぶ声は泣きくずれる手前だった。「ロープで結わかれた絶壁……、憶えてるだろ？　あそこまでは行ったけど……、どうしても、足が前へ出なくて。高いところは苦手でさ、月明かりだとなおさら恐くって。へへっ、とんだお笑い種だよな」感情が堰を切ると、自嘲の八つ当たりは止めどなく、興奮をなだめるだけでコンウェイは一苦労だった。マリンソンは言い募った。「気楽だよ、ここの年寄り勢はさ。陸続きから攻めてくる敵はいないもの。いっそのこと、こっちの命と引き換えにしてでも爆弾を落としてやりたいよ！」

「何でまた、そんなことを考えるんだ、マリンソン？」

「だってねえ、僧院だろうと何だろうと、ここはたたきつぶすしかないんだって。実は不浄の魔窟なんだから。いや、例のありそうもない話がもし本当なら、もっとおぞましい。皺だらけの年寄りがうじゃうじゃと蜘蛛みたいにうずくまって餌食が近づくのを待っているんだ……。ぞっとするね。誰があんなにまで年を取りたいものか。あなたが尊敬してやまない大ラマだって、実際は半分の歳だとしても、そろそろ楽にしてやった方がいいんだよ。ねえ、一緒に行ってくれないか、コンウェイ？　自分から泣きつくのは悔しいけど、そんなことは言っていられない。こっちはまだ若いし、これまでずっと親しくしてきたじゃあないか。私の一生なんて、黴が生えた老人たちの絵空事とくらべるほどの意味もないか？　羅珍も、まだまだ若い。あの子がどうなろうと知ったことじゃあないか？」

「羅珍は若くないぞ」

マリンソンは顎を突き出して息巻いた。「ああ。ああ、そうだっけ。若くないんだな。見かけは十七、八のまま若さを保って、本当は九十の老婆とやらで」

「なあ、マリンソン。羅珍は一八八四年にここへ来ているんだ」

「ほうら、またはじまった！」

「羅珍の美しさはね、マリンソン、世の美しいものすべてと同じで、見る目がない人間にかかっては形なしだよ。儚く繊細なものが大切にされる世界ではじめて生きるのであって、羅珍を谷から連れ出したら、あの美しさはたちまち谺のようにかききえてしまう」

マリンソンはいよいよ自信を深めたか、声を軋らせて笑った。「そんなこと、恐れるに足りないよ。あの子が谺でしかないとしたら、それはここにいるからだ」一呼吸おいて、マリンソンは語気を改めた。「いつまでこういうことを言っていても切りがない。この際、詩情は捨てて現実に立たなくては。ねえ、コンウェイ。力を貸したいんだ。空しいこととは知りつつも、いくらかなりと役に立つなら突っこんだ議論をしたっていい。ただ、多少ともそっちの言うことを信じるとなれば、まず真偽をたしかめなくてはね。さあ、そこで質問だ。さっきの怪しげな話に、いったい、どれだけの根拠があるんだ？」

コンウェイは答えなかった。

「つまり、誰かが歴史もどきで延々と出任せを並べただけだろう。長いつきあいで腹の底までわかっている同士だって、証拠がなかったらにわかに本当とは思えないことってあるじゃないか。この場合はどうだろう？　聞いてる限り、証拠と呼べる何もない。羅珍は自分から身の上を話したのかな？」

「いや、しかし……」

「だったら、どうして他人の言うことを信じるんだ？　長寿の話にしても、それを無条件に裏づける事実が一つでもあるか？」

コンウェイはしばらく考えて、ブリアクが弾くショパンの埋もれた作品を例に挙げた。

「そんなの、まるで意味ないな。なにしろ、音楽には暗いもので。仮に一歩譲って、あれがたしかにショパンの曲だとしてもだよ、出どころは別で、ブリアクの言うとおりではないかもしれないだろう」

「ああ、それは大いにあり得るな」

「それにその、若さを保つ秘法とやらだって、どうだろうか？　ある種の麻薬、という話だね。正確には、何なんだ？　自分で試したのかな？　実際の効果について、詳しい説明はあったかな？」

「正直、詳しいことは聞いていない」

「聞いていないって、自分から聞こうともしなかった？　あるはずもないことを目の前にして、事実をたしかめもせずに、ただ聞いたままを鵜呑みにしたって？」マリンソンは嵩にかかってつめよった。「話に聞いたことは別にして、あなた、いったい何をどこまで知っている？　何人か、年寄りと顔見知りになっただけじゃないか。それを除いては、ここが設備のよくととのった場所で、かなり程度の高い人間の集団らしいことぐらいしか言えないだろう。起源も由来もはなはだ曖昧だ。われわれをつなぎ止める気だとしても、何のためか、ひとことも説明がない。しかしね、わからないことだらけだからといって、それでたまさか聞きかじった伝説を真に受けるのは筋違いだよ。だって、そうだろう。あなた、もともとは批判的にものを見る人なんだ。イギリスの修道院へ行ったって、何でも聞いたとおり信じるには躊躇いがあるのではないかな。それなのに、ここがチベットだというだけで、何だろうと委細かまわず飛びつくところが、どうにも理解できないんだなあ」

　コンウェイはうなずいた。はるかに意識が冴えた状態ですら、マリンソンの言うことはもっともと認めざるを得まい。「鋭いな、マリンソン。つまるところ、事実の裏づけなしにものを信じるかどうかとなれば、人は自分の引かれる方へ傾くということだろう」

「いやいや、半分死んだようになってまで生きているなんて、何がいいものか。どうせなら、太く短く生きたいね。それと、いずれ戦争になるという話もぴんと来ないな。いつどこで、どんな戦争が起きるか、誰に言える？　先の戦争だって、予言はことごとくはずれたじゃないか」コンウェイは答えず、マリンソンは言葉を継いだ。「それはともかく、ただ避け難いとだけ言ったって、何がどうなるものでもないよ。仮に戦争は避けられないとしても、嘆き悲しむにはおよばない。戦場へ駆り出されたらまっ青になってふるえあがるだろうことは自分でよく知っているけれど、こんなところで朽ち果てるよりはよっぽどましなんだ」

コンウェイはじわりと笑った。「マリンソン。君は眼鏡違いに輪をかけて私を誤解しているな。バスクルでは英雄だったのが、今は腰抜けか。はっきり言って、私はどっちでもない。いやなに、それはどうだっていいんだ。インドへ帰ったら、君は何なりと好きに言えばいい。私はもうじきはじまる戦争を恐れてチベットの修道院に残ったと、言うなら言うで構わないぞ。本当の理由は別だけれども、私が正気を失ったと見る向きは、きっとそのまま信じるはずだ」

マリンソンは悲しい顔をした。「そんなふうに言うとは情けないね。何があろうと、口が裂けたってあなたのことは悪く言わない。これは本当だよ。ただ、正直、私には今のあなたがわからない。頭をかかえているところなんだ。うん……、理解できたらどんなにいいか知れない。ねえ、コンウェイ。およばずながら、支えになれたらと思っているよ。話に乗るなり、体を動かすなり、何かこっちでできることはないか？」

沈黙はやや長きにおよんだ。頃合いを見計らって、コンウェイは言った。「一つだけ、聞きたい……。立ち入った質問が許されるならばだけれども」

「どうぞ」

「君は羅珍が好きか？」

蒼ざめた顔がたちまち真っ赤になった。「好いていない、と言ったら嘘になるな。滑稽をとおりこして笑止千万と思われるだろうし、なるほど、それはそうかもしれないよ。でも、自分の気持は偽れないから」

「笑止なことがあるものか」

さんざん波に揉まれた小舟がやっと港に着くように、議論はおさまるところへおさまると見てコンウェイは言った。「気持を偽れないのは私も同じだ。どういうわけか、君と羅珍は私がどこの誰よりも気にかけている二人でね。きっと意外だろうけれど……」コンウェイはつと立って部屋を行きつ戻りつしはじめた。「これでお互い、言うだけのことは言った。違うか？」

「いや、そのとおりだよ」マリンソンはことあたらしく勢いこんだ。「でもね、羅珍が若くないなんて、そんな！　冗談じゃない。どこを押したらそういうことが出てくるんだ？　まさか本気じゃあないね、コンウェイ？　あんまりだよ。どうしてそんなふうに言えるんだ？」

「君こそ、どうして羅珍は若いと言いきれるね？」

マリンソンはぷいと顔をそむけると、隠すより顕れる恥の意識に口ごもった。「どうしてって……、知っているもの。見そこなったと言われようと何だろうと……、知っているものは知っているんだから。残念ながら、あなた、あの子を本当には理解できないだろうね、コンウェイ。上辺は冷たいようだけど、それはこんなところに長くいるせいだ。この環境が温もりを凝(こご)らせているんだよ。でも、消え失せてはいない」

「蕩(とろ)ける折りを待っているか？」

「うん……、そう言ってもいいだろうな」

「だから羅珍は若い、と。本当にそう思うか、マリンソン？」

マリンソンは静かに答えた。「ああ、もちろん。あの子はまだほんの若い娘だよ。気の毒で、見ていられなかった。そんなことから情が移って、お互いに引かれたのだろうな。疚しいことは何もない。というより、胸を張っていい。思えばこれは……」

コンウェイはバルコニーに出て、夜目にも白いカラカルの雪煙を見つめた。中天の月はさながら凪の海を隈なく照らしているかのようだった。美しいものすべての必然で、現実の一端に触れた夢はたちどころに消散した。世界の将来は天秤にかければ、若さと愛の前に空気ほどの重さもない。コンウェイの意識はシャングリ・ラの縮図とも言うべき小世界に宿っているが、その世界もまた危機に瀕していた。気力をふるいおこそうとしても想像に描く回廊は衝撃に耐えかねて歪み、よじくれ、堂塔は傾いて、何もかも崩落の瀬戸際である。さほど悲しくはなかったが、陰湿な懐疑は拭いきれなかった。果して狂気でいた自分が正気に返ったのか、またはその逆で、しばらくの正気から今また狂気に戻ったか、コンウェイは判断がつきかねた。

向き直ったコンウェイは、つい最前とは別人だった。鋭い声でぞんざいな口をきき、瞼に微かな痙攣が走るところはバスクルで逸材の名を取ったコンウェイに近かった。迷いをふりきってマリンソンを睨みすえ、食ってかかる勢いでコンウェイは言った。「ロープで体を括るあの難所な、一緒なら、越えられるか?」

マリンソンは跳び上がって声をつまらせた。「コンウェイ! 一緒に行くって? やっとその気になってくれたな!」

コンウェイは取るものもとりあえず支度をととのえ、相携えて時を移さず出発した。逃亡にしてはいかにもあっけない引き際だった。月の光と建物の影が交錯する庭園に人の気配はなく、これこそは無人の境かと思う心がすでにしてコンウェイの身の内にぽっかりと空洞を穿った。その間、マリンソンはただ埒もなく前途の難儀をしゃべり立てていた。さんざん口喧嘩した末にこの行動に出たことがコンウェイには何ともちぐはぐに思えたし、あれほど居心地のよかった人知れぬ聖域を捨てて未練を感じない自分が不思議だった。とかくして一時間足らず後、二人は息を弾ませながら、これが見納めとシャングリ・ラをふり返った。目の下はるかに蒼い月の谷が雲海のように横たわり、薄靄の流れる中に浮かぶ人家の屋根が二人を見送る小舟の列を思わせた。はや訣別の時だった。急な登りでしばらく口もきけずにいたマリンソンは喘ぐ息の下で言った。「わあ、道ははかどってるな……、ようし、行こう！」

コンウェイは薄笑いを浮かべたきり何も答えず、絶壁のトラバースに備えてロープを捌きにかかった。マリンソンが言ったとおり腹を決めたのは事実だが、決心とは名ばかりで、ありていは今や絞り滓も同然の薄弱な意志でしかない。そのわずかに残ったかけらほどの意志が行動を支配しているものの、胸の奥に空洞をかかえた虚脱感は耐え難かった。二つの世界を行き来する放浪者に身の置きどころはない。いよいよ深みを増す空虚の淵で、目をかけているマリンソンを助けなくてはならないことだけが意識にあった。大方の例に洩れず、コンウェイもまた分別に背を向けて英雄を演じる定めだった。

マリンソンは絶壁で恐怖にすくんだが、登山は玄人はだしのコンウェイが本格の流儀で足場を確保した。難所を越えると、二人は額を寄せて一つの火から煙草を吸いつけた。「コンウェイ。恩に着るよ……。わかってくれるとは思うけど……、この気持は、言葉では表せない……」

「だったら、言わずにおけばいい」

ゆっくり休んで息をととのえ、いよいよ出発となってマリンソンは言った。「いやあ、嬉しいね……。自分のことだけじゃあなくて、お互いのためにさ。今にして思えば、いろいろあったこともみんな底の浅いどたばただし、それよりも何よりも、目を覚ましてくれて本当によかった……」

「いいも悪いもあるものか」コンウェイは憮然とした顔を装うことで密かに自分を慰めた。

　夜明け方、分水嶺を越えた。見張りがいたかどうかは知らず、呼び止められることはなかった。ここもまた中庸の精神で、監視は形ばかりなのではあるまいかと、コンウェイはふと思った。ほどなく、吹きすさぶ風が地べたを研ぎ出したような高原にさしかかった。なだらかな下り斜面の向こうに運送業者の一団が野宿していた。マリンソンが言ったとおり、毛皮や羊の革外套に身を固めた屈強な男たちがたむろして吹きさらしにうずくまり、千百マイル東で国境を跨げば中国の、稲城(ターツィエン)府へ向けて帰途につくのを今や遅しと待ちかねているふうだった。

「コンウェイも行くぞ！」マリンソンは羅珍を見るなり駆け寄って、英語が通じないことも忘れて叫んだ。コンウェイが通訳した。

　コンウェイの記憶する限り、満州族の小柄な女性がこの時ほど艶(あで)やかだったことはかつてない。それと知ってか羅珍はこぼれるばかりに婉然と笑いかけた。が、その目はどこまでも若いマリンソンを追っていた。

エピローグ

デリーでラザフォードと再会した。副王、すなわちインド総督主宰の晩餐会だったが、格式張った公の場で席が遠く、帰りしなにターバン姿の玄関番から帽子を渡されるまで言葉を交わす機会もなかった。「ホテルで一杯やらないか」ラザフォードは言った。

エドウィン・ラチェンズの設計になる静物画のような副王宮殿から、活気に満ちた映画の雑踏シーンを思わせる旧市街まで、乾いた大通りをタクシーで行った。ラザフォードが喀什から戻ったばかりのことは新聞で見て知っていた。ラザフォードは何であれすることなすことが図に当たる得な性分で、どこへ行っても評判が高い。ちょっと目先の変わった旅行さえもがたちまち探険の色彩を帯びて、世間がこれをもてはやす。当人は心して破天荒の冒険を避けているのだが、そうとは知らない大方の早まった理解をいいことに、商売ますます繁盛である。今回の旅行にしても、新聞が報じているほどとりたてて画期的とは言われまい。和田の埋もれた廃墟も、オーレル・スタインやスヴェン・ヘディンを思い出せば、今さら驚くには価しない。遠慮のない間柄でからかい半分にそれを言うと、ラザフォードは暗に自分の限界を認めて低く笑った。「もちろん、実話の方が面白いだろうよ」

部屋に落ち着いてウィスキーになったところで、私の方からきっかけを出した。「で、コンウェイを追跡したんだね？」

「追跡は大袈裟だな」ラザフォードは言った。「ヨーロッパの半分はある広い土地を一人で探索できるわけがない。私はただ、ひょっこり遇えるかもしれない場所、消息を聞けるかもしれないところを尋ね歩いただけだ。憶えているだろうが、バンコクから北西へ向かう、と言って寄越したのが最後だよ。なるほど、少し奥地へ入ったあたりに微かながら足跡がないでもなかった。おそらく、中国国境に近い部族民の土地へ紛れこんだのだな。ビルマはイギリスの役人と出っくわすおそれがあって敬遠したと想像するね。いずれにせよ、シャムの北部で足跡は消えて、その先は手がかり一つない。あそこまで深入りすることになろうとは、私自身、予想だにしなかったがね」

「蒼い月の谷を探す方が早道だったかもしれないな」

「うん。その方が、脈がありそうに思ったのは事実だよ。というと、例の原稿、斜めになりと目をとおしてはくれたか？」

「斜めどころか、じっくり読ませてもらったよ。ただ、送り返すつもりが、宛先がわからなくて」

ラザフォードはうなずいた。「読んで、どうだった？」

「いやあ、実によかった……。もちろん、コンウェイの話があそこに書かれているとおり、そっくりそのままだとすればだけれども」

「その点は私が請け合うよ。いっさい、手は加えていない。あれはほとんど聞き書きで、君がどう思ったか知らないが、私の文章ではないと言ってもいいくらいだ。こう見えても、記憶力ならおさおさ人に劣らない。コンウェイは極めて話術が巧みで言葉も正確な、なかなかの語り手だよ。そのコンウェイから、ほぼ丸一日、ぶっ通しで話を聞いたんだ」

「だから、今も言ったとおり、実によかったよ」

ラザフォードは椅子の背にもたれてにんまり笑った。「言うことはそれだけか。なら、ここからは私の話だ。君は私のことを騙されやすい人間だと思っているだろう。が、必ずしもそうではないつもりだよ。あまり信じすぎるのは怪我のもとだけれども、だといって、何も信じなかったら世の中、退屈だ。コンウェイの身の上話に大いに関心をそそられてね。そう、いろいろな意味でだよ………。それで、できる限り事実関係を詳しく当たって、足取りをたどることにした。果たして本人にめぐり合えるかどうかはひとまずおくとしてさ」

葉巻をつけて、ラザフォードは先を続けた。「となると、めったに人の行かない辺境の地にもあちこち足を伸ばさなくてはならない。いやなに、風まかせの旅は好むところだし、編集者も時に旅行記は歓迎だから、それはそれでいいのだよ。延べにして数千マイルは歩いたろう。バスクル、バンコク、重慶、喀什を結ぶ線でかこまれたどこかに謎を解く鍵がある。とはいえ、なにしろ広い地域だからね。私の調査は駆け足だし、ほんの掻い撫でで、謎に迫るどころではない。私の知る限り、コンウェイの消息に関してはっきり事実とわかっているのは、五月二十日にバスクルを出て、十月五日に重慶に流れ着いたこと、そして、二月三日の便りを最後に、またバンコクから姿を消したことだけだ。それ以外は、想像、憶測、推断、風説、伝聞と、どう言ってみたところで、杳として行方が知れないことに変わりはない」

「じゃあ、チベットでは何もわからなかったのかな？」

「それがね、チベットには足を踏み入れてもいないのだよ。政府の役人は私の言うことに耳も貸さない。エベレスト遠征を許可しないのと同じ態度でさ。一人で崑崙山脈を歩くつもりでいることを話したところが、役人は目を丸くして、私がガンディーの伝記を構想しているとでもいう顔だった。もっとも、向こうの方が事情に詳しいのでね。単身、チベットを放浪するなんて、無理な話だ。きちんと装備をととのえた探検隊で、たとえ片言なりとも現地の言葉が通じる隊長が指揮をとらないことには。コンウェイの話を聞きながら、何かというと運送屋の件でもめごとになるのが不思議でねえ。さっさと出かければいいものをと思ったが、そうはいかないことがじきにわかったよ。政府の役人が言うとおりで、世界中の旅券を持っていたって崑崙山脈は越えられない。晴れた日に遠くから見えるところまでは行ったけれどもね。五十マイルほど手前だろうか。あの距離で崑崙の山並みを眺めたヨーロッパ人はそう多くないはずだ」

「そんなにも人を寄せつけないか？」

「地平線にうっすらと、フリーズ織りの毛羽のように白く浮かんで見えるだけだよ。莎車(ヤルカンド)や喀什で、会う人ごとに聞いてはみたが、ほとんど発見はなかったな。崑崙は世界のどの山よりも知られていないのではないかと思う。たまたま、崑崙踏破を試みたアメリカの探検家と近づきになってね。そのアメリカ人は尾根道がわからずに踏破を断念したという。道は幾筋かあるにはあるのだが、えらく高いところをとおっていて、まだ誰も地図を描くだけの測量をしたことがないらしい。コンウェイが話したような峡谷があるかどうか聞いたところが、絶対にないとは言わないが、地質学上、まず考えられないという返事だったよ。ついでのことに、ヒマラヤの最高峰に匹敵する円錐形の山を知っているか聞いてみた。その答が思わせぶりで、伝説にはそういう山があるし、エベレストより高い山もあると話には聞いているが、しょせんは信じるに足りないというのだな。『崑崙山脈の高峰はどれもせいぜい二万五千フィートを超えてはいないのではないか』と言っていた。今もって正確に測量されていないことは当人も認めていたけれど。

　そこで、チベットのラマ僧院について尋ねてみたよ。チベットは何度も行っているそうだから。もっとも、これに関してはたいていの本に書いてあるようなことしか聞けなかった。びっくりするほどの場所でもなし、僧侶の多くは怪しげで、見た目も薄汚い、とそのアメリカ人は言うのだな。長寿については、そう、悪い病気にかからなければずいぶん長生きをする例もある、という話だ。ここはもう一つ踏みこんで、桁違いに高齢なラマ僧の話を知らないか尋ねたのだが、その返事に、『ぞろぞろいる。よくある話で、どこへ行っても聞かされる。ただ、嘘か本当か、たしかめようがない。百年もの間、独居房に閉じこめられて、なるほどと思うようなひどい姿で現れた老僧の話もある。でも、じゃあ、出生証明書を見せろ、とは言えないものな』。ついては、寿命を延ばしたり若さを保ったりする秘法だの妙薬だのがあるのだろうか、となるとそのアメリカ人も首を傾げて、たしかに、ラマ僧は奥深い不思議な知識を持ち合わせているようではあるけれども、実際は空中に立てた縄を登ってみせるというヒンドゥ・ロープの曲芸と同じで、それも伝説でしかない、と冷ややかだ。ただ、ラマ僧は肉体を制御する特異な能力をそなえているらしいとは言っていた。『ラマ僧の集団が真っ裸で凍った湖の岸に座っているのを見たことがある。気温は零下で、寒風の吹きさらしだ。弟子たちが氷を割って水に浸したシーツを着せかける。ラマ僧は体温でシーツを乾かして、それを何度もくり返すのだな。あんなことをして凍え死にしないんだから、ただ精神力というだけではとうてい説明がつかない……』」

ラザフォードは自分で代わりを注いだ。「もちろん、そのアメリカ人も言うとおり、長寿とそれは無関係だ。ラマ僧が並はずれて厳しい自己鍛錬を積んでいることだけはわかるとしてもね。というわけで、ここで行き止まりだ。君もそう思うだろう。これまでのところ、消息を尋ねる糸口も見えていない」

いかにも、雲をつかむような話だった。そのアメリカ人は「カラカル」や「シャングリ・ラ」の名に心当たりがあったろうか。

「まるっきりだ。私もそれを言ったのだがね。重ねてあれこれ聞くうちに出た話で、『正直、僧院なんぞは見たくもない。一度、チベットで知り合った相手に言ったことがある。私が脇道にそれるとしたら、僧院が嫌いで拝観はごめんこうむりたいからだ』。別に深い意味もなかったろうが、こっちはちょっと気になって、それはいつのことか聞いてみた。『うーん、古い話だ。戦争前の、たしか、一九一一年だったと思う』。私はこだわって、もっと詳しく、と話をせがんだよ。向こうもせいぜい努力して記憶を呼び戻すふうだったが、何でも、アメリカの地理学会がチベットを探険して、それに加わっていたのだな。数人の編成で荷物運びも連れた正規（パカ）の探検隊だ。崑崙の近くで、一隊は現地の苦力（クーリー）がかつぐ駕籠に乗った中国人に行き会った。その中国人はえらく英語が達者で、ぜひこの先の僧院に寄っていけと、案内を買って出たという。アメリカ人は、時間がないし、もとより関心もないからと断って、そこで終わりだ」ラザフォードはちょっと思案して言葉を継いだ。「これも、どうこういうほどの話ではないな。二十年前の断片的な記憶はあまり当てにならない」

「そうだな。仮に誘いに応じたとしても、正規の探検隊を、意志に反して僧院に引き止めるというのはできない相談だろうしね」

「そのとおり。第一、それがシャングリ・ラだったかどうかだって怪しいものだ」

どう考えたところで、あまりにも漠然とした話でここからは何も出てこない。私は角度を変えて、バスクルの様子に質問を向けた。

「バスクルでは、収穫なし。ペシャワルはそれ以下だ。事実、飛行機が乗っ取られたことを除いては、何一つ聞き出せなかったよ。その件だって、当局はしゃべりたがらない。自慢できた話じゃあないからな」

「その後、飛行機はどうなったのかな？」

「飛行機も乗客四人もそれっきりで、捜索の手がかりもない。ただ、私はその飛行機が山岳地帯を飛べる設計だということだけは確認したがね。バーナード某についても調べてみたが、この人物の過去はまったく謎で、コンウェイの言うとおり、事実、チャーマーズ・ブライアントその人だったとしてもおかしくないな。なにしろ、あれだけ世間を騒がせた当のブライアントが事件の最中に行方をくらましたことからしてきな臭いんだ」

「飛行機を乗っ取った犯人については？」

「調べてはみたが、絶望だよ。犯人が殴り倒して、まんまと成りすました空軍の操縦士は間もなく死んだから、何よりも有力な証言が得られない。私の友人にアメリカで航空学校をやっているのがいて、最近、チベット人の生徒を教えたことがあるかどうか手紙で問い合わせたところが、すぐに返事が来て、これが何とも頼りない。チベット人と中国人は区別がつかないし、中国人なら、抗日運動を意識して訓練を受けた生徒が五十人ぐらいいるというのだな。これでは人物を絞りようがない。一つ、妙な発見があったがね。ロンドンで、いながらにしてだって知り得たことだろうけれども、前の世紀の半ば、ドイツのイエナに世界中を歩いている学者がいて、一八八七年にチベットへ行ったきり消息を絶った。河を歩いて渡ろうとして溺れたとも言われているのだが、その名が、フリードリヒ・マイスターだ」

「ほう、コンウェイの話に登場する！」

「そうだよ。ただ、同名異人というだけのことかもしれなくて、これでコンウェイの話がすべて本当だとは考えにくい。何となれば、そのイエナの学者は一八四五年の生まれだよ。つまりはこれも余計な道草だろう」

「だとしても、不思議議だね」

「そう。不思議な偶然だ」

「ほかの人物については、何かわかったかな？」

「いや。悲しいかな、調べようにも相手が限られているからね。どこを捜しても、ショパンの直弟子でブリアクと名乗る人物の記録はない。もちろん、だからといってそんな人物はいなかったと決めてかかるわけにはいかないけれども。考えてみると、コンウェイはこと人名に関してなぜか妙に控えめでね。寺には五十人を超すラマ僧がいたろうに、コンウェイが名前を口にしたのはそのうちのたった何人かだ。ああ、ペローとヘンシェルについても、いっさい、何もわからなかったよ」

「マリンソンは？　その後どうなったんだろうか？　それと、例の中国人の娘は？」

「聞かれるまでもない、もちろん、調べたとも。原稿を読んで君も知ってのとおり、惜しいことに、コンウェイの話は運送屋の手引きで谷を出るところまでだ。その先は、言うに言われぬ事情があったか、本人の意志か、とにかく話はあれで終わっている。時間が許せばもっと聞けたのではないかとも思うがね。何か事故があったとしても、驚くには当たらないな。旅の難儀は想像を超えてあまりあろうし、山賊に襲われるどころか、護衛を頼んだはずの運送屋集団がいなおって乱暴を働くということだってないとは言えない。途中、何があったか正確なところは知る由もないが、いずれにせよ、マリンソンが中国まで行っていないことはほぼ間違いない。私も、できる限りは手をまわして調べたよ。何よりもまず、国境を跨いでチベットに運びこまれる本その他、大量の託送貨物に目をつけた。ところが、上海、北京をはじめ、ここと思ったところは軒並み空ぶりだ。それはまあ、僧院が外部から物品を購入して搬送する仕組みを秘密にしていることだろうから、わからなくてもしかたがない。それで、稲城府へ行ってみた。地の果ての交易都市で、行くだけでも大変な、不思議なところだよ。雲南から中国人の苦力が馬で茶を運んで、ここでチベット側に引き渡すのだが、茶を運ぶ道を茶馬古道といってね、今度、そのことを書こうと思う。ヨーロッパ人のほとんど行かないところだ。土地の人間は実に垢抜けしていて気持がいい。いや、それはともかく、コンウェイの一行は断じて稲城府へ行っていない」

「すると、コンウェイ自身がどうやって重慶へたどりついたかは、とうとうわからずじまいだね？」

「結論から言うと、どこへ行く当てもなしに彷徨（さまよ）って、たまたま流れついたのが重慶だっただけのことだろう。が、とにかく、重慶となれば話は現実の範囲だから、それまでとはわけが違う。慈善病院の尼さんたちは信用していいし、その意味では、コンウェイが船上でショパン紛いの曲を弾いた時のシーヴキングの驚きも本物だよ」ラザフォードはちょっと間をおいて、思案げに言葉を足した。「これはつまり、可能性を秤にかけることなのだが、天秤がはっきりどちらかに傾く比重の違いはない、と言わざるを得ない。もちろん、コンウェイの話が信じられないとしたら、それはコンウェイの真意に疑問をいだいているか、もしくは、狂気を疑っているかのいずれかだ……。思いこみは人の目を曇らせる」

　ラザフォードはここでふたたび口を閉ざした。水を向けられた格好で、私は言った。

「戦争からこっちずっと会っていないけれど、聞くところによると、すっかり人が変わったそうだね」

　ラザフォードはうなずいた。「ああ。それはそのとおりで、否定できない。学校を出たての若者を三年も極度の恐怖と緊張にさらして、ぼろぼろにならなかったらその方がおかしいじゃないか。かすり傷も受けずに戦争から戻ったと人は言うだろうが、その実、深いところに傷を負っているんだ」

ひとしきり、戦争と、多数がこうむるその影響について語り合った後、ラザフォードは言った。「もう一つだけ、話しておきたいことがある。おそらく、ある意味ではここが何よりも肝心なところだ。再度、伝道会を訪ねた時のことでね。もちろん、病院は実によくしてくれたけれども、熱病が流行っている折りから患者が込みあって、ゆっくり話はできなかった。何はともあれ、私はコンウェイが病院へ来た時の様子を聞いたよ。自分から一人でやってきたのか、倒れているのを誰かが見つけて連れてきたのか……。が、もうずいぶん時間が経っているし、誰もはっきりとは憶えていない。これでは見込みがないと諦めかけたところで、尼僧の一人がふと思い出したように言った。『先生は、たしか、女の人が一緒だった、と言っていなさったようですけれど』。尼僧の記憶はそこまで。医者はすでに他所へ移っていて会えない。というわけで、その場ではそれ以上、何もわからなかった。

「しかしね、これで投げ出したらこっちの気持が許さない。医者は上海の大きな病院へ変わったという話だから、場所を調べて会いに行ったよ。日本軍の空襲があった直後で、街は殺気立っている。医者は重慶で会ったのを憶えていて、丁寧に応対してくれた。自身、過労でげっそりしているのにだ。それはそうだろう。日本軍の中国人地区爆撃にくらべたら、ドイツ軍のツェッペリンによるロンドン空襲などは物の数でもないのだからね。ああ、そうだ。医者はすぐ、記憶を失ったイギリス人の患者を思い出した。『慈善病院まで、女性が付き添ってきたというのは本当ですか？』私は尋ねた。『ええ、そのとおり。女の人が一緒でした。中国人女性です』。『どんな人ですか？』。医者は何も憶えていなかった。ただ、当の女性も高熱に冒されていて、ほとんどその場で息を引き取ったという……。ここで話が中断してね。怪我人が続々とかつぎこまれて、廊下は担架でいっぱいだ。病室も負傷者で溢れかえっている。その中で医者にくどくどとものを聞くのは気が引けてねえ。呉淞砲台の対空砲火はますます盛んになって、医者は体がいくつあっても足りないくらいだよ。酸鼻を極める情況で怪我人の手当てに追われながら、まるで愉快この上ないとでもいう顔で席へ戻った医者に一つだけ、最後の質問をした。と、こう言えば、察しはつくだろう。『その中国人女性ですが……、若い娘ですか？』」

ラザフォードは聞き手の私に期待したところに劣らず、自身も話しながら熱が入った思い入れで、葉巻の灰をはたいて言った。「小柄な医者はじっと私の顔を覗きこんで、中国の知識人に特有の、刈りこむような早口の英語で答えた。『いえいえ、大変な年寄りでした。あれほどまで年を取った人は見たことがありません』」

その後、長い沈黙をへだてて私たちはまた、思い出すままにコンウェイのことを語った。瑞々しいとさえ言える男ぶりと、ありあまる才能で誰からも好かれたコンウェイにはじまって、戦争で人が変わったあたりから、話は時間と時代と人の意識の不思議におよび、「大変な年寄り」だった満州族の少女をかすめて、ついには幻の無何有郷、蒼い月の谷に回帰した。

「コンウェイは、果たしてシャングリ・ラを尋ね当てるだろうか？」私は言った。

ウッドフォード・グリーンにて
一九三三年四月

解説

石川直樹

何の予備知識もないままに本書のゲラをぽんと渡されたとき、無知な自分は途中までノンフィクションとして読んでしまった。『失われた地平線』が二度にわたって映画化されているのも知らなかったし、バスクルという地名が架空であることにも確信が持てなかった。戦前、そして一九三〇年前後という自分が生まれる前の世界から物語がはじまるので、もしかしたらこういうこともありうるのだろうか、と思いながら読み進め、「ん？」と思ったときには遅かった。ヒルトンの術中にはまり、最後までページをめくるぼくの手は休むことがなかった。それほどまでに当時のイギリス知識人やチベット奥地の様子が、微に入り細に入り、小説的なリアリティを伴って描かれていたからだ。

中国の雲南省の端に、香格里拉＝シャングリ・ラという地名が実際にある。チベット文化圏の南東端に位置しているため、場所を特定していない本書の設定とも微妙にかぶるのだが、この地にはもともと中甸（ちゅうでん）という名があった。チベットのどこかにあると言われた理想郷の伝説は『失われた地平線』によって広まり、「シャングリ・ラ」という呼び名は現代になってこの地に後から名付けられたものである。

果たしてヒルトンが指し示した場所は、本当はどのあたりなのか。まずバスクルだが、これはイギリス領だった現在のインド北部かあるいはパキスタンのどこかということになっている。物語の主人公であるコンウェイはそのバスクルでイギリスの領事をしていた。そこで現地人による暴動が起き、白人居住者をアフガニスタンのペシャワルへ待避させる任務を負ったのだ。最後の一機に乗りこんでコンウェイ自身もペシャワルへ向かう予定だったが、乗っ取られた小型飛行機はコンウェイを含む四人の乗客を乗せたまま、あらぬ方向へ向かっていく。ナンガパルバットやK2などといったカラコルム山脈の高峰を越えると、その先にはチベット高原が広がっていた。

午前一〇時頃に搭乗し、途中一度給油のために上陸してはいるものの、とある山岳地帯に不時着したのは深夜一時半だったというから、優に半日は飛行していたことになる。となると、やはりチベットはチベットでもだいぶ東のほうまで来ていたはずだ。到着地の標高は四〇〇〇メートル前後。もしかしたら、現在の香格里拉がある東の地域まで本当に飛んでいたのかもしれない。

パイロットは息絶え、呆然とする四人の前に、駕籠にかつがれた中国人風の男が現れる。張(チャン)と名乗るその男は英語を話し、シャングリ・ラにあるというラマ僧院までお供したいと申し出るのだった。近くにはカラカルという名の八〇〇〇メートルを超える高峰があるらしい。ぼくはこのあたりまで読んで、すっかり物語に引き込まれてしまった。

「山腹にすがりつくように」築かれた僧院は、その規模からいって、いつか訪ねたラサのポタラ宮を彷彿させた。今から一〇年以上前、ぼくはネパールのカトマンズから飛行機に乗って、チベットの首都であるラサを訪ねている。機内の窓からヒマラヤ山脈が見え、すべてを見下ろす圧倒的な高さの山々に乗客がざわめきはじめたと思ったら、やがてエベレストが視界に入った。それが自分とチベットとの出会いであり、以来かの地に惹かれ続けている。だからこそ、本書のあらゆる描写に心躍ったし、こういったことが事実としてチベットの奥地には今もあるのではないか、と信じたいと思う自分もいる。

ラサの象徴ともいえるポタラ宮は、一九五九年にダライ・ラマ十四世がインドに亡命するまで、およそ三〇〇年にわたってチベットにおける聖俗両界の中心だった。その内部は迷宮のように入り組んだ廊下が続き、歩み続ければ地の底まで辿り着きそうな感があった。

ポタラ宮の外観を占めるホワイトパレスはダライ・ラマの住居であると同時に政治を執り行う場所で、中心にそびえるレッドパレスは歴代ダライ・ラマの霊塔など宗教に関わる部屋が多い。まだ二〇代前半だった自分はいくつもの仏像や宝座などを見て回り、上へ上へと進んでいった。内部に納められた仏像の類は絢爛（けんらん）そのものだった。

ぼくはこのときの光景とシャングリ・ラの僧院を重ね合わせていた。ポタラ宮に、オハイオ州アクロン市で製造された磁器の浴槽があったかどうかまではわからないが、西洋の技術文明を拒むのではなく、柔らかく取り入れて内包していく大らかさのようなものをそこかしこで感じたのは覚えている。それは今も分け隔てなく世界中の人々と対話を続けるダライ・ラマの姿勢とも通じていた。

ラサのホテルでは、お粥などが並ぶ中華風の質素なメニューの食事が提供された。アメリカ人やヨーロッパ人から成る登山隊の一員としてぼくはラサを訪ねており、彼らの中にはこうした料理に不満を言う者も多かった。彼らの総意で西洋風のメニューがあるレストランにも行ったが、わざわざチベットまで来てまずいピザを食べることにぼくは疑問を抱いていた。フライドポテトは油でぎとぎとに濡れており、ピザは申し訳程度に粉チーズみたいなものがふりかけられている。チベットの地元料理が肌にあい、嬉しがっていたのはおそらくぼくだけだったろう。このような土地に来てまで、自分を貫く彼らを見ていると、最後までシャングリ・ラに疑義を呈してなじむこともなく、そればかりか一刻も早く脱出したいと願い続けた若いマリンソンの姿は典型的な西洋人の在り方を示すものとして納得できる。コンウェイのような思慮深さと明晰さと順応力、何より理にかなうと思えば土地の習慣に学ぶ余裕を持った白人は極めて稀であり、僧院を司る大僧正に気に入られるのは当然の理である。

物語は、コンウェイが僧院の頂点に立つ大僧正と出会うあたりから急展開していく。この老師はルクセンブルク生まれの白人で、しかも齢二〇〇歳以上という長寿の奇跡を手に入れたシャングリ・ラの創設者でもあったのだ。

その後継者として「ヨーロッパの北方人種とラテン民族が最良の人選であることは間

違いない」と断言する老師の言葉は、小説の筋云々とは別のこととしてにわかに納得できないが、西洋から見た理想のチベット像が投影された物語であると割り切ればさほど気にするほどのことではないのかもしれない。

歳をとらない、すなわち限られた時間しか持てない人間が新たな「時間」を獲得できることこそを理想とする考え方は、輪廻を教義の前提とするチベット仏教に相反するようにも感じられる。『失われた地平線』で描かれる地上の楽園とは、繰り返しになるがあくまで西洋にとっての理想郷だろう。しかし、そのようなことを差し引きながらミステリー仕立ての冒険譚として本書を読めば、チベットを舞台にしたこれほど面白い物語は他になかなか見当たらない。シャングリ・ラ、それは今なお魅惑的な響きをもって人々の胸に刻まれている。半ば伝説と化した冒険小説の傑作がこうした形で世に復刊されるのは、実に喜ばしいことである。

（写真家、作家）

新装版解説

杉江松恋

『失われた地平線』は抜群におもしろい、とだけ最初に書いておきたい。

だが作品の話をする前にまず作者の紹介だ。ジェイムズ・ヒルトンは一九〇〇年九月九日にイギリス・ランカシャー州のリーで生まれた。一九二一年にケンブリッジ大学クライスツ・カレッジを卒業したが、前年に最初の長篇 *Catherine Herself* を書き上げている。早熟だったのだ。その後も新聞コラムを執筆するなど、傍目に見れば恵まれた文筆生活の始まり方なのだが、ヒルトン自身は若き日を不遇時代ととらえているようで、第一次世界大戦後の不景気に巻き込まれて割を食った、という意味のことを後年インタビューで語っている。

彼が作家として初めて摑(つか)んだ好機は、一九三三年に雑誌「ブリティッシュ・ウィークリー」のクリスマス号に『チップス先生、さようなら』（新潮文庫他）が掲載されたことである。わずか四日間で書いたとされるこの長篇は本国よりも先にアメリカで売れ始めた。その恩恵を被ったのが、『チップス先生、さようなら』と同年にヒルトンが発表していた二長篇、『鎧なき騎士』（創元推理文庫）と『失われた地平線』だったのである。もっとも『失われた地平線』は翌一九三四年に四十一歳未満の若手作家に贈られるホーソンデン賞を獲得しており、チップス先生に頼らなくてもいずれは売れていたことだろう。一九三九年にアメリカのサイモン&シュスター社がペーパーバックの〈ポケット・ブックス〉を創刊したとき、最初の配本の一冊に選んだのが本書だった。そこまで期待される作品だったのだ。

ヒルトン作品は一九三〇年代末に映像化のブームが来て、一九三七年に本作（後述）とマレーネ・ディートリッヒ主演で知られる『鎧なき騎士』（ジャック・フェデー監督）、一九三九年に『チップス先生さようなら』（サム・ウッド監督）と日本未公開となった長篇『私たちは孤独ではない』（ハヤカワ文庫NV）の映画化作品（エドマンド・グールディング監督）が次々に封切られる。その準備もあってかヒルトンは一九三五年に渡米し、以降一九五四年十二月二十日に亡くなるまでアメリカで暮らすことになるのである。自ら脚本を書いた作品も多く、小説と映画の両方で成功した作家の草分けと言っていい存在になっている。

本書のあらすじについては省略する。四人の英米人が飛行機乗っ取りによってチベット奥地にたどり着き、シャングリ・ラと呼ばれる別世界で暮らすことになる。以上、おしまい。旧文庫版の石川直樹氏解説にもう少し内容が書かれているが、中盤以降の展開に触れているので、各自の責任でお読みいただきたい。あらすじを省く代わりに、ヒルトンの作家としての姿勢を紹介しておく。『鎧なき騎士』の〈ポケット・ブックス〉版序文でヒルトンはこう書いているのである。「わたしは物語を語る小説が妙に好きなのだが」「小説家は物語を語る以外にいろんなことができる」「しかし、なによりもまず物語を、どうか語ってもらいたいものである」（瀧口直太郎訳）と。おお、どれだけ物語が好きなんだよ、ヒルトン。

おそらく彼は、さまざまな物語類型が体に沁み込んでいた作家なのだろう。本作よりも前の一九三一年に『学校の殺人』（創元推理文庫）という純粋なミステリーを書いていることからも明らかだが、ヒルトンは謎というフックを読者にちらつかせて興味を引く技にも長けていた。『失われた地平線』でも読者が最初に強く関心を持つのは序章の、ヒュウ・コンウェイがピアノを弾く場面だ。誰も名を知らない曲で、コンウェイは、それをショパンの弟子から直接習ったと言う。だが、そんなはずはないのである。ショパンは一八四九年、物語の始まりより半世紀以上前に没しているのだから。こうした謎のほのめかしによって、読者はヒルトンの術中にだんだんと嵌まっていくわけである。

もちろん冒険小説の要素も十分で、ある理由から私はヒルトンが一八八五年にヘンリー・ライダー・ハガードが発表した『ソロモン王の洞窟』（創元推理文庫）を読んでいるかどうかを調べたかったのだが、時間切れで果たせなかった。理由は書かないが、両作を読み比べた方には理由をわかっていただけると思う。そうした物語の気配があちこちにばら撒かれている小説だ。たとえば、シャングリ・ラに辿り着いた英米人たちの中に秘密を持った者がいて後半でそれが明らかになるという展開は、私にアリステア・マクリーン『ナヴァロンの要塞』（一九五七年。ハヤカワ文庫ＮＶ）を連想させた。さらに言えば、ある理由から主人公のコンウェイは二つの倫理に心を引き裂かれる二重拘束の状態になるのだが、これもスリラーの常道である。こういう風にヒルトンは、物語を盛り上げる道具をいくつも繰り出してくる。それは売れるし、映像化もされるというものだろう。

周知の通りシャングリ・ラとは本書でヒルトンが初めて用いた造語だが、その着想をどこから得たかは明らかではない。有力な説としては、一八八四年にオーストリアで生まれた学者、ジョセフ・ロックが一九二〇年代に雑誌「ナショナル ジオグラフィック」に発表した雲南省やチベットの調査旅行記に触発されたというものがある。英語圏にチベット文化を紹介し始めた功績のある雑誌なので、ヒルトンもおそらくは目にしていたはずである。マイケル・マクレイの *The Siege of Shangri-La: The Quest for Tibet's Sacred Hidden Paradise* を参考にして書けば、一九三六年に「ニューヨーク・タイムズ」のインタビューに答えて、大英博物館のチベットに関する展示や十九世紀にチベットを探検したフランス人僧侶、エヴァリスト・レジス・ユックとジョセフ・ガベーの『韃靼・西蔵・支那旅行記』（一八四六年。原書房　ユーラシア叢書）を参考にしたともヒルトンは言っている。シャングリ・ラの語源は架空の仏教王国シャンバラという説もあるのだが、これについては確認できていない。

お読みいただければわかる通り、『失われた地平線』にはユートピア小説の側面がある。トマス・モアがこの世のどこにもない国を舞台に『ユートピア』(岩波文庫他)を発表したのは一五一六年だが、それ以降ジョナサン・スウィフト『ガリバー旅行記』(岩波文庫他)など幾度も、「どこにもない国」を題材としたさまざまな物語が書かれてきた。それらの架空国は、現実を映す鏡として設定されたものであり、作者には社会諷刺の企図があったのである。ヒルトンは本質的に物語作家であり、社会批判そのものは本書の主題ではなかったはずだが、それでも第十章で大ラマが語るビジョンには現代社会への不安というべき要素があり、ユートピア小説本来の性格が覗いている。ここではないどこか、にシャングリ・ラが設定され、辿り着くためには長い旅を強いられる、というのはまさしく近代までのユートピア文学の特徴だ。同時に、世界戦争への危惧という新しい要素もあり、現代小説の要素も備わっているのである。ロビンソン・クルーソー変形譚であるウィリアム・ゴールディング『蠅の王』(一九五四年。ハヤカワ文庫epi他)が、戦争からの疎開が契機となる物語であったように。

映像化についても触れておかなければいけない。本作は二度映画になっている。最初が前記のとおり一九三七年公開でフランク・キャプラが監督し、ロナルド・コールマンがコンウェイを見事に演じた、邦題「失はれた地平線」である。次は一九七三年でチャールズ・ジャロットが監督している。オリビア・ハッセーが出演していることで有名だが、残念ながら私は未見だ。ミュージカル仕立てになっているのは、ヒルトン自身が脚本参画した、一九五六年のブロードウェイの舞台版を意識した作りなのかもしれない。一九三七年版は時の政府にまずい箇所があったらしく切り刻まれ、フィルムの一部は現存しない。現在映像ソフトで視聴可能なのは、失われた箇所を静止画で代用した復刻版なのである。

ここではないどこかに読者を誘うという、物語本来の役割をそのまま小説にしたような作品がこの『失われた地平線』だ。何度再読したかわからないが、今でも私はページを開くたびに、コンウェイと共に幻の無何有郷を目指しているような気持ちになる。

（書評家）

※本書は二〇一一年九月、河出文庫より刊行された『失われた地平線』の新装版です。

James Hilton:
LOST HORIZON

失われた地平線

二〇一一年 九 月二〇日 初版発行
二〇二〇年 一 月一〇日 新装版初版印刷
二〇二〇年 一 月二〇日 新装版初版発行

著 者 J・ヒルトン
訳 者 池央耿
発行者 小野寺優
発行所 株式会社河出書房新社
〒一五一－〇〇五一
東京都渋谷区千駄ヶ谷二－三二－二
電話〇三－三四〇四－八六一一（編集）
〇三－三四〇四－一二〇一（営業）
http://www.kawade.co.jp/

ロゴ・表紙デザイン 粟津潔
本文フォーマット 佐々木暁
本文組版 株式会社創都
印刷・製本 中央精版印刷株式会社

Printed in Japan ISBN978-4-309-46708-5

人生に必要な知恵はすべて幼稚園の砂場で学んだ

ロバート・フルガム　池央耿〔訳〕　46421-3

生きるのに必要な知恵とユーモア。深い味わいの永遠のロングセラー。"フルガム現象"として全米の学校、企業、政界、マスコミで大ブームを起こした珠玉のエッセイ集、決定版！

アフリカの日々

イサク・ディネセン　横山貞子〔訳〕　46477-0

すみれ色の青空と澄みきった大気、遠くに揺らぐ花のようなキリンたち、鉄のごときバッファロー。北欧の高貴な魂によって綴られる、大地と動物と男と女の豊かな交歓。20世紀エッセイ文学の金字塔。

パタゴニア

ブルース・チャトウィン　芹沢真理子〔訳〕　46451-0

黄金の都市、マゼランが見た巨人、アメリカ人の強盗団、世界各地からの移住者たち……。幼い頃に魅せられた一片の毛皮の記憶をもとに綴られる見果てぬ夢の物語。紀行文学の新たな古典。

コン・ティキ号探検記

トール・ヘイエルダール　水口志計夫〔訳〕　46385-8

古代ペルーの筏を複製して五人の仲間と太平洋を横断し、人類学上の仮説を自ら立証した大冒険記。奇抜な着想と貴重な体験、ユーモラスな筆致で世界的な大ベストセラーとなった名著。

見えない都市

イタロ・カルヴィーノ　米川良夫〔訳〕　46229-5

現代イタリア文学を代表し世界的に注目され続けている著者の名作。マルコ・ポーロがフビライ汗の寵臣となって、様々な空想都市（巨大都市、無形都市など）の奇妙で不思議な報告を描く幻想小説の極致。

オン・ザ・ロード

ジャック・ケルアック　青山南〔訳〕　46334-6

安住に否を突きつけ、自由を夢見て、終わらない旅に向かう若者たち。ビート・ジェネレーションの誕生を告げ、その後のあらゆる文化に決定的な影響を与えつづけた不滅の青春の書が半世紀ぶりの新訳で甦る。

孤独な旅人

ジャック・ケルアック　中上哲夫〔訳〕　46248-6

『路上』によって一躍ベストセラー作家となったケルアックが、サンフランシスコ、メキシコ、ＮＹ、カナダ国境、モロッコ、南仏、パリ、ロンドンに至る体験を、詩的で瞑想的な文体で生き生きと描いた魅惑的な一冊。

食人国旅行記

マルキ・ド・サド　澁澤龍彥〔訳〕　46035-2

異国で別れた恋人を探し求めて、諸国を遍歴する若者が見聞した悪徳の国と美徳の国。鮮烈なイマジネーションで、ユートピアと逆ユートピアの世界像を描き出し、みずからのユートピア思想を体現した異色作。

ロビンソン・クルーソー

デフォー　武田将明〔訳〕　46362-9

二十七歳の時に南米の無人島に漂着した主人公が、自己との対話を重ねながら、工夫をこらして農耕や牧畜を営んでいく。近代的人間の原型として、多様なジャンルに影響を与えた古典的名作を読みやすい新訳で。

類推の山

ルネ・ドーマル　巖谷國士〔訳〕　46156-4

これまで知られたどの山よりもはるかに高く、光の過剰ゆえに不可視のまま世界の中心にそびえている時空の原点――類推の山。真の精神の旅を、新しい希望とともに描き出したシュルレアリスム小説の傑作。

チリの地震　クライスト短篇集

H・V・クライスト　種村季弘〔訳〕　46358-2

十七世紀、チリの大地震が引き裂かれたまま死にゆこうとしていた若い男女の運命を変えた。息をつかせぬ衝撃的な名作集。カフカが愛しドゥルーズが影響をうけた夭折の作家、復活。佐々木中氏、推薦。

マンハッタン少年日記

ジム・キャロル　梅沢葉子〔訳〕　46279-0

伝説の詩人でロックンローラーのジム・キャロルが十三歳から書き始めた日記をまとめた作品。一九六〇年代ＮＹで一人の少年が出会った様々な体験をみずみずしい筆致で綴り、ケルアックやバロウズにも衝撃を与えた。

大洪水

J·M·G·ル・クレジオ　望月芳郎〔訳〕　46315-5

生の中に遍在する死を逃れて錯乱と狂気のうちに太陽で眼を焼くに至る青年ベッソン（プロヴァンス語で双子の意）の十三日間の物語。二〇〇八年ノーベル文学賞を受賞した作家の長篇第一作、待望の文庫化。

ビッグ・サーの南軍将軍

リチャード・ブローティガン　藤本和子〔訳〕　46260-8

歯なしの若者リー・メロンとその仲間たちがカリフォルニアはビッグ・サーで繰り広げる風変わりで愛すべき日常生活。様々なイメージを呼び起こす彼らの生き方こそ、アメリカの象徴なのか？　待望の文庫化！

詩人と女たち

チャールズ・ブコウスキー　中川五郎〔訳〕　46160-1

現代アメリカ文学のアウトサイダー、ブコウスキー。五十歳になる詩人チナスキーことアル中のギャンブラーに自らを重ね、女たちとの破天荒な生活を、卑語俗語まみれの過激な文体で描く自伝的長篇小説。

くそったれ！ 少年時代

チャールズ・ブコウスキー　中川五郎〔訳〕　46191-5

一九三〇年代のロサンジェルス。大恐慌に見舞われ失業者のあふれる下町を舞台に、父親との確執、大人への不信、容貌への劣等感に悩みながら思春期を過ごす多感な少年の成長物語。ブコウスキーの自伝的長篇小説。

死をポケットに入れて

チャールズ・ブコウスキー　中川五郎〔訳〕　ロバート・クラム〔画〕　46218-9

老いて一層パンクにハードに突っ走るＢＵＫの痛快日記。五十年愛用のタイプライターを七十歳にしてMacに替え、文学を、人生を、老いと死を語る。カウンター・カルチャーのヒーロー、Ｒ・クラムのイラスト満載。

勝手に生きろ！

チャールズ・ブコウスキー　都甲幸治〔訳〕　46292-9

ブコウスキー二十代を綴った傑作。職を転々としながら全米を放浪するが、過酷な労働と嘘まみれの社会に嫌気がさし、首になったり辞めたりの繰り返し。辛い日常の唯一の救いは「書くこと」だった。映画化原作。

プラットフォーム

ミシェル・ウエルベック　中村佳子〔訳〕　46414-5

「なぜ人生に熱くなれないのだろう？」――圧倒的な虚無を抱えた「僕」は父の死をきっかけに参加したツアー旅行でヴァレリーに出会う。高度資本主義下の愛と絶望をスキャンダラスに描く名作が遂に文庫化。

ある島の可能性

ミシェル・ウエルベック　中村佳子〔訳〕　46417-6

辛口コメディアンのダニエルはカルト教団に遺伝子を託す。2000年後ユーモアや性愛の失われた世界で生き続けるネオ・ヒューマンたち。現代と未来が交互に語られるSF的長篇。

服従

ミシェル・ウエルベック　大塚桃〔訳〕　46440-4

二〇二二年フランス大統領選で同時多発テロ発生。極右国民戦線のマリーヌ・ルペンと、穏健イスラーム政党党首が決選投票に挑む。世界の激動を予言したベストセラー。

闘争領域の拡大

ミシェル・ウエルベック　中村佳子〔訳〕　46462-6

自由の名の下に、人々が闘争を繰り広げていく現代社会。愛を得られぬ若者二人が出口のない欲望の迷路に陥っていく。現実と欲望の間で引き裂かれる人間の矛盾を真正面から描く著者の小説第一作。

黄色い雨

フリオ・リャマサーレス　木村榮一〔訳〕　46435-0

沈黙が砂のように私を埋めつくすだろう――スペイン山奥の廃村で朽ちゆく男を描く、圧倒的死の予感に満ちた表題作に加え、傑作短篇「遮断機のない踏切」「不滅の小説」の二篇を収録。

楽園への道

マリオ・バルガス＝リョサ　田村さと子〔訳〕　46441-1

ゴーギャンとその祖母で革命家のフローラ・トリスタン。飽くことなく自由への道を求め続けた二人の反逆者の激動の生涯を、異なる時空を見事につなぎながら壮大な物語として描いたノーベル賞作家の代表作。

ハイファに戻って／太陽の男たち

ガッサーン・カナファーニー　黒田寿郎／奴田原睦明〔訳〕 46446-6

二十年ぶりに再会した息子は別の家族に育てられていた——時代の苦悩を凝縮させた「ハイファに戻って」、密入国を試みる難民たちのおそるべき末路を描いた「太陽の男たち」など、不滅の光を放つ名作群。

精霊たちの家 上

イサベル・アジェンデ　木村榮一〔訳〕 46447-3

予知能力を持つクラーラは、毒殺された姉ローサの死体解剖を目にしてから誰とも口をきかなくなる——精霊たちが飛び交う神話的世界を描きマルケス『百年の孤独』と並び称されるラテンアメリカ文学の傑作。

精霊たちの家 下

イサベル・アジェンデ　木村榮一〔訳〕 46448-0

精霊たちが見守る館で始まった女たちの神話的物語は、チリの血塗られた歴史へと至る。軍事クーデターで暗殺されたアジェンデ大統領の姪が、軍政下の迫害のもと描き上げた衝撃の傑作が、ついに文庫化。

カリブ諸島の手がかり

T・S・ストリブリング　倉阪鬼一郎〔訳〕 46309-4

殺人容疑を受けた元独裁者、ヴードゥー教の呪術……心理学者ポジオリ教授が遭遇する五つの怪事件。皮肉とユーモア、ミステリ史上前代未聞の衝撃力！〈クイーンの定員〉に選ばれた歴史的な名短篇集。

地球礁

R・A・ラファティ　柳下毅一郎〔訳〕 46425-1

デュランティ家が流れついた最低の星、地球。地球病に病んだ大人たちを尻目に、子供たちは地球人を皆殺しにしようと決意。奇想天外、波瀾万丈な旅が始まる。唯一無二のＳＦ作家、初期代表作。

さすらう者たち

イーユン・リー　篠森ゆりこ〔訳〕 46432-9

文化大革命後の中国。一人の若い女性が政治犯として処刑された。物語はこの事件に否応なく巻き込まれた市井の人々の迷いや苦しみを丹念に紡ぎ、庶民の心を歪めてしまった中国の歴史の闇を描き出す。

著訳者名の後の数字はISBNコードです。頭に「978-4-309」を付け、お近くの書店にてご注文下さい。